文春文庫

幻庵

下

百田尚樹

JN031761

文藝春秋

幻庵（下）　目次

幻庵（上）目次

幻庵（中）目次

幻庵下巻　主要登場人物

■井上家

幻庵因碩（吉之助→橋本因徹→服部立徹→井上安節）主人公。十世（のち十一世）井上家当主。

赤星因徹（千十郎→因誠）幻庵の弟子。

加藤正徹　幻庵の弟子（赤星因徹の弟弟子）。

服部因淑（虎之介→佐市→因徹）井上家外家の服部家当主。「鬼因徹」。幻庵の育ての親。

服部雄節（黒川立卓）因淑の養子。もとは安井仙知門下。

中川順節　幻庵の弟子。

■本因坊家

丈和（葛野丈和）十二世本因坊。

元丈（宮重楽山）十一世本因坊。

丈策（岩之助）元丈の長男。十三世本因坊。

土屋秀和（恒太郎）戸谷道和とともに「坊門の龍虎」といわれる。

戸谷道和（梅太郎→水谷順策）丈和の長男。

安田秀策（安田栄斎）本因坊丈和門下。「安芸小僧」。

■安井家

安井仙角仙知（大仙知）七世安井家当主。

安井仙知（知得）八世安井家当主。

安井算知（金之助→俊哲）九世安井家当主。仙知（知得）の長男。

安井鉚　仙知（知得）の長女。算知の姉。「両国小町」。土佐藩士の宮井家に嫁いだ。

■林家

林元美（舟橋元美）十一世林家当主。

林柏栄（柏悦→柏栄）元美の実子。十二世林家当主。

幻庵（下）

第六章

天保の内訌《ないこう》（承前）

七

この物語でも何度も引用している安藤如意《あんどうにょい》原著の『坐隠談叢《ざいんだんそう》』（明治三十七年刊）は囲碁史を振り返る際に避けては通れない本であるが、資料的には唯一無二と言えるものではない。

江戸時代から残る囲碁史にかかわる書物は多く、『傳信録《でんしんろく》』、『碁將棋名順記録』の他、『本因坊家舊記』や『井上家記録』などもある。しかし、昭和三十年に『坐隠談叢』の改訂補筆版を刊行した渡辺英夫（プロ棋士七段であり、同時に囲碁史研究家であった）は、そのあとがきでこう書いている。

「今仮りに談叢が存在しないものとして、新に囲碁の全史を編述しようとすれば、大体これに優る共劣らぬものが出来ると考へられる。即ち囲碁の創始期より徳川時代直前迄《まで》の事に就《つ》いては、『爛柯堂棊話《らんかどうきわ》』の外《ほか》に、曾《かつ》て昭和十八年に発表せられた紀藩の国学者加納諸平翁の編にかゝる『囲碁事蹟考』等もあつて、参考資料を選び出すにもそれ程困らないのである。（中略）しかし（中略）文化、文政、天保に渉る丈和、幻庵《げんなん》（著者注・井上因碩）、元美等の葛藤事情だけはどうしても解《わか》らない。その成行の落着に就いては多少の記録もあるから、知る事が出来るが、その紛争最中の交渉顚末《てんまつ》に就いては、何故かどの記録にも記してゐない。（中略）その故にこそ談叢原著は、他書の追随し得ぬ価値を持つものである」

安藤如意が囲碁史の編纂《へんさん》に取りかかったのは明治三十二年（一八九九年）である。おそらく彼は文政の暗闘の事情を側聞していた家元関係者の古老たちから直接話を聞いたものと思われる。明治の三十年代といえば、これらの古老の没する直前である。危うく歴史の闇の中に消えていく話が、安藤によってきわどく書き残されたことは、後世の我々にとっては僥倖《ぎょうこう》としなければならない。『坐隠談叢』には名前や年代の誤りは少なくないが、当事者ならではの生々しい記録は他の書の追随を許さない。

因碩の添願書を添えて丈和が碁所願書を出した一ヶ月後の六月、四家の家元の当主が、寺社奉行の脇坂淡路守安董《わきさかあわじのかみやすただ》の屋敷に呼び出された。

播磨国龍野《はりまのくにたつの》（現・兵庫県たつの市）藩主、脇坂淡路守安董はその年に十六年ぶりに寺社奉行に復帰したばかりだった。この年、六十三歳。その年で寺社奉行を務めるのは極めて珍しい。本来、寺社奉行は大身の旗本か譜代大名しかなれない役職であるが、脇坂淡路守は外様大名の身でありながら寺社奉行を任命されるほど辣腕《らつわん》で知られる人物であった。かつて寺社奉行を務めた折、「谷中延命院事件」と呼ばれる僧侶と奥女中の集団《と》女犯《にょぼん》事件を裁いて一躍名を挙げた。その後、皮肉なことに自らの妾の醜聞事件で職を解かれた（表向きは病により辞職）。今回の復帰は、風紀《ふうき》紊乱《びんらん》が収まらない寺社関係者の綱紀粛正のために、将軍家斉が直々に声をかけたと言われる。この時、「また出たと坊主びっくり貂《てん》の皮」という落首が出回ったという（「貂の皮」とは、戦国時代、賤ケ岳《しずがたけ》の七本槍の一人として名を馳せた脇坂安治が貂の皮の槍鞘《やりさや》をしていた故事から生まれた、脇坂家を暗喩《あんゆ》する言葉である）。

彼は寺社奉行復帰と同時に、土屋相模守から争碁の係を受け継いでいた。その際、それまでのいきさつも調べあげた脇坂淡路守安董は、これは迂闊《うかつ》な裁きはできぬと考えた。寺社奉行はあくまで四つの家元に対して公平であるべきである。どこかの家に不当に肩入れすれば、後々まで禍根を残すことになる――。

その日、大広間に集まった本因坊丈和、安井仙知、井上因碩、林元美を前にして、脇坂淡路守安董は厳《おごそ》かに言った。

「本日、其許《そこもと》らを呼び出したのは他でもない。本因坊丈和殿の名人碁所願いについての儀である」

集まった家元たちの顔に緊張が走った。

「棋界にて碁所を配したのは東照神君《とうしようしんくん》である。碁所たる者、その技、人物ともに一頭地を抜く者が就くのが習わしであり、禅譲《ぜんじよう》する地位にあらず。而《しか》して、四十年もの長きに亘《わた》り、碁所不在たるは東照神君の望まれるところではなきように思われる」

脇坂淡路守の言葉は棋界に対する不平のようにも聞こえ、碁打ちたちは平伏した。

「碁所は畏れ多くも官賜の位であり、本来は四家が揃って推す人物が就くのが形である。此度《こたび》本因坊丈和殿の碁所願いについては、必ずしも四家の賛同があったとは聞いておらぬ。ただ、それは一年前のことと仄聞《そくぶん》しておる。もし本因坊の碁所就位に対してどこからも異存がなければ、寺社奉行としてはこれを認める所存である。しかし――」

そこで脇坂淡路守は言葉を切った。四人の家元は息を詰めて次の言葉を待った。

「故障を唱える者あらば、さにあらず。手合を望む者は遠慮なく申し出ずるべし」

脇坂淡路守はそれだけ言うと、退出した。

因碩は頭を下げてそれを見送りながら、首の皮がつながったと思った。もし淡路守安董が強引に丈和を名人碁所に任命すれば、どうしようもなかった。まだ望みはある。

一方、丈和は無念の思いでいっぱいだった。争碁の担当が土屋相模守のままなら、碁所願書はそのまま通ったかもしれぬ。土壇場で海千山千の「貂の皮」に代わるとはつきがない。おそらく十中八九は争碁となるであろう。仙知が出てきても、因碩が出てきても、どちらもかなりの難敵である。

この時、仙知は争碁願いを出すことは考えていなかった。前年の病は癒《い》えていたが、この一年で体力がめっきり落ちているのを自覚していたからだ。丈和は恐ろしい相手だが、全身全霊を振り絞れば負けるとは思わなかった。しかし——たとえ争碁に勝っても、命を取られるだろう。跡目の俊哲はまだ二十歳二段である。名門安井家を背負っていくだけの器量はまだない。

己は棋界に長く居すぎたか——。

一足先に隠居して悠々自適に暮らす元丈を今ほど羨《うらや》ましく思ったことはなかった。若い頃はただ芸にのみ邁進していればよかった。それのみが喜びであり生甲斐だった。元丈と烏鷺《うろ》を争うことはまさしく至福の時だった。だがもはやそんな時代は過ぎ去った。丈和が名人碁所になるのも、止められない時代の流れかもしれぬ。

もう一人の家元、林元美にとっても、このたびの脇坂淡路守の沙汰は歓迎しえざるものだった。丈和が争碁で勝利すれば、自分を八段に昇段させるという約束を顧みないかもしれぬ。碁所就位はあくまで林元美の工作によって成し遂げねば、丈和は恩義にも感じないはずだ。しかし寺社奉行の決定には口を挟むことはできぬ——。

因碩は自宅に戻ると、ただちに服部因淑と相談して、寺社奉行宛てに争碁の願書を提出した。

ひと月後、脇坂淡路守は丈和を呼び出した。

「井上因碩から争碁願いが出されておる。貴殿は受ける気があるか」

脇坂淡路守は単刀直入に訊いた。彼は余計なことは口にしない男だった。

「お言葉ではありますが」と丈和は答えた。「井上因碩殿はそれがしの碁所願書に同意の添願書まで提出しております。それを今さら反故《ほご》にして、争碁を願い出るなど、まるで納得できぬこと。それがしとしては受けるわけには参りませぬ」

脇坂淡路守は頷いた。丈和の言い分はもっともだったからだ。

「どうしても因碩との争碁は受けぬというか」

「脇坂様が打てとおっしゃるならば、争碁を受けて立ちます。この丈和、痩《や》せても枯れても本因坊家の当主でござります。もとより勝負を避けるつもりはありませぬ。ただ、ものの道理として、因碩の争碁願いはおかしいのではないかと申し上げたまででござります」

この道理には、さすがの脇坂淡路守も無理を通すことはできなかった。

脇坂淡路守安董は数日後、安井仙知を屋敷に招いた。

争碁について部外者が下手な容喙《ようかい》をするよりも、棋界としての考えを知りたいと思ったのだ。それには芸も人品も申し分のない仙知老ほどの人物はない。

脇坂淡路守は十六年前に寺社奉行であった頃に、何度も仙知と会っている。その頃から元丈とともに威風辺りを払う空気を持っていると感じていたが、五十代を迎えて一層の風格を身に付けているのを認めた。

脇坂淡路守は仙知に、この一ヶ月ほどのあらましを語った後で言った。

「棋界の長老として、忌憚《きたん》のない御意見を賜《たまわ》りたい」

「それでは、畏《おそ》れ多いことながら、申し上げます」

仙知は静かに言った。

「それがしの見るところ、本因坊丈和殿の芸は、他者の追随を許さぬものがございます。一方、井上因碩殿の芸も決して劣るものではございませぬ。この二人のうち、どちらが優れた技量の持ち主であるかは、争碁にて決着をつけるほかはございませぬ」

「やはり、そうか」

「しかしながら、両人共に、八段半名人に昇り日も浅く、ほとんど手合を持っておりませぬ。碁所となる争碁を打つのは、幾分時期尚早かとも思われます」

「うむ」

脇坂淡路守は大きく頷くと、次を促《うなが》した。

「したがいまして、向後三年、両人の技量を見た上で、あらためて争碁を申し送るのが宜しいのではないでしょうか」

脇坂淡路守は膝を叩いて言った。

「卓見である。さすがは仙知老」

脇坂淡路守安董は数日後、本因坊丈和と井上因碩の両名を呼び出した。

丈和と因碩は、広間に安井仙知の姿があるのを見て内心訝《いぶか》った。

脇坂淡路守が厳かに言った。

「先日来、出されていた本因坊丈和殿の碁所願い、および井上因碩殿の争碁願いについて、寺社奉行の裁定を申し渡す」

丈和と因碩は平伏して次の言葉を待った。

「名人碁所の争碁を本因坊丈和と井上因碩の両名で行うことを命ずる」

丈和の顔色がさっと蒼くなった。同時に因碩は胸の内で、よし、と呟いた。

「ただし――」と脇坂淡路守は言った。「争碁は、両名の技量を安井仙知が扱人《あつかいにん》として見届けた上に、三年後に行なうものとする」

丈和も因碩も茫然《ぼうぜん》となった。三年間は何もできないのだ。しかも仙知が「扱人」となっているのが厄介なことだった。名人は争うものではないという信念を持った仙知であるだけに、三年経った後、両人の技量未だ碁所におぼつかなし、という裁定が下る可能性もある。そうなれば、争碁の許可も下りない。

またその間に仙知が亡くなればどうなるのか。あるいは脇坂淡路守安董が寺社奉行を辞めることも十分ある。要するに、すべてが振り出しに戻ったに等しいと、丈和は思った。仮に三年後に争碁の許可が下りても、その年月は因碩に有利に働く――。

丈和は脇坂淡路守の屋敷から本因坊家に戻ると、すぐに林家に遣《つか》いをやった。

翌日、元美がやってきた。丈和は寺社奉行の沙汰を話した。

「三年は長いな」

元美は険しい顔をして言った。彼もまた丈和の年齢を考えているのは明らかだった。

「何かいい智慧はないものか」

丈和の言葉に、元美は腕を組んで考えていたが、やがて、ぽつりと言った。

「――ひとつ、手は無いではない」

「それは如何《いか》なるものか」

「水戸公の口添えがあれば、あるいは――」

「水戸殿か」

元美の父は水戸藩士である。元美は三男であるため（『坐隠談叢』では長男とある）、舟橋家は兄が継いでいたが、水戸家は国から碁の家元が生まれたということで、林家と元美を贔屓《ひいき》にしていた。

「しかし、いかな御三家とはいえ、寺社奉行の決定に口をはさめるものであろうか。脇坂殿は一筋縄ではいかぬぞ」

「寺社奉行は脇坂殿だけではない」と元美は言った。「今回の決定は脇坂殿の意見が通ったようだが、寺社奉行の中では序列はない」

丈和は頷いた。

「寺社奉行の一人、土屋相模守殿は水戸家から土浦の土屋家に養子に迎え入れられた方だ。お父上は先々代の藩主であられる。つまり水戸公の叔父にあたる方だ」

「なんと――」

丈和は思わず身を乗り出した。

「水戸公の頼みとあれば、土屋殿も無下《むげ》にはできぬはず」

「しかし、元美殿の父君が水戸藩士とはいえ、本因坊家と水戸家とはゆかりはない。水戸公が口添えする理由はない」

「たしかに水戸家と本因坊家は直接の縁はない。ただ、拙者はもとは本因坊門下である。その拙者が七段に昇段したとき、元美は水戸の誉れであるという有り難きお言葉を賜《たまわ》った」

「そうであろう。七段上手は武芸で言えば免許皆伝。将軍御目見えともなれる位である」

「碁士としてこれほどの名誉はない。殿にご恩返しができたものと思う」

「うむ」

「その拙者が、仮に——」と元美は言った。「八段半名人に昇るとなれば、水戸公のお喜びはいかほどであろうか」

丈和は黙って頷いた。二人はしばし無言で互いの顔を見交わした。

やがて丈和が口を開いた。

「前に元美殿と交わした約束は忘れてはおらぬ」

元美の口元が少し緩むのを丈和は見た。古狸めが、と心のうちで呟いた。八段の腕はないのは、己《おのれ》にもわかっているはずだ。にもかかわらず、元丈師や仙知殿と同格に並びたいというのは、身の程をわきまえない非望だ。ただ、元美はもう五十二だ。先はそれほど長くない。隠居前に八段にしてやったところで、どうということはない。そんなことくらいで名人碁所が手に入るならお安いものだ。

丈和は深く頭を下げた。

「元美殿、何卒、よろしくお願いいたす」

「拙者、もとは本因坊烈元門下である。宗家《そうけ》が栄えるのを見るのは我が喜びである」

「まさに持つべきは兄弟子である」

「近々、水戸に下るつもりである。その折、水戸公に御目見えする機会があれば、お願い奉《たてまつ》る所存《しよぞん》である」

「かたじけない」

記録で見る限り、この年の碁界は不気味なほど動きがない。井上因碩は一局も打っていない。これは極めて異例である。丈和は六局打っているが、脇坂淡路守安董に呼び出されて以降は、御城碁で安井俊哲（先）と打った一局しかない。ちなみにその年の御城碁は、その一局だけであった。

碁打ちたちはいずれ起こるであろう丈和と因碩の激突を、固唾《かたず》を吞《の》んで見守っていた。

翌文政十三年（一八三〇年）の春、林元美は水戸に下り、水戸藩家老の松平保福《やすふく》に拝《はい》謁《えつ》し、丈和の名人碁所願いの件を訴えた。

松平保福は家老とはいえ、水戸藩五代藩主宗翰《むねもと》の八男で、松平家に養子に入った人物である。九代藩主となった斉昭《なりあき》の大叔父にあたり、当時、水戸藩では大きな力を持っていた。斉昭は徳川最後の将軍慶喜《よしのぶ》の父である。

元美から事情を聞いた保福は、碁所の決定はかえって家元同士の軋轢《あつれき》を生むことにならないかと訊《たず》ねた。それに対して元美は、碁所の決定はむしろ各家元とも一層芸に励むことになりますと答えた。そして最後に、丈和が碁所に就けば、自分は八段半名人に進むことができまするると付け加えた。

『坐隠談叢』には、この時、保福は「本因坊は不存者なれども、元美儀は国の者にて、国の飾りにも相成べき者の為に相成と申事なれば、叶へて得さすべし」と答えたとある。

ただ、同書には、元美と会話をしたのは松平保福ではなく、「翠翁公《すいおう》」と書かれている。囲碁史研究家の林裕氏は、この翠翁公は水戸藩九代藩主の斉昭のことだと推察し、また囲碁界では長年そう信じられてきた。しかし斉昭には翠翁と呼ばれた記録はなく、またその死にまつわる『坐隠談叢』の記述の不整合から、疑問を持たれていた。近年、同じく囲碁史研究家の大庭信行氏らは、「翠翁」は松平保福ではないかという説を唱えた。保福は隠居後に翠翁と呼ばれていて、また『坐隠談叢』にも老公とあり、その他の話の整合性からも、「翠翁＝松平保福」は極めて説得力ある説であり、筆者も保福説を取る。


この年（文政十三年）もまた碁界は静まり返っていた。

丈和には一局の記録もない。御城碁にも出ていない。前年一局も打っていなかった因碩は十一局打っているが、そのうちの八局が愛弟子の赤星因徹との碁であり、他家との碁はわずかに三局、しかもうち二局は打ち掛けである。

文化から文政にかけて、本因坊元丈、安井仙知、奥貫智策、葛野丈和、桜井知達、服部立徹（井上因碩）という当代きっての碁打ちが繰り広げた華やかな対局は、文政の終わり頃からほとんど見られなくなってしまった。碁界全体に、名人碁所をめぐる争いという暗い雲が覆いかぶさり、碁打ちたちは身動きが取れないでいるかのようだった。

しかし、因碩にとっては、ある意味で実りのある年だった。赤星因徹が五段になり、因碩に対して先となったからだ。この年に打った八局の内訳は、因碩一勝、因徹二勝、五打ち掛けである。二十一歳にして、八段の己《おのれ》に先で十分に打てる弟子の力を見て、いずれは名人碁所を狙える器と因碩は確信した。

因徹を鍛える一方で、来たるべき丈和との対決に備えての勉強も怠らなかった。丈和の碁をすべて並べ直し、徹底的に研究した。

あらためて並べてみると、若い時には見えていなかった丈和の強さが見えてきた。文化の終わりくらいから恐ろしいまでに腕を上げている。文政三年から四年にかけて打たれた米蔵との十番碁は、勝った碁も負けた碁も凄まじいものだった。

――やはり只者ではない。

丈和は名人碁所を狙うに十分な力を持っている。芸は元丈や仙知の方が上かもしれぬ。しかし丈和は二人の芸をも粉砕する力を持っているように見える。剣に喩《たと》えれば、相手の刀さえも叩き折る同田貫《どうたぬき》のような剛剣だ。だが――力なら負けぬ。

因碩は、来たるべき丈和との争碁こそは己の碁の集大成になると確信した。それまでに打った数百局の碁はすべてこのためにあったのだ。争碁はおそらく何年もかかるであろうが、最後に勝つのは己だ。だが、勝てばよいという碁は打たぬ。後世の碁打ちをして、見事なものだと感服させるものでなければ、それは井上因碩の碁ではない。

ところでこの年、因碩は井上家の家格を上げるために系譜の書き換えを行なっている。それまで井上家の系譜になかった中村道碩《どうせき》を井上家の一世に据えたのだ。道碩は算砂に次ぐ二人目の名人となった碁打ちである。こうすることで井上家からは二人の名人が輩出したことになる。初代を書き加えたことにより、それまで一世だった井上玄覚《げんかく》因碩を二世にし、以降の当主をすべて一世ずつ繰り下げた。因碩自身も十世から、この書き換えによって十一世に変わった。児戯《じぎ》に等しい行為ではあるが、こんなところにも本因坊家に対する因碩の対抗心が現れていると言える。

ただ、この書き換えによって、後の囲碁史研究家たちが井上家当主を記述する時に、何世と書くのが正しいのか、混乱をきたすことになった。この物語では、系譜の書き換えまでは元の系譜の通りの記述をし、書き換え以降は新しい系譜に従って書くことにする。

この年の御城碁は二局だった。

先番 ｛安井仙知
服部因淑

二子｛井上因碩
　　　安井俊哲

仙知・因淑戦は芇《じご》、因碩・俊哲戦は俊哲の中押し勝ちである。なお、この年の十二月十日に改元となり、年号は天保に改まっている。

年が明け、天保二年（一八三一年）となった三月、碁界を揺るがす大事件が起きた。寺社奉行が本因坊丈和に名人碁所を官許《かんきょ》したのだ。

八

その報《しら》せを聞いた因碩は愕然《がくぜん》とした。

脇坂殿は少なくとも三年間の猶予期間を経た後に争碁を命ずると言ったのではなかったか。あれからまだ二年しか経っていない。争碁もなく、いきなり丈和を名人碁所に就けるとは――。お上の沙汰とはいえ、詐術に等しい仕打ちではないか。

この決定は誰も予期せぬ突然のものであり、因碩だけでなく多くの碁打ちにとってまさしく青天の霹靂《へきれき》であった。『坐隠談叢』にも次のように記されている。

「天保二年三月丈和は何人《なんぴと》にも通知せず、又如何《いか》なる運動を為したる者にや、遂《つい》に名人碁所に補《ほ》せられ、一時碁客をして呆然自失せしめたり」

いかに丈和の名人碁所就位の根回しが秘密裏に行なわれたのかが推察される。

すべては林元美の裏工作によるものだった。その詳細を記した文書は残されていないが、水戸藩主徳川斉昭《なりあき》が大叔父にあたる家老の松平保福《やすふく》の進言を受け入れて、寺社奉行の土屋相模守彦直《よしなお》に働きかけたのはほぼ確実と見られている。脇坂淡路守安董《やすただ》の裁定があるとはいえ、同格の寺社奉行なら覆《くつがえ》すことは可能である。土屋相模守は水戸家から土屋家に養子に入っているので、旧家からの頼みとあっては断り切れなかったのかもしれない。

寺社奉行としても、争碁となれば準備や設営に多くの労力を割《さ》かれることを考えると、多少は強引であっても鶴の一声で決めてしまえば面倒が少なくて済むという利点もあった。井上家と安井家からは不満の声が上がるだろうが、それは無視してしまえばいいと読んだのであろう。家元が正式に寺社奉行に抗議することは、まず有り得ないことだからだ。

本因坊丈和は現代における評価も極めて高く、その実力は史上最強と謳《うた》われる四世本因坊道策にも劣るものではないと見られている。特に戦闘力に関しては古今随一と言われ、現代のトップ棋士たちが「とても敵わない」と怖気づくほどである。江戸の後期においても「前聖道策」「後聖丈和」と並び称されている。囲碁の格言の一つに「丈和も恐れる駄目ヅマリ」という言葉がある。「駄目ヅマリ」は、対局者は出来るだけその形を避けなければならない非常に危険なもので、それを教えるのに、「あの本因坊丈和でさえも恐れる」という表現を使っているのだ。これを見てもいかに神格化された棋士であるかがわかる。その意味では、丈和は名人碁所に就いて当然の碁打ちであった。

ただ、その就位は権謀術策を用いてのもので、それが本因坊丈和の評価に暗い影を落としているのもまた事実である。十一歳下の井上因碩との対局を徹底して回避し、最後は水戸藩主の徳川斉昭まで動かして、争碁を打たずして名人碁所に就いたことで、「狡《こう》猾《かつ》な碁打ち」というイメージが死後もついてまわった。先代の本因坊元丈とそのライバルであった安井仙知（知得）がともに名人の力量を持ちながら自らはそれを望まずに互いに譲り合った美談に比べると、丈和の強引なやり方は汚いものと見られた。

ところが近年、対局を忌避《きひ》して名人になったという丈和の従来のイメージを覆す資料が発見された。

それは「白木文書」と呼ばれるもので、丈和が寺社奉行に提出した争碁願書の写しである。丈和の門人であった白木助右衛門が郷里の長野県塩尻に残していた書簡類の中から、本因坊丈和研究で知られる大沢永弘氏（長らく謎であった丈和の出自を明らかにした人物）によって発見された。

そこには、井上因碩との争碁を一刻も早く許可してほしいという丈和の訴えが綴《つづ》られている。形式的な文章ではなく、剝《む》きだしの本音に近いものである。たとえば願書の中に、「名人出来候而者其節之中間共未熟之様にも相聞江可申哉与心得」という文章がある。これは「名人を作らなければ、後世から当時の碁打ちの技量は未熟だったと思われることを心配する」という意味であるが、暗に寺社奉行を非難している文章でもある。またこの後に、争碁を許可せずに名人が生まれなければ碁が衰退するという意味のことが書かれているが、これは先の文章以上に奉行所の怠慢を責めている。願書の後半には、かなり強い口調で因碩との争碁の許可を求め、具体的な進捗《しんちょく》を促している。そして「万一其際に相成故障仮病等之儀相平に無之様是又急与被仰付被下置候様偏に奉願上候」と締めくくられている。これは「(因碩が)万一、口実を設けたり仮病などを使って争碁から逃げたりしないように、厳しく言ってもらいたい」というものである。

全体に相当激烈な願書である。写したのは白木助右衛門と見られているが、これを贋《がん》作《さく》と見做《みな》す理由はほとんど考えられない。

ただ、大沢永弘氏はこの願書が書かれたのは文政十一年(一八二八年)であると推察している(願書には年月は書かれてなく、十二月とだけ記されている)。となれば、寺社奉行であった脇坂淡路守安董が「三年後に争碁を命ずる」と裁定を下す一年前ということになり、少し状況が合わない気もする。

願書の日付はさておき、丈和が因碩との争碁を本気で熱望していたことだけはたしかなようである。長らく対局を忌避していた相手ではあったが、名人碁所の座を射止めるためには、もはや因碩との対決は避けては通れないと覚悟を決めたのだろう。寺社奉行にしつこいまでに争碁の許可を急いだのは、時期が延びれば、十一歳年上の自分が不利という思いがあったのかもしれない。また「今なら勝てる」と考えていたからこそ、強く争碁を望んだに違いない。

しかし丈和と因碩はついに争碁を打つことはなく、名人碁所をめぐる戦いは突如として終わりを告げた。

これは当時の碁好きのみならず後世の囲碁ファンにとっても、大いに残念なことと言わねばならない。もし二人が碁所の座を懸けて戦えば、どれほどの名棋譜が生み出されていたことか想像もつかない。それは囲碁の歴史に残る宝物となったであろう。

丈和の名人碁所就位に、因碩は歯嚙みして悔しがったが、寺社奉行の決定に口を挟むことはできない。

名人碁所は終身の地位である。丈和が死ぬか退隠しない限り、その座は誰にも奪えない。もしそれが二十年後なら、もはや自分には望みはない。

幼い頃から、いつか名人になるという夢のために刻苦勉励してきた日々がすべて無駄に終わった。三十四歳の今日まで、妻帯もせずに、ひたすら碁に打ち込んできたのは、ただ名人になるという目的のためだった。己は今日から何を生きがいにして生きてゆけばいいのか。

名人碁所は将軍の囲碁指南役という立場上、「御止碁《おやめご》」として稽古碁は別にして公開の場で勝負を争う碁を打つことは禁じられていた。つまりいかに因碩が望んでも丈和と対局することはもはや永久にかなわなかった。

因碩は碁を捨てようと思った。これ以上、碁を打つ理由は何もない。

丈和は湯島にある宮重元丈宅を訪ねて、名人碁所に就いたことを報告した。

元丈は驚いたが、素直に祝福してくれた。

「松之助が名人になるとはな」

元丈は丈和を幼名で呼び、感慨深げに言った。

「すべては師匠の薫陶のおかげでござります」

「碁は入段までは教えることができても、それより上は教えられるものではない。高段になるには、おのおのが芸を学んでいかねばならぬ。お前は、名人を自らの力で摑《つか》み取った」

丈和は黙って頭を下げた。

「初めてお前の碁を見た時、恐ろしいまでに筋の悪い碁だと思った。光るものは何もなかった」

丈和は「お恥ずかしい限りです」と答えた。

「しかし、形や筋よりもヨミを重んずる碁がなぜか心に残った。お前の碁は獣道《けものみち》を行くがごとくだった。急峻な崖、茨《いばら》が生《お》い茂る森、そうした道なき道を行く碁に見えた。そうした獣道を行く碁では、強くなるのに時が要《い》ると見た。だが、もしこれを突き進めば、とてつもない打ち手になるやもしれぬという予感もあった。その予感は――正しかった」

元丈は続けた。

「名人碁所ともなれば御止碁であるから、勝負碁は打たぬ。しかし精進は怠《おこた》るでないぞ。名人碁所が、碁打ちの終着場所ではない」

丈和は少し怪訝《けげん》な顔をした。元丈は静かに言った。

「名人などと言ったところで、所詮《しょせん》は人の世で最強というだけのもの。碁の神様から見れば、たいしたものではない。碁の神には、おそらくお前でも三つは置かねばならぬであろう」

丈和は衝撃を受けた。碁の神と彼我《ひが》の距離はいかほどのものであるかなど、これまで考えたこともなかった。師匠の深遠なる碁観を垣間見た気がして、背筋が伸びる思いだった。

しかし、と丈和は心の内で呟いた。碁の神様などはいない。碁は人が打つものである。誰にも負けぬ碁打ちとなれば、それはすなわち三千世界の最強者である。また人が打つものであるから、そこには当然、見損じもあれば、不意の失着もある。碁の芸というのは、それら人の心の弱さを含めたすべてだ。もし人を超える最強の者が現れるとするなら、それは心を持たぬ者であろう。

本因坊察元の死去以来、四十年以上も不在だった名人碁所の誕生は、江戸の碁好きたちを大いに熱狂させた。

瓦版《かわらばん》が大量に刷られ、碁を知らない庶民の間にも本因坊丈和の名前は一気に広まった。本因坊家には各大名家から祝いの金品が届き、丈和は挨拶まわりに忙殺された。入門者も殺到し、本所相生町にあった本因坊家だけでは膨《ふく》れ上がる入門者を賄《まかな》いきれず、上野東叡山の車坂下に道場を建てた。まさに本因坊家は我が世の春を迎えた勢いとなった。

九月のある日、本因坊家に林元美が訪ねてきた。

「名人碁所就位、誠におめでとうござります」

元美は恭《うやうや》しく祝いの言葉を述べた。

「ありがたきお言葉でございます」

丈和は慇懃《いんぎん》に答えた。

名人碁所に就いて以来、元美に会うのは半年ぶりだった。実際に忙しいのもあったが、多用にかこつけて後回しにしていたこともあった。名人碁所に就けば元美を八段にするという約束を重荷に感じていたからだ。

「丈和殿の碁所就位は拙者にとっても大いに喜ばしいことでござる。今は林家の当主であるが、旧家が栄えるのを見るのは誇らしいものでござる」

「こたびのことは、ひとえに元美殿のご尽力の賜物《たまもの》でございます」

丈和は丁寧に礼を言った。元美は否定しなかった。

「拙者も、今さらながら水戸殿の御威光をまざまざと見た思いでござる」

水戸藩主の徳川斉昭《なりあき》の権勢を誉めそやしながら、自らの口添えをほのめかした。

丈和は不快な気持ちを抑えて言った。

「元美殿には何と御礼を申し上げてよいのかわかりませぬ」

「いや、礼には及ばぬ。すべて棋界のためでござる。実際、丈和殿が名人になられて、棋界が活気づきました」

そう言いながら元美は丈和の顔を覗き込むように見た。

「――近いうちに元美殿を八段に推挙いたす所存でございます」

「おお、そうでござるか」元美は表情を崩した。「そうなれば、水戸殿も大いにお喜びになられることであろう。水戸藩士の倅《せがれ》が八段半名人となれば、国の飾りになると有り難きお言葉をいただいておるゆえ」

元美はここでもさりげなく斉昭公の名前を出したが、丈和は気付かぬふうを装った。

「ただ、それがしも碁所に就いてしばらくは多忙を極める。碁所披露などの儀式もあるし、贔屓筋に挨拶などもある。おそらく年内いっぱいはそれらに忙殺されることとなろう」

「それは当然のことでござる。八段推挙は別段急ぐものではない」

「かたじけない」

元美が帰った後、丈和は、さていかにしたものかと思案した。

今回の碁所就位は裏で林元美が手を回したのではないかという風説が碁打ちの中で立ち始めていたからだ。己がただちに元美を八段に推挙すれば、それを肯定するようなものだった。そんな露骨なことをやれば、裏で動いた寺社奉行の顔も潰すことになる。

あの時は藁《わら》にも縋《すが》る思いで、つい元美の言葉に乗ってしまったが、自分としてはあくまで担保の一つにすぎなかった。最終的には因碩との争碁で決着をつけるという気持ちだった。だから突然の碁所任命の報《しら》せには喜びもあったが、決死の覚悟に水を差されたような戸惑いもあった。

それだけに今、元美に三年も前の約束を持ち出されると、厄介事を背負い込んだという思いになるのだった。

九

名人への夢が断たれた因碩は隠退を決意した。

名人碁所を目指して三十年近くひたすら修行に邁進《まいしん》してきたが、もはやこれ以上碁を打つ意味もない。

幸いにして、手塩にかけて育てた赤星因徹は己《おのれ》に先で打てるまでに成長している。段位は五段だが六段の力は優にある。二十二歳の若さだが、井上家の当主となっても十分にやっていける。ただ、寺社奉行に因徹の跡目願いを出していなかったから、それを飛び越えての家督相続となると手続きが面倒だった。また他の家元への根回しも必要だった。

因淑に隠退の意志を告げたが、義父も反対はしなかった。

「お前と初めて打った時、名人碁所も狙える器と見た」因淑は遠くを見つめるような目をして言った。「だからこそ、内弟子に取り、養子とした」

「ありがたき幸せにござりました」

因碩は深々と頭を下げた。自分が今日あるはかつて「鬼因徹」と異名をとった因淑の薫陶《くんとう》のおかげである。しかし父の望みを叶えることはできなかった。

「父上のご期待に沿うことが叶わず、申し訳ございませぬ」

「詫《わ》びなど言わずともよい」

因淑は穏やかな口調で言った。

「名人碁所になるは時の運である。お前は碁の技量で丈和に敗れたわけではない。名人になれなかったのは巡りあわせが悪かったのだ」

因碩は黙って頷いた。

「もし、お前があと五年、いやせめて三年早く生まれていたなら、どうなっていたかわからぬ」

父が丈和との十一という年齢差を言っているのがわかった。初めて丈和と打ったのは十五歳の時だ。丈和はすでに二十六歳だった。手合は先二《せんに》(三段差)だった。そして一年足らずの間に定先《じようせん》(二段差)になり、その翌々年に先々先《せんせんせん》(一段差)まで迫った。ただ、そこからの壁は厚かった。一時は定先に戻されたが、文化十五年(一八一八年)、二十一歳の時、再び先々先とした。だが、その頃から丈和は明らかに己との対局を避けるようになった。

二十代の後半であった文政七年から八年にかけて、的然と昇達したのを自覚した。丈和に並んだと思った。打てば互先《たがいせん》(同格)に打ち込む自信があった。しかし丈和は己と打とうとはしなかった。文政十一年（一八二八年）に六年ぶりに打った碁が最後の対局となった。その碁は五十五手で打ち掛けとなったが、すでに黒の必勝形と言えた。それから三年、丈和はついに己とは打つことのないまま名人碁所となった。

もし父が言うように己が五年早く生まれていたなら、文政の初めには丈和に並んでいただろう。となれば、名人碁所の争いはまったく違うものになっていたはずだ。あるいは元丈や仙知と争ったかもしれぬ。しかし、それは考えても詮無いことだった。

「お前の隠退は止めぬ」因淑は言った。「だが因徹の跡目願いも出していない状態での隠居は寺社奉行も認めぬであろう。あと三年は当主でおれ。何、碁は打たずともよい。その間に、因徹を井上家の当主として恥ずかしくない碁打ちに育てればよい」

「わかりました」

その夏の終わり、井上家に一通の封書が届けられた。それは土佐藩士の宮井家に嫁いだ鉚《りゅう》からのもので、宮井家の中間《ちゅうげん》が直接持参した。

因碩は、いったい鉚が何用で書など寄こしたのかと訝《いぶか》りながら封を開いた。

そこには美しい女文字で、名人への夢を断たれた因碩を慰藉《いしゃ》する言葉が綴られた後に、碁を捨てることだけは思いとどまってほしいと書かれていた。因碩は文字を追いながら、書を持つ手が震えるのがわかった。

――浜の砂より一粒の砂金をこそ見出してくださいませ。

結びの一文を見た瞬間、因碩は目が醒《さ》めた。己は何ということを考えていたのだ。たかだか名人を逃したくらいで碁を捨てるなどと考えていた自分が限りなく愚かに見えた。元丈殿も仙知殿も名人位など眼中になく、盤上の真理を目指していたではないか。父の因淑も同じだ。七十歳を超えた今も立派な碁を打ち続けている。

因碩は自らを大いに恥じた。己はいつのまにか名人碁所というものに目がくらみ、盲《めしい》になっていたようだ。

そして自らの心に言い聞かせた。名人碁所などは結果にすぎぬ。碁打ちの本懐は盤上の真理を追究することにある。たとえ名人になれずとも、後世の者をして、井上因碩の碁は見事なものであったと言われる碁譜を残したい――。

本因坊丈和が名人碁所に就いた天保二年（一八三一年）の御城碁は二局だけだった。

二子｛安井仙知
林柏栄（柏悦あらため）

先｛安井俊哲
服部因淑

この年は因碩も元美も不出場で、寂しい顔ぶれとなった。結果は、仙知・林柏栄戦は柏栄の十目勝ち、因淑・俊哲戦は苧《じご》だった。

因碩はこの年、赤星因徹相手に一局打ったのみである。八段の因碩と互角に戦える碁打ちは丈和と仙知しかいなかったが、丈和は名人御止碁《おやめご》のため稽古碁以外は禁じられている。また仙知は先年から病気がちで対局から遠ざかっており、半ば隠居に近かった。つまり因碩が本気で打てる相手はもはや碁界にはいなかったのである。

因碩は鬱屈した思いをこらえて、道策や道節などの古碁を並べた。

年が明けて天保三年（一八三二年）になった。

二月、井上家の道場に不思議な老人がやってきた。

門弟が、入門が望みかと訊ねると、老人は碁を打つところを見たいと言った。年若い門弟は体よく追い返そうとしたが、堂々とした態度に気圧《けお》されて、もしかすると贔屓筋の縁戚の者かもしれぬと思い、因碩に取り次ぐことにした。

「ほう、碁を打つところを見たいと」

因碩は碁譜並べの手を止めて言った。

「不思議なことを言うではないか。して、名は何と申す？」

「まんじと名乗っておりました」

「まんじ？知らぬな」

「お手数をお掛けして申し訳ございませぬ。すぐに引き取ってもらいます」

若い門弟は恐縮してそう言うと、玄関に向かおうとした。

「まあ待て」因碩は門弟を呼び止めた。「面白いことを言う爺《じじい》だ。会ってみよう」

因碩が玄関に行くと、老人が上《あが》り框《がまち》に腰を下ろしてキセルを吸っていた。因碩はその背中に声を掛けた。

「当主の因碩でござる」

老人が振り返った。その顔は古希《こき》を超えているように思えた。

老人はにっこり笑った。その人懐っこい笑顔につられて因碩も思わず笑みをこぼした。

「碁を打っているところを見たいと伺いましたが」

「左様」

「碁を打つ様なれば、素人衆の縁台碁でいくらでも見ることが叶うと思いますが――」

「素人の碁ではだめじゃ」老人は言った。「真剣みがない」

「まんじ殿は碁を打たれるのか」

「星目《せいもく》ほどじゃ」

星目とは有段者に九子置く腕ということだ。要するに入門に毛が生えた程度だ。因碩は悪びれもせずに言う老人に好意を持った。

「なぜに玄人の碁を見たいとおっしゃるのか」

「剣戟《けんげき》に似ておるからじゃ」

因碩は頷きながら、この老人は只者《ただもの》ではないと思った。碁の勝負を剣の戦いに喩《たと》える者は滅多にいない。

「それでは門弟《もんてい》たちの碁をご覧いただきましょう」

因碩は老人を道場に案内した。

道場では何人もの弟子たちが対局していた。その中には赤星因徹の姿もあった。因徹は弟弟子相手に稽古碁を打っていた。まんじと名乗った老人は道場の端に座ると、彼らの対局の様子を眺めた。因碩は少し離れたところに座った。

老人が盤面にはほとんど目をやらないのを見て、碁をほとんど解さないのは本当かもしれぬと思った。

老人は半時《はんとき》（一時間）ほど見つめていたが、やがて小さく一礼して、ゆっくりと立ち上がると、道場を出た。

「得心《とくしん》がゆかれましたか」

因碩は玄関で訊《たず》ねた。老人は大きく頷いた。

「やはり玄人の碁打ちは違う。空気がかまいたちのように感ずる」

因碩は面白いことをいう老人だと思った。

「白い十徳《じっとく》を着た若い男の全身からは恐ろしい殺気が漂っていた」

老人の言っているのは因徹のことだ。因徹はたとえ稽古碁でも一切手を抜くことはない。大勢の弟子の中でそれを見つけた老人の慧眼《けいがん》に、因碩は内心で唸《うな》った。

「その男と打っていた男は？」

と因碩は訊いてみた。

「だめじゃな」老人はにべもなく言った。「体から張りつめたものが感じられぬ」

老人の言うことは当たっていた。その門人は因碩から見ても才は乏しかった。老人は碁がわからないのにそこまで見抜いたのか——。

「まんじ殿と仰いましたが、どういう字を書きますか」

「寺の卍《まんじ》じゃ」

老人はそう言うと、指で空中に卍の字を書いた。それを見て因碩ははっとした。

「卍殿は——もしや為一《いいつ》殿ではござりませぬか」

「そう名乗る時もある」

為一は独特の画風を持つ有名な浮世絵師で、かつては北斎《ほくさい》とも名乗っていた。浮世絵にはそれほど興味のない因碩も名前だけは知っていた。

「知らぬこととはいえ、ご無礼つかまつりました」

「なんの失礼があろうか。丁重に遇していただいた」

為一は笑った。

「なぜに絵師の方が碁打ちの様を見られるのですか」

「わしは長年、動きのあるものを絵にしてきた。絵は動かぬ。しかし絵の中に動きを入れれば、その絵は動きだす」

因碩は頷いた。

「それで長年にわたり、動きのあるものを追いかけてきた。ところが、この年になって、動きのないものの中にこそ動きがあるのではないかと気付いたのじゃ」

禅問答のようだと因碩は思った。

「不思議そうな顔をしておるの」為一はにやりと笑った。「わしはこれを、富嶽《ふがく》を見て学んだ」

「富士ですか」

「左様。富士は動かぬが、そこには余人の計り知れぬ大きな動きがある」

因碩には不思議な感覚に思えたが、浮世絵師には浮世絵師ならではの目があるのであろう。

「それで碁打ちの姿を見てみたいと思われたのですか」

為一は頷いた。

「動きが見えましたか」

「見えた。碁打ちにも、碁盤の上にも——。まさに剣戟《けんげき》の試合のように、激しく動く様が見えた」

「それならば何より」

因碩がそう言うと、為一は一礼した。

玄関を出て行こうとした時に、ふと思いついたように言った。

「お主は井上因碩殿でござるな」

「そうでござる」

「お主の碁を知り合いの碁好きが並べるのを何局か見たことがある」

「左様でございますか。それで、如何《いかが》でございましたか」

因碩は軽い気持ちで訊《き》いた。星目程度の腕で高段の碁を見てもわかるわけがない。

「大海原《おおうなばら》が荒れるような碁じゃった」

因碩は、えっと思った。

「わかるかな。こう大きな波がうねるように——」為一は両手で波を描いた。「わしは絵師だ。ゆえに碁盤から絵が見える。お主の碁を見た時、わしにはそこには嵐の中の波が見えた」

因碩は己《おのれ》の碁が嵐の中の波であるかどうかはわからなかったが、碁を見ただけでその光景を思い浮かべるという為一の感覚に感銘を受けた。この絵師は並の絵師ではない。おそらくは後世にも名を残す人であろう。

「為一殿は――」因碩は言った。「丈和の碁をご覧になったことがありますか」

「去年、名人碁所になったという本因坊だな。それも碁好きが並べるのを何局か見たことがある」

「先生の目にはどう映りましたか」

「本因坊の碁は切り立った崖だな。鋭い岩壁だ」

為一はそう言うと、軽く一礼して、帰っていった。

因碩の脳裏に高い崖にぶつかる波が浮かんだ。大きな波が何度も崖を襲う。波は岩壁に撥《は》ね返され、波濤《はとう》となって砕け散る――。所詮《しょせん》、波は岩には勝てぬのか。そう思うと、悔しさが滲《にじ》み出た。

いや、と因碩は心の内で言った。巨大な波はしばしば島をも飲み込むという。また幾たびの激しい波によって削られた岩もある。

体の底に勇気がふつふつと湧いてくるのを覚えた。名人碁所争いでは丈和に敗れた。しかし碁で敗れたわけではない。激しくぶつかる波によって、岩壁は崩壊寸前であったのかもしれぬ。だからこそ丈和は逃げたのだ。

名人御止碁《おやめご》とはいえ、丈和は隠退したわけではない。必ずやもう一度打つ機会はあるはずだ。いや、何としても対局に引きずり出してみせる。その時こそ、崖を一気に崩壊させる。

もしその機会が来なければ、天がそれを望まなかったのだ。

十

本因坊家は九世察元以来の隆盛を迎えていた。

新しく作った上野東叡山の車坂下の道場には入門者が殺到し、さらに隣家を買い取って道場を拡げたほどだった。それでも全部は受け入れられず、余った者は本因坊家出身の門下生がやっている指南所を紹介した。

入門者は町人だけではない。名のある大名や旗本などが碁の指南を次々に申し込んでくる。こうした場合は丈和が屋敷に出向いての稽古碁となる。以前から後援者にこうした稽古は行なっていたが、名人になってからは、それまで付き合いがなかった家からの依頼が一気に増えた。丈和は以前からの贔屓筋の稽古料はそのままにしたが、新たな客には謝礼の額を三倍に引き上げた。それでも依頼はひきもきらなかった。将軍の囲碁指南役でもある名人碁所に稽古をつけてもらうというのは、碁好きにとっては最高の記念である。まして四十数年ぶりに誕生した名人である。

免状の発行額も跳ね上がった。「名人碁所」という署名がある免状はそれだけで価値がある。こうした諸々の金により本因坊家の収入は以前の十倍にもなった。

丈和は、名人碁所に阿《おもね》って擦《す》り寄る俗人たちの愚かさを内心で嗤《わら》いながら、これが名人碁所の威光かとあらためて思った。名人碁所という地位は周囲の風景をがらりと変えていた。

名人碁所が生み出したのは金だけではない。最も大きいのは棋界における権力を手に入れたことだった。それまでは家元同士の相談で決めていた御城碁の手合の組み合わせも、棋界の公式行事などもすべて名人碁所の一存で決めることができた。また他の棋士の昇段の権限も与えられた。まさに棋界の全権力を手にしたと言っても過言ではない。

さらに本因坊家の名人は、初代算砂にちなみ法印《ほういん》の格式が許されることになっていた。法印とは仏教の僧位の最上の位である。つまり丈和が京に上るときは、黒の法衣を纏《まと》い輿《こし》に乗ることが認められた。さらに供の者は袋入りの長柄《ながえ》の傘を持つことも許された。これは三千石以上の大名に与えられた格式と同じである。

本因坊家は他の三家とは比べものにならない別格の地位を手に入れた。丈和はこれを己一代のもので終わらせてはならぬと考えた。もし己が退隠した後に、他家から名人碁所が生まれれば、その家は今の本因坊家のように栄え、本因坊家はたちまちのうちに没落するであろう。それだけは避けねばならぬ。

次の坊門を継ぐのは伊藤松次郎《いとうまつじろう》か元丈師の息子である宮重丈策《じょうさく》だ。二人とも五段だったが、年は三十歳を超えている。二十三歳の安井俊哲と仮に十年後に戦うとなれば不利は免《まぬが》れない。仙知の息子である俊哲は今はたいしたことはないが、大化けする才を秘めている。それ以上に恐ろしいのは因碩の秘蔵っ子である赤星因徹だ。俊哲と同い年ながら力は明らかに上だ。いずれ名人を狙える力を持った碁打ちである。その時、松次郎と丈策ではそれを止めるのは難しいだろう。

ただ、赤星因徹が名人碁所を争うのは己が退隠した後だ。早くとも十年後だ。それまでに因徹に対抗できる碁打ちを育てる必要がある。幸いにして年若い内弟子に才豊かな少年が集まっている。最も有力なのは十三歳の我が息子、梅太郎《うめたろう》だ。父の贔屓目《ひいきめ》ではなく、幼い時から光るものがあった。少年たちの中でも一頭地を抜いている。

梅太郎に迫るのは同じ歳の土屋恒太郎《こうたろう》だ。恒太郎は文政十一年（一八二八年）、九歳の時に伊豆から父親に連れられてやってきた少年だが、門下生と打つのを見た時、筋の良さに感心して、その場で内弟子に取った。その目に狂いはなく、以後、梅太郎の好敵手となっている。赤星因徹に向かうとすれば、この二人のうちのいずれかであろう。五年では届かないだろうが、十年あれば互角に戦えるようになるはずだ。その時を稼ぐためにも十年は隠退できぬ。

丈和のもう一つの懸念《けねん》は林元美だった。

例の八段推挙の約束をはたしていなかったからだ。元美に対する恩義は感じていただけに、いずれは昇段させようとは思っていたが、まだその時期ではなかった。

元美は丈和に会っても八段推挙の要求は口にこそしないものの、いつも水戸家の話題を出した。さりげなさを装いながらも明らかなほのめかしだった。丈和はそれが嫌で次第に元美を避けるようになった。時には居留守を使うまでになった。ほとぼりが冷めるまで待てという思いだったが、それを言葉にするのははばかられた。碁打ち同士、阿吽《あうん》の呼吸で汲《く》み取ってほしいと思っていた。

その年の五月、出羽国《でわのくに》から一通の手紙が届いた。差出人は長坂猪之助《ながさかいのすけ》だった。その名前を見た時、丈和の脳裏に二十五年前の日々が鮮明によみがえった。文化四年（一八〇七年）の夏、元丈に命じられて庄内藩士の長坂猪之助と打つために鶴岡へ旅立ったのだ。名人碁所就位を寿《ことほ》ぐ文章を読みながら、猪之助との対局を思い出した。

あの時——と丈和は思った。猪之助殿に対し定先で挑んだ二十一歳だった己は剣ケ峰《けんがみね》に立たされていた。手合を変えることができなければ江戸には戻れないと思っていた。だが猪之助殿は強かった。二度カド番に追い込みながら跳ね返された時はもう駄目だと思った。猪之助殿に勝負の甘さを叱責され、一時は鶴岡を離れたが、途中で引き返し、もう一度挑んだ。そしてその碁に敗れれば碁を捨てるつもりで打った十二局目に勝ち、ついに四番勝ち越しを果たし、先々先に打ち込むことができた——。

今日の己があるのは、あの時、猪之助殿に勝負の厳しさを教えられたからだ。本当の大一番には次はない。つまり命が懸かった剣の仕合と同じなのだと。猪之助殿こそは第二の師匠である、と丈和は思った。


丈和は名人になってからはほとんど対局をしなかった。年に数局、それも下手相手に置かせる碁ばかりだった。三子以上置かせた碁は稽古碁のようなもので、負けたところで名人の権威を汚《けが》すものではない。

ただ、その時期に打った碁で特筆すべき碁が一局ある。それは名人碁所に就位して三ヶ月の天保二年（一八三一年）六月に打たれた碁で、相手は武家三強の一人である信州《しんしゅう》松代《まつしろ》藩の武士、関山仙太夫《せきやませんだゆう》である。

これまでにもこの物語に何度か登場した関山仙太夫は史上最強の素人と言われている打ち手である。松代藩の祐筆《ゆうひつ》（書記）であったこともあって、非常に筆まめで、当時の碁打ちの様子などを記した文書を多く残した。これらは幕末の囲碁史の研究には欠かせない一級の資料となっている。

この対局は、江戸に出た仙太夫が松代に帰国するに際し、名人となった丈和に餞別《せんべつ》代わりの一局をと請《こ》うて実現したものだった。この時、仙太夫は四十八歳、丈和は四十五歳だった。

手合は二子だったが、これは異例である。なぜなら仙太夫は初段であり、本来なら名人（九段格）に対しては四子の手合だからだ。丈和が二子を許したのは、九年前に京で行われた算砂二百回忌の法要の帰路、信州松代に立ち寄った際、仙太夫と三子局と二子局を一局ずつうち、いずれも敗れていたからだ。ただ丈和にしてみれば、旅の途中で打った碁ということで、阿波《あわ》の米蔵《よねぞう》の時ほど力を入れた碁ではないという思いもあった。ましてや名人になって初めての対局となれば負けるわけにはいかない。それに二子局は勝負碁に近い。

上野寛永寺真如院で多くの観戦者が見守る中で打たれたこの碁は、しかし仙太夫が見事な打ち回しを見せ、一目勝ちをおさめた。名人に二子で勝つというのは大変な快挙であり、仙太夫の面目躍如の一局である。この勝負は数日かけて行なわれたが、この間、丈和は気力を養うために毎日高価な鰻《うなぎ》を食べ、その掛かりは対局謝礼を上廻ったという話が残っている。

この時、仙太夫は丈和に五段の免状を所望《しょもう》した。名人に二子で勝てば五段の力は十分にある。しかし丈和は初段からいきなりの五段は認められないゆえ、三段の免状を与えると言った。それを不服とした仙太夫は三段の免状を断り、生涯、初段で通した。この頑固さは若い頃、同輩に「碁才餘《あま》りあるも武道に疎《うと》し」と言われ、囲碁をやめて武芸に打ち込んだ性格がそのまま残っていたと言える。ただ本因坊家も仙太夫の実力は認めていて、彼が五段格で打つことを許していた（黙許《もっきょ》五段）。それは当時の碁打ちたちも公認のもので、天保年間に出された囲碁番付表には関山仙太夫初段の名前は四段の碁打ちの上に書かれている。ちなみに関山仙太夫は丈和に対して三子番一勝、二子番三勝一打ち掛けという見事な成績を残している。

仙太夫はその後、再度江戸に出府することはなかったが、丈和の二代後の本因坊秀和とも親交を持ち、六十八歳の時、その跡目である二十三歳の秀策《しゅうさく》と二十番碁も打っている。さらに七十三歳の時には、明治の世に本因坊となる当時十九歳の村瀬弥吉《やきち》とも十番碁を打っている。歴代本因坊と最も数多く打った素人碁打ちであった。

天保三年（一八三二年）十月、元丈が亡くなった。享年五十八であった。

寛政から文化にかけて安井仙知とともに碁界を隆盛に導いた巨星の死は、一つの時代の終わりを告げる象徴的な出来事でもあった。

棋力だけでなく人格高潔をもって知られた元丈の死は本因坊家をはじめとする多くの碁打ちを悲しませたが、それを最も重く受け止めたのは、生涯にわたって好敵手であり、同時に無二の友であった仙知だった。

葬儀を終えて自宅に戻った仙知は、元丈と対局した日々を回想した。

初めて打ったのはまだ中野知得と名乗っていた十三歳の時だ。一歳上の元丈は宮重楽山と名乗っていた。以来、八十局を超える対局を重ねてきた。互いに相手に打ち勝つことを目標としてきたが、ついにそれはかなわなかった。ともに名人の座には就けなかったが、それを残念に思うことは微塵《みじん》もなかった。それよりも元丈という最高の打ち手と生涯懸けて戦えたことが何よりの喜びだった。おそらくは元丈もそう思ってくれていたに違いない。

仙知は暗い部屋で一人、碁盤に石を並べた。それは元丈との碁だった。彼と打った碁はすべて頭の中に入っている。

仙知は一手一手嚙みしめるように碁盤に石を置いた。ある局面で手を止めて盤面を睨《にら》んでいる時、不意に目の前に元丈が現れたような気がした。はっとして顔を上げると、そこには誰もいなかった。ああ、もう元丈と打つことはできぬのだ——そう思った途端、胸の奥に抑えていた悲しみがどっと噴き出した。

仙知は碁界の将来を思った。

丈和が名人碁所に就いて一年が過ぎていた。寺社奉行の突然の沙汰に、最初は憤《いきどお》った安井仙知も、結局、抗議はしなかった。いかに寺社奉行の決定とはいえ、斯界の長老である仙知が不服を唱えれば、もう一度紛糾した可能性はある。しかしそれは碁界のためにはならないと考えた。同時に、これも時の流れというものかもしれぬと思った。

今回の名人碁所就位については、丈和は正しい道を通らなかったものの、名人の力量を持つ碁打ちであったのはたしかだ。もし丈和と争碁を打っていれば、敗れたかもしれぬ。全盛期なら負けるとは思わぬが、年老いて病を抱えた身では、互角の戦いはできなかったであろう。

ただ、心残りは丈和に黒番で打つ機会を得なかったことだ。丈和とは五局打ってすべて敗れているが、いずれも己の白番だった。文政三年（一八二〇年）に打った碁は持てる力のすべてを振り絞ったものだったが、それでも二目及ばなかった。その碁は「当世の極妙碁」と喧伝《けんでん》されたが、あの頃、すでに丈和は己に並んでいたのかもしれぬ。ならばなおのこと、互先で打ってみたかった——。

しかし己はもはや過去の碁打ちだ。丈和に敗れてもおかしなことではない。老人が壮年の者に敗れるのは自然の理《ことわり》だ。己もまたそうして年配者を打ち破ってきた。ただ、気の毒なのは因碩である。もし争碁を打てば、結果はどうなったかはわからない。己の見るところ、両者の力は互角だ。となると勝負は時の運。あるいは因碩が勝ったとしても不思議はない。

四年前、因碩には丈和と打つ機会があった。「八段に推挙してくれるなら仙知殿に代わって争碁を打つ」と言いながら、その約を違《たが》え、漁夫の利を得ようとした。因碩は自ら丈和と対局する機会を捨てたのだ。因碩が名人碁所になれなかったのは己自身のせいである。哀れな男だと思った。あれほどの才を持ちながら、ついに中原の鹿を射止めることができなかった——。

だが、因碩のことなどもはやどうでもよい。今の自分の望みは俊哲を一人前の碁打ちにすることだ。自分ももう五十七歳だ。本来ならとうに家督を譲って退隠している年だ。今日まで当主でいたのは、俊哲に安井家を託せるだけの力がなかったからだ。二十三歳で五段は決して低い段位ではないが、その実力には大いに不満だった。それに同じ段位の赤星因徹にはわずかではあったが差がはっきりとあった。俊哲の才は決して自分に劣るものではないが、怠け者の上に飲む打つ買うの道楽者であったから、その才を咲かせることができないでいた。

仙知はしかし早晩隠居して家督を俊哲に譲ろうと考えていた。俊哲がこんな道楽好きなのは甘えがあるからに違いない。当主となれば自覚も芽生えるだろう。丈和は名人碁所に就いたとはいえ、歳を考えれば、そう長くは碁所にいないはずだ。丈和が退隠した後、名人位を争うのは誰か——。

仙知は目を閉じて、その未来に思いを馳せた。もはや因碩も第一線からは退いているはずだ。おそらく最強者は赤星因徹であろう。はたして俊哲はどこまで因徹に迫れるか。それは仙知自身にもわからなかった。

その時、すでに己はこの世にはいないだろう。

十一

年が明けて天保四年（一八三三年）になった。

この年、日本中を揺るがす出来事が起こった。前年の凶作が人々の暮らしを直撃したのだ。いわゆる天保の大飢饉《だいききん》である。

この飢饉は数年続き、全国で何十万人という餓死者が出た。東北地方がとくにひどかったが、四国や九州でも大きな被害が出た。天下の台所と呼ばれた大坂でも毎日餓死者が百人以上出たと記録されている。

江戸の町はそこまでひどいことにはならなかったが、それでも米の価格は急騰し、庶民は悲鳴を上げた。ただ、碁の家元は後援者が大名や旗本あるいは羽振りのいい商家であったため、収入が大きく減るということはなかった。

しかし井上因碩は、天保の飢饉はこの国の屋台骨を大きく揺るがすことになるのではないかと思った。百姓が困窮すれば藩の力が衰えるのは必定である。各藩の力が弱まればすなわち日本全体が弱くなる。まして今は異国の船が頻繁に我が国の周囲に出没している。もしかしたら異人どもはこの国を狙っているのではないだろうか。幕府は「異国船打払令《うちはらいれい》」を出しただけでこの国を守れると思っているようだが、それはあまりにも浅《せん》慮《りょ》に過ぎるのではないか。

因碩には、それは素人衆の碁打ちが上手の狙いが読めずにせっせと地取りに夢中になっている様にも見えた。いざ攻められてから慌《あわ》てて逃げるようでは一気に敗勢へと追い込まれる。まずはしっかりと己《おのれ》の石の生きを確かめ、上手の急所を逆に狙うようでなければ、勝機は見出せない。

この年は飢饉の影響もあってか、家元同士の手合の数も減った。記録に残る因碩の碁はわずかに二局、いずれも弟子の赤星因徹との碁だった（因徹の先）。

二十四歳の因徹は六段になっていた。九月に打った碁は因徹の一目勝ち。十一月に打った碁は因碩の中押し勝ちだった。因碩は、この二局で因徹が己に肉薄しているのをはっきりと感じた。将来名人を狙える器であるのは間違いない。やはり己の目に狂いはなかった——。

因徹と同い年の安井俊哲も六段になっていた。そして腕も上げていた。十月に打った本因坊丈和との先二の先番に見事勝利していた。この碁は俊哲が名人の丈和に対して徹頭徹尾戦い抜き、ついに一目を余した名局として知られる。ちなみにこの年、丈和が打った碁は俊哲との二局のみだった（もう一局は俊哲の二子番だが、打ち掛けになっている）。

俊哲の碁譜を見た因碩はその剛腕に感心した。丈和を先で破るのは並大抵ではない。俊哲は大局観にやや難があるものの、読みと戦いの力は丈和に負けていない。父、仙知譲りの才がようやく芽を吹き始めたのであろう。このまま伸びれば、恐ろしい打ち手になる。ただ、因徹には勝てぬだろうと思った。

井上門下には因徹の下にも有望な弟子が育っていた。その筆頭は十五歳の加藤正徹《かとうしょうてつ》だ。尾張《おわり》で代々医者をしていた家に生まれたが、幼い頃より碁の才を見せ、天保二年（一八三一年）に十三歳で井上家の内弟子となっていた。因碩は正徹もいずれは七段上手になる才と見ていた。

天保四年（一八三三年）の御城碁は二局だけだった。

安井仙知
先番 服部雄節

安井俊哲
先番 林柏栄

結果は服部雄節の八目勝ち、安井俊哲の中押し勝ちだった。雄節は服部家の跡目で元の名を黒川立卓という。服部因淑が因碩を井上家にやった後に、安井門下から服部家の養子となった男で、この年、三十二歳だった。服部家は井上家の外家だが、長年の功績により幕府から準家元としての格式を与えられ、雄節は跡目として前年の天保三年から御城碁に出仕が許されていた。段位は五段だが、初めての御城碁では俊哲を先番で破っており、服部家を継ぐに十分な棋力を持っていた。この年の御城碁でもさしもの仙知も二子置かれては歯が立たなかった。

翌天保五年（一八三四年）五月、因碩は井上家を因徹に任せ、上方《かみがた》に旅に出た。三十七歳にして初めての長旅だった。それまでひたすら碁の修行に打ち込んできた日々で、旅を楽しむことはなかったが、ここらあたりでゆっくりしてみようと考えたのだ。

同道したのは弟子の一人である中川順節《なかがわじゅんせつ》である。中川順節は三十一歳、因碩の六歳下で、因徹より六歳年長である。旗本の長男だったが、十代の頃に碁に夢中になり、井上家に弟子入りし因碩に師事した。その後、碁打ちとして生きていくと決め、家は弟に譲った変わり者であった。

急ぐ旅ではなかった。道中、旨《うま》いものを食べ、旅籠《はたご》では毎晩のように酒を飲んだ。時折、宿の碁盤を借りて二人で打つこともあった。

庄野宿《しょうのじゅく》（現・三重県鈴鹿市）で、因碩と順節が風呂に行こうとした時、一階の広間で客同士が碁を打っていた。旅籠ではよく見かける珍しくもない光景だが、見物人たちの様子が少し違った。皆、押し黙ったまま碁を見つめていたからだ。碁の勝負に盤外からの助言はご法度《はっと》だが、それは玄人《くろうと》の話である。

因碩は賭け碁だなと思った。それもかなりの金額に違いない。飯代を賭ける程度なら見物人も気楽に口を出すはずだ。

順節もすぐに気付いたようだった。

「これは賭け碁ですか」

順節が見物人の一人に訊いた。

「二両の大勝負だ」

それを聞いて因碩も驚いた。素人が一局に賭ける金額ではない。

黒を持って打っている若い男が顔を上げた。

「負けが込んだものですから、これで一気に取り返そうと勝負に出たのですが――」

そこまで言って、男は苦笑いした。

因碩は盤面を覗いた。一目で素人の碁とわかる。碁は白の優勢で、すでにヨセに入っている。このまま何事もなく終われば白の勝ちだ。若い男は二両を取られるだろう。

白を持っているのは恰幅《かっぷく》のいい初老に近い中年男だった。手代《てだい》風の男がそばに侍っているので、どこかの商家の旦那か番頭だろうと思った。この碁はもう貰ったとばかりにキセルを吹かしている。

「ああ、もうヤケクソだ」

若い男は左下隅の白の地に打ち込んでいった。

「ほっほ、来ましたな」

中年男は笑みを浮かべながらその石を殺しにいった。

そこには黒から手があることは因碩には見えていた。ただ、それを手にするには複雑なヨミが必要で、素人にはまず無理だ。

「やっぱりだめか――」

若い男はため息をつきながら打った。中年男は、手は無いものと思って応じている。

ところが黒は死にそうで死なない。中年男も首を傾けだした。

黒は因碩のヨミ通りに打っていく。因碩は順節と目を合わせた。素人が読める手ではなかったからだ。

十数手後、黒石は白地の中で生き、その瞬間、白石の目はなくなった。

「油断した」と中年男は叫んだ。「ろくに考えずに打った」

完全に逆転である。ところがその直後、黒は失着を打ち、白が大きな利を上げた。今度は若い男が悲鳴を上げた。

再逆転かと思われたが、終局して数えてみると、黒の二目勝ちだった。

「よかった」

若い男は満面の笑みを浮かべて大きな声を上げた。

「最後で負けにしたかと思いましたが、運が良かった」

中年男は悔しそうだった。財布から二両を取り出して男に渡すと、「もう一局打とうではないか」と言った。

「いや、もうこれでおしまいにしたいのですが」

男は二両を懐にしまうと、立ち上がりかけた。

「それはないでしょう。あんたが今までの負けを取り返したいからと賭けを二両に上げたいと言うのを、私が呑《の》んだのだから、今度はあんたが呑む番だ」

「わかりましたよ」

若い男はため息交じりに言うと、腰を下ろした。

「では最後の一局といきましょう」

「よし」

「また二両勝負ですか」

「いや、今度は四両で勝負しよう」

若い男が、「えっ」と声を上げると同時に、見物人たちもどよめいた。とてつもない大金である。男は少し迷っていたようだが、了承した。

こうして再び勝負が始まった。

順節が因碩の耳元で、賭け碁打ちですね、と囁《ささや》いた。因碩は小さく頷いた。典型的な賭け碁打ちの手口だ。最初は小遣い銭程度の勝負をする。それで負けが込むと、今までの分を取り戻したいと賭け金を上げる。しかしそこで急に強くなったりはしない。逆転の余地を残しながら終盤まではわざと劣勢の局面を作っておき、最後で引っくり返す。負けた方は九分九厘勝っていた碁を油断で負けたと思う。それで熱くしておいて、さらに大きな勝負に持っていくというものだ。今の碁も、わざと最後に失着を打ち、下手さを見せている。

「風呂に行こう」因碩は順節に言った。「こんな碁を見ていてもしょうがない」

若い男はちらっと因碩を見たが、何も言わなかった。

風呂場に行くと、順節はいきなり「師匠、あの男と打たせてください」と言った。

「碁打ちの風上にも置けないあんな野郎をのさばらしておくわけにはいきません」

若い順節はいきりたっていた。

「他人のしのぎにとやかく口を出すな。それに、悪銭身に付かずの言葉もある。阿波の米蔵《よねぞう》も賭け碁で三千両稼いだが、すべて散財したという。そういう悪辣《あくらつ》なことをしていると、いつかは天罰が下る」

「ならば今、私が天に代わって罰を与えてやります」

「やめておけ。あんな者と打てば筋が悪くなる」

因碩と順節が湯につかった後、再び一階の広間の横を通ると、まださきほどの二人が打っていた。

因碩と順節がそばに行くと、その碁は若い男が白を持っていた。盤面を覗《のぞ》くと、白が圧勝の形勢だった。

「負けた――」

中年男がアゲハマを盤に置いた。

「十両払っていただきましょうか」

どうやらこの碁には十両が賭けられていたようだ。おそらく負けが込んで一挙に取り返そうと掛け金を上げたのだろう。

「すまない。今、持ち合わせがない。少し待ってほしい」

中年男は頭を下げた。

「どれくらい待てとおっしゃるんですか」

若い男は言った。

「五日待ってほしい。足りない分を届けさせる」

「無理ですね。こちらはそんなに暇《ひま》ではありません」

「そこを何とか、利子をつけるから」

「賭けは商いとは違うんですよ。ツケが利くようなものじゃない。負けた清算はその場でするのが本筋です」

「那古野《なごや》に戻れば、何とかなる。急いで手代に行かせて金を持ってこさせます」

「ならば、金が届くまで、あんたの娘さんを置いていってもらいましょう」

中年男はどうやら娘を連れて旅をしているらしい。若い男の狙いは最初からそこにあったようだ。

「それは無体《むたい》な」

「無体もくそもあるか。賭けの負けを払わねえほうが無体じゃねえか」

若い男はいきなり怒鳴りつけた。因碩は、いよいよ賭け碁打ちが本性を現したなと思った。

見物人たちも、口々にそうだそうだと言った。因碩は、こいつらもぐるだなと見た。

「俺たちも証人だ。この兄さんの言うことは筋が通っているぜ」

「娘には手を出さないと約束してくれますか」

「約束してやるよ。とっとと娘を連れてこい」

商人はがっくりと肩を落とした。男がそんな約束を守るとはとても思えない。

若い男が男たちと一緒に中年男の腕を摑《つか》んで立たせようとした。手代が「待ってください」と言うのを、若い男が乱暴に押しのけた。

「待て！」

因碩は大きな声で言った。

「わしと一番勝負をしようじゃないか。わしが勝てば、その人の負けをなしにしてくれ」

若い男は因碩の顔を見てあざ笑うように言った。

「十両勝負でいいのか」

「この人がそれまでにあんたに払った分はいくらだ」

「八両だ」

「では十八両の勝負といこう」

男は酷薄な笑みを浮かべた。

「お前さん、そんな金あるのか」

因碩は懐《ふところ》から財布を取り出すと、中身を見せた。何枚も小判が入っているのを見て、男たちの顔色が変わった。

「よし、受けようじゃないか」

若い男は言った。

「旅の方、おやめくだされ」商人は言った。「負けたのはわしだ。金は何とかする」

「いや、それがしも碁好きのはしくれ。大勝負に血が騒いだまでのこと」

「この者はかなり強いですぞ。最初は弱いふりをしていたが、それはとんだ芝居じゃった」

商人の言葉に、若い男は鼻で笑った。

「やっとわかったか。お前みたいなヘボ相手に負ける芝居も楽じゃなかったぞ」

それから因碩の方を見て言った。

「ということだ。お前が思っているよりもずっと強い。逃げたってかまわんぜ」

「いや、結構だ」

因碩はそう言うと、若い男の前にどっかとあぐらをかいた。その堂々とした様と、黒々とした太い眉に満面黒あばたの異様な容貌《ようぼう》に、見物人を装っていた男たちも気圧《けお》された。因碩は「時としては博徒の親分と誤まらる」と『坐隠談叢』に書かれたほどの貫禄があった。

「どういう取り決めでやる」

因碩が訊いた。

「白黒は丁半の握りで決める。一番勝負だから、黒番は最初に白に四目アゲハマを渡す。それで帀《じご》の場合は白の勝ち。これでどうだ」

「よかろう」

若い男が白石をいくつか握ったが、因碩は「不要」と言った。そして不敵な笑みを浮かべて言った。

「白でも黒でも好きな方を持て」

若い男の顔が歪んだ。

「それじゃあ、黒を持たせてもらうぜ」

そう言って黒石の入った碁笥《ごけ》を引き寄せた。因碩は残った碁笥を膝元に置いた。

「確認しておくが、十八両の勝負に間違いないな」

「むろんだ」

「あとで話が違うと言われても困る。旅籠《はたご》の者に証人になってもらう」

「好きにしろ」

仲間たちが旅籠の番頭を呼び、勝負の見届け人を頼んだ。番頭は面白がって了承した。

「見届け人もできたことだし、それじゃあ、いくか」

若い男は第一着を打った。一呼吸おいて因碩も打った。

男の碁は典型的な賭け碁の碁だった。各所で定石外れとも言える手を打ってきた。それはわざと隙を見せ、相手がしめたと思って強く打ってくれば、返し技で逆に痛めつけるという手で、俗にハメ手と呼ばれているものだ。ただ、ハメ手は正しく応ずれば、ハメ手を打った方が損をする。

因碩は敢《あ》えてハメ手から逃げるような手を打った。それは若干損な手ではあったが、別に気にはしなかった。男は各所で小さな利を得たが、ハメ手で一気に潰してやろうという目論見《もくろみ》が外れて、少し不機嫌そうな顔つきになった。

「おっさん、威勢のいいことを言っていたが、気が弱いな」

男は挑発するように言った。因碩は「そうかね」と答えた。

「まあ、いいや。好きに打ちやがれ」

男は挑発するように、さらに大胆に嵩《かさ》にかかって打ってきた。因碩はひたすら固く受けた。

「さっきから逃げてばかりじゃねえか。それで勝てると思っているのか」

「勝とうと思って打ってるつもりだが」

「白の地なんて、どこにもねえじゃねえか」

男は嘲笑《あざわら》うように言った。たしかに盤面は黒の地が圧倒的に多かった。白石は各所にばらばらでとても地になるような形になっていない。

「偉そうにしゃしゃり出てきやがるから、どこまで打つかと思えば、話にならないじゃねえか。これじゃあ、さっきの爺《じじい》のほうがましだぜ」

「勝負はまだ終わっていない」

「この碁を最後まで打つつもりかよ。投げたらどうだ」

「十八両もかかっているんだ。投げるわけにはゆかん」

若い男が舌打ちすると、仲間の一人が「さっさと片付けろよ」と言った。

「よし、じゃあ、この石を殺して終わらせるか」

男は左辺の白石を攻めてきた。因碩はその石をのらりくらりと逃げた。すぐ御用にできると思っていた男は勝手が違っていらいらした様子を見せた。

「この野郎、往生際が悪いぜ」

因碩は澄ました顔で「これが死んだら、終わりだからな」と言った。

「そこまで生きたいと言うなら生かしてやるぜ。ただし、生きたって碁は俺の勝ちだ」

「粘ってみるさ」

因碩はそう言うと、黒の石の一つにキリを入れた。それはさっきまで白石を攻めていた黒石の弱点だった。男はキリを入れた白石を取ろうとしたが、その白は簡単に取れるものではなかった。男の顔に焦りの色が浮かんだ。その白を取れなければ、分断された黒石を二つともしのがなければならないからだ。

「畜生め、ちょっと調子に乗りすぎたか」

男はシノギに回らなければならなかったが、ここにきて各所にばらばらになっていた白石が黒石にとって厄介なものになっていた。すなわち黒石の逃げる方向をどれも塞《ふさ》いでいる形になっていたのだ。男は「ついてねえぜ」と呻くように言った。

いつのまにか男の顔は真っ赤になっていた。簡単にしのげると思って打っていたのが、どうにも生きが見えなくなってきたのだ。数十手後、黒の大石は死んだ。

「負けた」

男は吐き捨てるように言うと、アゲハマを碁盤の上に投げた。

「運が良かった。これでこの人の負け分はちゃらだな」

因碩は盤側に座っていた中年男の顔を見て言った。

賭け碁打ちは「ああ」と吐き捨てるように言った。それから苦々しい顔で、八両の金を碁盤の上に置いた。因碩はそれを数えると、商人に渡した。

「ありがとうございます。このご恩は生涯忘れませぬ。これはお礼としてお納めください」

商人は五両の金を因碩に差し出した。

「礼には及びませぬ。それよりも、今後は見ず知らずの者と賭け碁を打つのは控えるように」

「もう二度と賭け碁は打ちません」

商人はそう言うと、何度も因碩に頭を下げて、手代と一緒に去っていった。

「それでは、わしらも帰るとするか」

因碩が後ろにいた中川順節に声をかけて立ち上がると、賭け碁打ちが「待てよ」と声をかけた。

「もう一番いこうじゃないか」

「一番だけの勝負のはずだったろう」

「今の一番は油断した。俺の勝ち碁だったんだ」

「あんたの言う通りだ」因碩は言った。

「実はいつ投げようかと思っていたんだ。あんたも白石を殺しになんかこずに、とっとと店仕舞いしていたら、楽に勝っていただろうに」

「お前があまりにヘボすぎるから、余計なことをしちまった」

「ヘボのおかげで負け碁を拾うとは、ついていたね」

因碩はからかうように言った。

「お願えだ。もう一番だけ打とうじゃねえか。勝ち逃げはねえだろう」

賭け碁打ちは因碩の袖《そで》を摑んだ。因碩は小さくため息をつくと腰を下ろした。

「わかったよ。今度は何両賭ける?」

「二十両だ」

賭け碁打ちがそう言った時、仲間たちは慌てた。男の一人が「負けたらどうするんだ」と訊《き》くと、賭け碁打ちは「負けるわけがねえ」と怒鳴るように言った。

「さっきは本当に油断したんだ。お前らが早く終わらせろと言うから、失敗しちまったんだ」

その一言で仲間たちも黙った。

「ところで」と因碩は言った。「お前さんがた、二十両も持っているのか。負けてから、金はない、じゃあ困るぜ」

男たちは懐からめいめい財布を取り出して中身を見せた。合わせると二十両はありそうだった。

「じゃあ、いくか」

二十両を賭けた碁が始まった。今度は因碩が黒を持った。

序盤、左下隅で男はまたもハメ手を打ってきた。それはハメ手の中でも超難解で手数の多いものだった。ハマればそこで碁は終わる。

因碩は敢えてハメ手に乗った。男がにやりと笑うのを因碩は見た。ついに罠に誘い込んだとほくそ笑んだのであろうと思った。

難解な手順はバタバタと進んだ。男はもう貰ったと思って打っている。しかし罠に誘い込んだのは因碩だった。そのハメ手は途中にも複雑な変化を孕《はら》んでいるが、双方最善手を打てば三十数手後にすべてが決まる。ただ、その時にシチョウ関係が大きくものを言う。シチョウとは石を取る手筋のひとつで、いったんシチョウにかかれば、何十手先であろうと、その石は死ぬ。因碩は男のハメ手を予想して、はるか対角線上の右上隅に小目ではなく高目を打っていたのだ。

二十数手を超えたあたりから男の着手が鈍くなってきた。シチョウが不利であることに気付いたのだ。もしかしたら最初から気付いていたのかもしれないが、まさか因碩がすべて最善手を打ち続けるとは思っていなかったのかもしれない。途中で因碩が一手でも間違えれば、白がよくなるからだ。

三十数手後、賭け碁打ちの手が止まった。その顔がみるみる赤くなり、やがて蒼白に変わった。周囲の仲間たちはまだ何が起こったのかわからないでいた。

因碩の後ろにいる中川順節はさっきから神妙な顔つきをしていたが、笑いを噛み殺しているのが因碩にもわかった。

「あんたの番だぜ」

因碩は言った。しかし男は答えず、盤面を睨《にら》んでいた。もはやどうあっても起死回生はない。

中盤に差し掛かる頃には、盤面の白石はほとんどが死ぬという無残な形になっていた。

周囲の男も皆押し黙っていた。

「負けた――」

賭け碁打ちはがっくりと肩を落とした。

「では金をいただこうか」

男と仲間たちは無言のまま二十両を因碩に支払った。因碩は勝負の見届け人となった宿の番頭に祝儀として一両を渡すと、順節を連れて部屋に戻った。

「大変な儲けとなりましたね」

部屋に戻るなり、順節が言った。

「義を見てせざるは勇無きなりと打っただけだが、思わぬ余得もあったな。路銀に相当な余裕ができた」

因碩の言葉に順節は笑った。

「ところで、あの賭け碁打ちの一局目、右上に面白い変化があった」

「大斜定石《たいしゃじょうせき》ですね。あやつ、見たこともない手を打ちましたね。ハメ手でしょうか」

「おそらくその類だと思うが、途中、面白い変化図が見えた。調べてみる価値がある」

「賭け碁打ちのハメ手ですよ」

「いや、賭け碁打ちとか素人の手と言って、馬鹿にするものではない。碁の変化は無限だ。家元の碁打ちと言えど、碁の無限の変化のほとんどはわかっておらぬ。ゆえに玄人が気付かぬ手を素人が打つことは珍しいことではない。あの男が打った大斜の変化は実に面白い」

順節は「はあ」と曖昧《あいまい》に頷いた。

「十九両の儲けよりもずっと大きな収穫だ。この旅の道中で、大斜の新しい変化を調べる楽しみができた」

「はい」

「さすがにもう遅い。明日の朝は早い。寝るぞ」

因碩はそう言うと、行灯《あんどん》の火を消した。


翌日、因碩と順節は朝早くに旅籠を発《た》った。

庄野宿を出てしばらく行くと、小さな峠が見えた。その峠の上に数人の男たちがたむろしているのに気付いた。

「昨夜の男たちのようです」

「そのようだな」

「戻りましょうか」

「もう向こうにも気付かれておる。今さら戻っても、庄野宿までは逃げ切れんだろう。ここは腹を据えるしかあるまい」

「はい」

因碩と順節は峠への道を歩いた。

二人が峠に差し掛かった時、昨日の男たちが前を塞《ふさ》いだ。

「お前たち、玄人の碁打ちだな」

若い賭け碁打ちが言った。

「それならば、どうした」

　因碩が大きな目で睨みつけると、男たちは一瞬怯《ひる》んだようだったが、すぐに数を恃《たの》んですごんだ。

「玄人が素人のふりをして賭け碁をやるなんざ、道に反するぜ。昨日の取り分を置いていってもらおうか」

　因碩は懐から金を取り出すと、道に投げ捨てた。

「それで全部だ。一両は番頭にやったが、それくらいは我慢しろ」

　因碩はそう言うと、峠を抜けようとした。

「待ちやがれ。金を返したからって、そのまま通すわけにはいかねえ」

　因碩の周囲を男たちが囲んだ。

「有り金を置いていけ」

「それは無体《むたい》な話だ」

　男の一人が因碩の着物の襟《えり》を摑んだ。その瞬間、男は宙に舞ったかと思うと、その体は地面に叩きつけられていた。順節が男を投げ飛ばしたのだ。

「野郎！」

　一人の男が順節に襲いかかった。順節は体をかわすと同時に、その腹に当て身を食らわせた。男は腹を押さえたままうずくまった。一人の男が隠し持っていたドスを抜いたが、順節は男の腕を取ると、ぐいと捻《ね》じ曲げた。骨の折れる音がしたと同時に男の悲鳴が轟《とどろ》いた。

「こう見えても元は武士じゃ。柔《やわら》の心得はある。腕の一本や二本はへし折ってくれるぞ」

順節の大声に、男たちは完全に戦意をなくした。

「落ちている金を拾え」

順節に言われて男たちは慌てて金を拾った。順節はそれを受け取ると、一両を投げて言った。

「それは腕の治療代だ。うまく継がぬと、一生曲がったままになるぞ。とっとと失せろ」

男たちは怪我人を抱えて慌てて峠を降りて行った。

「さすがだな、順節」

因碩は感心したように言った。

「いや、幼少の頃より、父に武芸をしこたま仕込まれましたゆえ」

「やっとうの方もいけるのか」

「免許皆伝にございます」

「知らなかった」

「碁にはまったく役に立ちませぬ」

順節の言葉に因碩は笑った。

「師匠も腕には自信があるのですか」

「わしも武家の出だが、そっちの方はまるでだめだ」

「それなのに、あの胆力。感服いたしました」

「腕には自信はないが、いざとなれば大暴れしようとは思っておった。死に物狂いで両の腕を振り回せば、何とかなるのではないかと」

「その胆力があれば、おそらくは切り抜けられたことと存じます」

因碩は「そうか」と言うと、豪快に笑った。

しかし順節は笑わなかった。しばらく神妙な表情をして無言で歩いていたが、ふと立ち止まると言った。

「私は今、師匠の碁の強さの秘訣《ひけつ》を見たように思います。いかに危地にあろうと、逃げることは考えずに、正面突破で戦い抜く――それこそが碁に通じる道かと」


六月の初めに因碩と順節は京都に着いた。

井上因碩の名は京都や大坂の碁打ちの間でも知られていて、二人は各所で催される碁会に招かれた。

因碩は上方《かみがた》の力自慢相手に何局も稽古碁を打った。勝負の碁ではないから、うまく下手《したて》に花を持たせて負けてやり、局後には丁寧に指導した。因碩の義父の服部因淑は教え上手《じょうず》で知られていたが、その薫陶を受けていた因碩も指導は上手《うま》かった。大坂の碁打ちたちはたちまち因碩に魅了された。因碩もまた大坂の庶民的な風土と人々の飾らぬ性格が大いに気に入った。初めて訪れた上方ではあったが、妙な懐しさを覚えていた。尼崎藩の足軽であった実父の血のせいだろうかと思った。

ある日の碁会の終わり、大坂の碁好きたち一同は、因碩にこの地に留まってくれないだろうかと言った。彼らの出した条件は驚くべきものだった。大きな商家が後援となり、家屋敷を提供してくれるばかりか、毎月の手当も破格のものだった。

これには因碩も大いに心惹《ひ》かれた。名人の夢を断たれた今、江戸にいる理由はない。ただ現在は井上家の当主であり、勝手に住居を大坂に移すわけにはいかなかった。

「お申し出は大変有難いのですが、それがしは幕府から扶持《ふち》をいただく身であり、自らの一存ではお受けするわけには参りませぬ」

因碩がそう言っても、大坂の碁好きたちは食い下がった。中には、家督を譲って隠居して、大坂に来ればいいではないかとまで言う者もいた。

因碩は遠慮もなくずけずけと本音をぶつけてくる彼らに内心苦笑したが、不愉快ではなかった。武士との会話ではこうはいかない。互いに言葉の裏にあるものを察しながら話を進めていかねばならないからだ。いずれ隠居した後は、この地に住もうかと本気で考えた。しかしそれはまだしばらく先のことだ。

「まことに心苦しくはありますが、今、大坂に住むことは叶いませぬ。事情はお汲《く》みくだされ」

重ねて言うと、さすがに一同もそれ以上強くは言わなかった。

この時、中川順節が口を開いた。

「師匠、私が大坂に住むのはいかがでしょうか」

因碩は驚いた。

「江戸には帰らぬつもりか」

「私も井上家に内弟子に入った時は、いつかは跡目にという思いを抱いておりましたが、因徹の才能を目の当たりにして、それは叶わぬ夢と諦《あきら》めました。いずれ身の振り方を考えねばなるまいと常々思って参りましたが、この地で碁の普及に生きるのも一つの道かと思いました」

因碩は順節の顔をじっと見つめた。

順節は真面目でまっすぐな性格で、棋力も五段で筋も悪くはなかったが、順節自身が言うように、跡目を任せるほどの力はない。しかし親分肌で下の者の面倒見もよく、因徹をはじめ弟弟子からは慕われていた。もし大坂に居を構えれば、必ずやこの地に多くの打ち手を育てるであろう。

「皆様方――」

因碩は集まった碁好きたちに言った。

「我が弟子の中川順節を因碩の名代《みようだい》として、可愛がってはもらえぬでしょうか。棋力は因碩が保証いたします。井門《せいもん》五段、上手《うわて》に先の腕前です」

大坂の碁好きの代表であった米問屋の原才一郎は、「井上家五段の中川先生に来ていただければ、まさに果報にござる」と言った。周囲の者も皆、喜んだ。

「順節よ」と因碩は言った。「ここまで喜んでもらえるのは、碁打ち冥利に尽きるというもの。しっかりと務めを果たせ」

順節は「はい」と答えた。

「お前との別れは辛いぞ」

師の言葉に、順節は畳に両手をついて深く頭を下げると、「長らくありがとうございました」と言った。

「たとえ江戸と大坂に離れても、お前が我が弟子であることは終生変わらぬ。これからも井門に恥じぬようにしっかりと精進いたせ」

「師匠――」

順節の顔は涙でぐっしょりと濡れていた。

「楽しい門出だ。泣くではない」

因碩は笑って言ったが、その顔もまた涙で濡れていた。周囲の者も皆、泣いていた。

十二

因碩が上方《かみがた》に遊歴中、江戸では碁打ちたち注目の対局が行なわれていた。本因坊丈和と赤星因徹の対局だ。

二人は文政十年（一八二七年）、因徹が十八歳の時に先二の碁を三局打っているが（丈和の二勝一敗）、それから七年間一度も対局していなかった。時の第一人者と次の時代を担う俊秀が七年も手合を持たないというのは不思議なことでもあったが、この数年、本因坊家と井上家の関係は緊張に満ちており、気軽に対局を許す空気ではなかったのだ。

丈和は因徹にはずっと注目していた。七年前に打った時も並々ならぬ才に感心したが、近年の碁譜を見れば、驚くほどの成長を遂げているのが見て取れた。安井家の俊哲（仙知の息子）や、同じく安井家の太田雄蔵（卯之助から改名）よりもはっきり強い。いずれは名人を狙える器であると見ていた。それだけに実際に打ってみたいとずっと思っていた。丈和の思いを知った後援者の一人、旗本の深津庄太夫が二人の対局の催主になろうと手を上げたのだ。

本因坊家から対局の打診を受けた因徹は驚いた。いつかはもう一度打ってみたいと思っていた名人との対局である。かつて対局した時は三段だった。あの時は先二の手合で胸を借りたが、今ならば先で真っ向から打てる――。本来ならば師匠の因碩に相談しなければならないが、師匠は上方に遊歴中である。手紙を送って返事を待つ時間が惜しい。それに許しを得られないこともあるかもしれない。因徹は独断で、打つ、と答えた。

この時、注目すべきことがあった。丈和が対局前に赤星因徹に七段の免状を与えたのだ。七段以上の昇段は家元同士の相談で決められるのが長年の慣習となっていたが、名人碁所がいる場合は、その一存ですべてが決まった。丈和は因徹のそれまでの碁譜を調べ、七段上手《じようず》を名乗れるだけの棋力があると認めたのだ。二十五歳にして七段は、丈和の四十一歳、因碩の三十歳に比べて格段に早い。これを見てもいかに因徹の才がずば抜けていたかがわかる。そしてこの昇段により、因徹は丈和に対して定先で打てることになった（六段ならば先二の手合である）。

こうして天保五年（一八三四年）六月二十七日、二人の対局が行なわれた。

因徹ははやる気持ちを必死で抑えた。相手は名人、入神とされている存在である。だがいかに強くとも神などではない、と因徹は自らに言った。師匠は丈和に劣るものではない。その師匠に先で打てる己は丈和に対しても先で打てないはずはない――。

しかし目の前に座る丈和を見た時、ずんぐりむっくりとした体から放たれる凄まじい威圧感に圧倒された。特に眼光の鋭さは尋常なものではない。かつて七年前に打った時にはこの恐ろしさがわからなかった。先二の手合とは違い、先ならば勝負碁と丈和が見ているのは明らかだった。全身から凄まじい闘志を剝《む》き出しにしていた。魁偉《かいい》な容貌《ようぼう》は人間と言うよりも化け物のように思えた。師匠はこんな男としのぎを削ってきたのか——

そう思うとあらためて師匠の凄さがわかった。

因徹は盤面だけに専心しようと思った。我が敵は丈和でもなければ名人でもない。白石である。そう言い聞かせた途端、心が落ち着いた。

因徹は静かに左上の小目に第一着を打った。

序盤、因徹は大きく構えた。そして左下で白石をぐいぐい下辺に押し付けて厚みを取ると、次に右辺の白の肩をついた。これも白石を右辺に閉じ込めてしまおうというものだった。白に地を与えても厚みで打てるという大胆な構想だった。

白はそれに反発して中央に出たが、因徹は右辺になだれ込み、激しい戦いが勃発した。

そこからは凄まじい捻じりあいになった。一手一手が難解なヨミを必要とした。

観戦者たちは若い因徹が丈和の怪力を恐れることなく真っ向から戦っているのを見て感嘆の声を上げた。

戦いは全局へと波及したが、因徹は一歩も引かずに最強手を打った。戦いの権化《ごんげ》とも言われる丈和に真っ向からぶつかって勝てるわけがないと多くの観戦者が思った。

ところが、驚くようなことが起こった。じりじりと白石が圧迫されてきたのだ。夕刻近くになり、丈和の顔が苦しそうに歪むのを多くの観戦者が見た。

白が中央にハネを打った時、黒は急所に差し込んだ。それを見た丈和の手が止まった。白はどう打っても形が崩れる。しかもほぼ一方的に攻められる碁形になりそうだった。

丈和はひとつ咳払いをすると、「ここで打ち掛けよう」と言った。

因徹は表情も変えずに黙って頭を下げた。おそらくこの碁が打ち継がれることはないだろうと思った。名人が向こう定先で負けることは許されない。先二の先番に負けるのとでは重みが違う。決着をつけることができないのは残念ではあったが、名人相手に納得のいく碁が打てたことで満足だった。最後まで打てば、必ず勝つ自信があった。


丈和は深津家から戻りながら、恐ろしい奴だ、と心の内で呟いた。

碁は打ち掛けにはしたが、白にほとんど勝機はない。赤星因徹は想像していたよりもはるかに強かった。だが、一局だけではわからない。できればもう一局試みたい——。

丈和の意向を受けて、深津庄太夫は三日後の七月朔日《ついたち》に丈和と因徹の新たな一局を主催した。

この碁も序盤、左下の白石を因徹が挟んだところから激しい戦いが起こった。まもなく戦いは右下に移ったが、ここで因徹は妙手を放った。さらに下辺の四子を捨石にして、厚みを築くと、左下から中央へ伸びる白石の攻めに回った。白はほぼ一方的に攻められる形となった。

そして中盤に黒は素晴らしい手を放った。白石を睨《にら》みつつ、中央の模様を大きく盛り上げたのだ。因徹のきらめく才能を見せた一着だった。碁はまだ七十手少々しか進んでいないにもかかわらず、すでにして白は劣勢に追い込まれている。

丈和はここで打ち掛けを宣言した。ただ、打ち継ぐ気はなかった。打ち継いで負けるとは思わなかったが、そんな危険を冒して打ち継ぐ理由はない。もともと因徹の力を見るために打った碁である。目的は十分に達せられた。

因徹の才は本物だと丈和は思った。一局目はまぐれではなかった。いずれ名人を狙える男だと確信した。段位は七段だが、すでに八段の芸はある。いつか己が退隠した時、名人に一番近いところに立っているのは因徹であろう。十五歳の息子の道和（梅太郎）もその同年の弟子、土屋秀和（恒太郎）も大才だが、まだ因徹には遠く及ばない。少なくとも二人が成長するまでは、名人を退くわけにはゆかぬ。

丈和は因徹との対局の後、宮重丈策を跡目にした。丈策は元丈の子で、元の名を岩之助といい、学識豊かで人格的にも優れていた。とはいえ名門本因坊家の跡目で六段というのは少し力不足ではあった。しかも年齢は三十二歳だった。それでも丈和が跡目に据えたのは、師の元丈の恩に報いるためだった。丈和は自分をここまで育て上げてくれた今は亡き師匠への感謝の念を決して忘れてはいなかった。

その年の八月、因碩は四ヶ月の旅を終えて江戸に戻った。

因碩は留守中に因徹が丈和と打ったことを知って驚いたが、その碁譜を見てさらに驚嘆した。先とはいえ、丈和の剛腕と正面から戦い、ねじ伏せていたからだ。

「見事な碁だ」

「たまたまうまくいきました」

「名人相手にたまたまはない。力比べで負けていない。深いヨミに支えられた碁である」

「畏《おそ》れ入ります」

「おそらく打ち継げば、二局ともに勝てたであろう」

因徹は黙って頭を下げた。

後日、因碩はじっくりと碁譜を調べ直し、因徹の技量は並々ならぬところまできているのを確認した。

そろそろ因徹を跡目に据える時期だと考えた。己《おのれ》はまだ三十七歳、ぽっくり逝《い》くとは思えなかったが、人生は何が起こるかわからない。先日の庄野宿の悶着《もんちゃく》の際、一瞬脳裏に浮かんだのは、己にもしものことがあれば井上家はどうなるか、だった。何事も転ばぬ先の杖だ。それに因徹ならば力は申し分なし、二十五歳という年齢も早くはない。

ただ、小さな気がかりがあった。それは因徹の顔色がよくないように見えたことだ。少年の頃から体は強い方ではなかった。季節の変わり目にはよく体調を崩して風邪をひいていた。成人した今も、ひどく瘦《や》せている。

碁打ちで大成するには碁才はもちろんだが、体力も必須である。大一番の勝負となれば、何日も懸けて打つのは当たり前である。三日三晩徹夜で打つことさえある。また長生きも才能の一つと言える。奥貫智策も桜井知達も有り余る才を持ちながら、夭逝して大輪の花を咲かせることができなかった。

「しっかりと食べているか」

因碩は愛弟子に訊《き》いた。

「碁の修行も大切だが、精のつくものを食べて、きちんと休養を取ることも大事だぞ」

「ありがたきお言葉にございます。しかしながら十分に食べて寝ております」

因徹は爽やかな笑顔を見せて言った。因碩もそれを見て微笑んだ。

その年の御城碁も二局だけだった。

先番｛林元美
　　　｛安井俊哲

先番　本因坊丈策
　　　服部雄節

四人の出場者の中に七段上手が元美だけという華やかさに欠ける御城碁となった。結果は安井俊哲が中押し勝ち、服部雄節が二目勝ちだった。本因坊跡目の丈策は三十二歳で初の御城碁を勝利で飾ることができなかった。

御城碁の翌月、十二月九日、因碩は因徹と打った。場所は因徹の家で、観戦者のいない師弟対局だった。はたして因徹がどれほど強くなっているか、実際に打って確かめてみようというものだった。

手合は因徹の先だった。因碩は序盤から秘術を尽くして戦ったが、因徹は動じず、逆にじりじりと師匠に圧力をかけた。中盤以降も因碩は攻めまくられ、ほとんど勝機を摑むことなく、中押しで敗れた。

因碩は大いに満足だった。手塩にかけた鳳雛《ほうすう》は今や大きく羽ばたこうとしている。明日の棋界を背負っていくのは間違いない。いずれ丈和が引退すれば、その座を襲うことになるだろう。名人碁所を諦めた己の夢は、因徹を名人にすることだ——。

第七章

吐血の局

一

年が明け、天保六年（一八三五年）一月の半ば、赤星因徹《あかぼしいんてつ》が井上家を訪れた。

因徹は前年に井上家を出て独立していたが、月に何度かは師家を訪れて、内弟子たちに稽古をつけていた。本当は毎日でも来たかったのだが、それができない事情があった。因徹は労咳《ろうがい》を患っていたのだ。日によっては咳《せき》が止まらないこともあり、時折痰《たん》の中に血が混じることもあった。このことは誰にも隠していた。前年に部屋を出て独立したのも、周囲の者たちに気付かれないためだった。とくに誰よりも自分を可愛がってくれている師の因碩《いんせき》には絶対に知られたくなかった。

因徹は、おそらく自分は長くは生きられないだろうと覚悟していた。だが、死ぬのは怖くはなかった。人はいずれ死ぬ。早いか遅いかの違いだけだ。碁打ちは死んでも碁譜は残る。自分に残された時がどれだけあるかはわからないが、その間に生きた証《あかし》となるような碁を打ちたい。そして一局でいい、これぞ赤星因徹の碁であるという碁譜を残したい――。

その日、因徹が井上家の道場に入って、年若い弟子相手に稽古碁を打とうとした時、一人の内弟子がやってきて、「師匠がお呼びです」と言った。因徹は稽古を取りやめ、因碩の部屋に向かった。

「因徹です」

「入れ」

「失礼つかまつります」

因徹が襖《ふすま》を開けて部屋に入ると、そこには師匠の因碩と弟弟子の加藤正徹《しょうてつ》、それに服部家の跡目である服部雄節《ゆうせつ》の三人が真剣な顔で碁盤を睨《にら》んでいた。

「師匠、何用でござりましょうか」

因碩は盤を睨んだまま黙って頷《うなず》いた。因徹は盤に並べられている石を見た。それは大《たい》斜定石《しゃじょうせき》からの変化のようだったが、見たことのない形だった。

「師匠、これは？」

「昨年、上方《かみがた》への旅の途中で、賭け碁打ちが打ったものだ」

因碩はそう言って、いったん石を崩すと、初めから並べた。そして賭け碁打ちが打った手で止めた。

「不思議な手ですね」

「うむ。おそらくハメ手のつもりで打ったに違いない」

「見たことのないハメ手です」

「もしかしたら自分で工夫して打ったものかもしれぬ。実戦は逆にわしが相手を潰した」

因碩はそう言ってその手順を並べた。

「賭け碁打ちが逆にハマったわけですね」

「その時に打っていて気付いたのだが――この手はどうだ」

因碩はそう言いながら石をいくつか戻すと、さっきとは違うところに打った。

因徹は驚いた。それは思いもつかない手だった。

「これは賭け碁打ちも気付かなかった手だが、この変化は実に面白い」

因徹はしばらく盤面を睨んでいたが、やがてその手の恐ろしさが見えてきた。

「たしかに――これは」

因徹の言葉に、師匠は頷いた。

「そうだ。今まで誰も打たなかった手だ」

「変化は複雑です。どう打てば最善であるのか――」

「先日から、ずっとこれを調べておったのだ。そのために服部雄節にも来てもらっておる」

服部雄節はもとは安井仙知門下だったが、服部因淑《いんしゅくこ》に請われて養子となり、服部家の跡目となっていた。年は因碩の四歳下の三十四歳、段位は六段で、因碩にとっては弟分のようなものだった。井上家の外家であった服部家は因淑の長年の功績が認められ、今や家元四家と同格の扱いとなって幕府から扶持《ふち》をいただく家となっていた。

もう一人盤側にいた因徹の弟弟子の加藤正徹は、十七歳で四段、将来を嘱望《しょくぼう》されている少年だった。

「ずっと調べておるが、簡単には結論が出ない」

師匠の言葉に因徹は頷いた。

大斜定石は「大斜百変」とも「千変」とも呼ばれるほどの複雑な変化を含んでいる。それを避ける簡明な打ち方もあるが、玄人は一目でも損をするとなれば、そんな手は絶対に打てない。畢竟《ひっきょう》、いっぱいに打つことになるが、その先に待っているのは恐ろしい変化である。

因碩たちはそれまでの大斜定石には見たこともなかった未知の変化に足を踏み入れていたのだ。


こうした新しい定石や布石の研究は碁打ちにとって苦行であると同時に最高の喜びでもある。

実は日本囲碁界でこうした共同研究が広く行なわれるようになったのは、この二十年ほどのことである。それ以前はプロ棋士の多くはどちらかといえば部屋に籠《こも》って一人で研究するのがほとんどだった。なぜならプロ棋士は自分以外はすべて敵でありライバルであるからだ。その敵と共に新手を研究するのは矛盾であり、また自分の研究成果を他人に公開するのは損であるという考え方が根強くあった。

かつて藤沢秀行《ふじさわしゅうこう》名誉棋聖が四十代の頃、有望な若手棋士を集めて自分の研究成果を惜しげもなく披露していた時、多くのベテラン棋士たちが「得なことは何もないのに」と冷ややかな目で見ていた。実際、藤沢の教えを受けた若手棋士はどんどんタイトルを獲《と》り、当の藤沢はタイトルに無縁の時期が続いた。ところが藤沢は五十歳を超えて彼らをすべて撃破し、棋界で最高賞金タイトルの棋聖位を六連覇した。

藤沢の考えは、互いの研究成果を出し合うことで囲碁の世界はより高度な世界へと発展するというものだった。ちなみに藤沢が、囲碁の神が百知っているとすれば、自分の知っていることはせいぜい三か四くらいであろうと言ったのは有名な話である。

藤沢はその後、中国に何度も渡り、かの地の棋士に自らの持てるものをどしどし与え、彼らを鍛え抜いた。一九七〇年代まで、中国の碁のレベルは日本とは比較にならないほど低かったが、藤沢の薫陶を受けた中国棋士たちは飛躍的に強くなり、二十世紀の終わりに日本に追いつき、二十一世紀になってついに日本を抜き去った。近年、中国や韓国が共同研究で日本の棋士を圧倒したことから、その重要性を知った日本でも共同研究が盛んに行なわれるようになった。

ただ、江戸時代においては、碁は「芸」という意識が強く、共同で研究することはあまり行なわれなかったように思われる。とはいえ、隅の定石に関しては各家元たちでそれなりに研究してきた形跡がある。時代と共にどんどん定石が改良されてきたからだ。天保六年のこの年、井上家の一室で行なわれた大斜定石の研究もその一つだった。

研究は数日続いた。そしてついにひとつの形にいきついた。

「どうやら結論が出たようだな」

因碩は、因徹と雄節それに正徹を前にして言った。

「これは強力な武器となる。この形がもし実戦で生ずれば、大いに優勢となるであろう」

三人は頷いた。しばらく誰も無言だった。因徹は皆の気持ちがわかった。

師の因碩が言うように、序盤で相手が大斜にきた時にこれを使えば、一挙に大優勢となるのはほぼ間違いない。玄人が普通のハメ手に嵌《は》まることはまずないが、この大斜の変化はまず読めない——十中八九嵌まる。つまりほぼ必勝形となるのが約束されているのだ。

ただ、それが通用するのは一度きりだ。二度目はない。全国を回る賭け碁打ちならいざしらず、家元の碁は一度手の内を見せてしまえば、たちどころに周知のものとなる。皆が無言になっていたのは、四人で数日間も部屋に籠って考え抜いたことが、たったの一度しか使えないことに、無念とも理不尽ともつかぬ気持ちになったのだろうと因徹は思った。

沈黙を破ったのは因碩だった。

「これは井門《せいもん》の秘手《ひしゅ》として、門外不出とする」

三人は顔を上げて因碩を見た。

「すると、これは永久に打たないのですか」

服部雄節が言った。

「いや――」因碩は静かに答えた。「我が井上家の浮沈がかかった大一番に、打たれることになる」

「その大一番とは、どのような一局でありましょうか」

正徹が訊いた。

「わからぬ」因碩は答えた。「しかし、その日は必ず来る」

因徹はその言葉を聞きながら、はたして「井門の秘手」が打たれる日が本当に来るのだろうかと思った。もしかしたらこの手は永久に世に出ないかもしれない。たとえそうではなくとも、おそらく自分がその手を見ることはないだろう。

その年の四月、松平周防守康任《まつだいらすおうのかみやすとう》の家老である岡田頼母《おかだたのも》の使者が井上家を訪れた。石見国浜田《いわみのくにはまだ》（現・島根県浜田市）藩主である松平周防守は時の老中で、大いなる権勢を誇っていた。かつては寺社奉行も勤めていて碁界との縁があったが、自らも碁が好きで、屋敷で何度も碁会を開いていた。

その藩主以上に碁が好きだったのは筆頭国家老《くにがろう》の岡田頼母である。岡田は大仙知《おおせんち》（七世安井仙角《せんかく》）に師事し、五段を許されたほどの打ち手である。もっともこれは多分に名誉段的なもので、実力的には、武家三強の長坂猪之助《ながさかいのすけ》（若き丈和との二十番碁で知られる）、片山知的《かたやまちてき》、関山仙太夫《せきやませんだゆう》らとは比べものにならない。とはいえ並の素人ではない。

岡田は井上一門とも親交があり、因碩とも親しい関係だった。

使者は因碩に、至急屋敷においでくださるようにと言った。

因碩はその日、商家に稽古に行く予定だったが、因徹に代稽古を頼んで、松平家に出向いた。

屋敷に着くと奥の書院に通され、そこに岡田頼母が現れた。

「因碩殿、しばらくでござった」

「こちらこそ、ご無沙汰しております」

「井上家はいかがでござるか」

「赤星因徹という弟子がおります。先年、七段上手になりました」

「因徹の名前は聞いたことがあるが、七段とは立派」

「ありがとうございます。ほかに内弟子の中にも加藤正徹という有望な少年がおります」

「それは楽しみなことだな」

「畏《おそ》れ入ります」

因碩は深く頭を下げながら、岡田頼母はいったい何用で己を呼んだのだろうと考えていた。

「本日、お主を呼んだのは他でもない」岡田は笑みを消して言った。「丈和《じょうわ》殿と打ってみる気はないか」

予期せぬ言葉に、因碩はやや戸惑った。

「丈和殿は名人御《お》止碁《やめご》でもあり、おそらくそれがしとは打つことはないと思われますが――」

「御止碁のことは知っておる」

ならばなぜ、と因碩は心の中で問うた。

「わしは一応は安井門である。特に隠居されている先代の仙角殿と親しくさせてもらっておる。その仙角殿から、丈和殿の名人碁所就位のいきさつをいろいろと聞き及んでおる。詳しいことまではわからぬが、因碩殿も仙知殿も煮え湯を飲まされたのではあるまいか」

はい、と言うわけにもいかず、因碩は曖昧《あいまい》に頭を下げた。

「気を遣うことはない。わしは誰の味方でもない。武家の社会でも、出世をめぐっての水面下のやりとりは常にあるもの。誰が悪いというものではない。ただ、おそらく争碁を覚悟していたその方にとっては、寺社奉行の沙汰は憤懣《ふんまん》やるかたないものではなかろうか」

この言葉にも不用意に頷《うなず》くわけにはいかなかった。露骨に寺社奉行への非難となるからだ。また策を弄《ろう》して争碁の機会を逃した己《おのれ》への忸怩《じくじ》たる思いもあった。

岡田は呵々《かか》と笑った。

「因碩殿は何かを警戒しておられるようだが、それはまったく無用のもの。わしはただ、一碁好きとして丈和殿と因碩殿の碁が見たかったというだけのこと。もし打たれれば、二人の争碁は天保の語り草となったであろう。それが見られないで終わったことは残念でならぬ」

因碩は黙って深く頷いた。それは多くの碁好きから言われていたことでもあり、岡田の本心だろうと思われた。

「そこでだ」岡田は少し声を潜めて言った。「我が殿が開催する碁会に、丈和殿と因碩殿の手合を入れるのはどうだ」

「周防守様の碁会に、それがしと丈和殿の碁を所望とおっしゃりますか」

「左様」

「それが叶えば嬉しく存じますが、丈和殿がそれがしと打つことはないと存じます」

「まあ、尋常ならば、対局を避けるであろうな」

岡田はそう言った後に続けた。

「実はこの秋に我が殿は老中を退隠される。その退隠の記念に盛大な碁会を開くということならばどうだ。各家元の当主と跡目も一堂に会する大碁会だ」

なるほど、と因碩は思った。松平周防守康任は、家元衆との縁も深い。これまでにも大きな碁会を何度も開き、棋界の恩人でもある。その周防守の老中隠退記念の大碁会となれば、さしもの丈和も断ることはできぬ。

「どうだ、因碩殿」

「それがしには何の異存もありませぬが、岡田様はなぜにそのような碁会を開かれるのでござりましょう」

「わしの碁好きは知っておろうな」

「はい」

岡田はにやりと笑った。

「本当の真剣勝負が見たいのよ。剣戟《けんげき》にも劣らぬ命懸けの大勝負をこの目で見たい。この答えでは不足か」

「いえ」と因碩は答えた。「今のお言葉、まさしく重く受け止めました」

岡田頼母の言葉は本心であったろうと思われる。岡田は自他ともに認める碁好きであるが、若い頃から大仙知に師事して相当な修行を積んだくらいであるから、愛好家のレベルを超えていたのは間違いないからだ。

ただこの時、岡田が盛大な碁会を開いたのには裏の事情があったとも言われている。それは、浜田藩の筆頭国家老であった彼が江戸に長期滞在しているのをカモフラージュする意味があったのではないかというものだ。実は当時、岡田の主君である松平周防守康任は但馬国出石《たじまのくにいずし》（現・兵庫県豊岡市）藩の内紛（「仙石騒動《せんごくそうどう》」として知られている）に巻き込まれていた。江戸時代の三大お家騒動のひとつに数えられている仙石騒動は、簡単に言うと、お家の乗っ取りを企《たくら》んだ（とされる）出石藩家老の仙石左京が老中、松平周防守に賄賂《わいろ》を贈り、彼の弟の娘を息子の妻に迎えて、ことを有利に運ぼうとしたという事件だ。

周防守と権力争いをしていた老中、水野忠邦はその年に寺社奉行の脇坂中務大輔安董《わきさかなかつかさたいふやすただ》からその事件を知らされた。水野はこれを周防守の追い落としに使おうと考え、早速、証拠集めを始めた。岡田がこの時期に浜田から江戸に来て長期滞在していたのは、その善後策のためであったと見られる。また囲碁史研究家の大庭信行氏によれば、岡田は浜田藩の密貿易にも関わっており、幕府の隠密である間宮林蔵がこれを探索していることを知り、周防守とこの対策を練るために江戸に来たのではないかともいう。

諸々の裏事情はともあれ、丈和の名人碁所就位以来、静まり返っていた棋界が大きく動き出そうとしていた。

松平家を辞した因碩は、興奮を抑えることができなかった。

丈和と打つ――まさかこんな日がやって来るとは夢想だにしなかった。だが因碩の心を震わせているのは、単に丈和と打てるからというだけではない。その対局が丈和と己の運命を変えることになるかもしれぬからだった。

名人たるもの、向こう先では負けられない。もし敗れれば、他を隔絶する打ち手とは言えぬからだ。「名人碁所の名を汚すもの」と誹《そし》られてもやむなしとなる。つまり、松平家の碁会で丈和を破ったならば、丈和を退位させることも可能なのだ。因碩は全身が熱くなるのを覚えた。

帰宅する前に赤星因徹の家に寄った。

「師匠、いかがなされました」

「丈和と打つことになるかもしれぬ」

驚く因徹に因碩は岡田頼母との話をした。

「松平周防守殿の碁会となれば、丈和も出ぬわけにはいかぬだろう」

因碩の言葉に因徹は頷いた。

「もはや丈和とは一生打つことはないと思っておったが――天はまだ我を見放してはいなかったのだな」

「嬉しいです。ついに師匠の無念が晴れると思うと――」

因徹はそこまでしか言えず、涙をこぼした。

「泣くのはまだ早いぞ」因碩は笑った。「勝つと決まったわけではない」

「師匠ならば、よもや不覚を取ることはありますまい」

「名人に対しては先々先《せんせんせん》の手合、先番ならばまずは負けることはないとは思うが、碁に絶対はない」

「それは仰るとおりではございますが、師匠が先で打って負ける道理がございませぬ」

「わしも負けることはないと思うが、それでも何が起こるかわからぬのが碁だ。しかも相手は丈和だ。尋常ならざる碁打ちである」

因徹は神妙な顔で頷いた。

「これから丈和に備えて鍛錬することにする。相手になってくれるか」

「わたくし如きでよければ、喜んで」

「何を言うか」因碩は笑った。「わしの留守中に丈和をたじたじとさせたお前だ。これ以上の相手はいない」

本因坊宅に松平家の使者が書状を持ってきたのは、六月朔日《ついたち》の日暮れ近かった。

書状を読んだ丈和は思わず顔をしかめた。それは老中隠退記念の碁会に出場されたしという依頼だったからだ。文面は慇懃《いんぎん》だったが、有無を言わせぬものがあった。名人は「御止碁」で真剣勝負は打たないという不文律があったが、松平周防守のじきじきの頼みとあれば、そういうわけにはいかない。寺社奉行に訴え出たところで、相手がその上の老中ではどうにもならない。

厄介なことになった、と丈和は思った。

わざわざ己《おのれ》を碁会に引っ張り出して打たせるということは、その相手はおそらく井上因碩だ。もしかしたら因碩が方々に手を回したのかもしれぬ。己を破れば、それを理由に名人退隠を迫るつもりであろう。

丈和が因碩との戦いを忌避《きひ》して名人になったと噂されているのは丈和も知っていた。因碩とは打つ気でいただけに、その風評は業腹《ごうはら》だったが、争碁で勝って名人になったのではないのは事実だ。それだけに、今度の碁会で因碩に敗れれば、「やはり丈和は因碩から逃げたから名人になれた」とも言われるだろう。

いつのまにか日は落ち、部屋は暗くなっていた。

暗がりの中で、丈和は苦悩に歯嚙《はが》みした。今、因碩と打って必ず勝てるという自信はない。名人になって四年、この年月は明らかに自分にとって不利に働いている。己はすでに四十九歳だ。十一歳下で今が打ち盛りの因碩は苦しい相手だ。こんなことなら四年前に因碩と争碁を打って決着をつけるべきだった。己は打つ気でいたのに、元美の奴が余計な手を回したばかりに、この始末だ。

名人碁所を退けば、たちどころに人も去っていくだろう。揉み手をしながら寄ってくる諸大名や旗本も、皆、「名人碁所」という看板に群がっているにすぎぬ。所詮《しょせん》、人などそういうものだ。つまり、因碩に負ければ、人も金も名誉もすべて失うことになる。その後には、権謀術数をめぐらせて名人になった卑怯な碁打ち、という悪評だけが残る。

全身を絶望が覆った。しかし次の瞬間、闘志がめらめらと燃え出すのをはっきりと感じた。たしかに負ければすべてを失う。ならば——と丈和は誰もいない静かな暗い部屋で呟《つぶや》いた。

「勝つまでだ」

二

六月十八日、旗本の香山元三郎宅で、因碩と因徹が打った。手合は因徹の先である。

因碩がこの碁を打ったのは実戦の勘を磨くためでもあったが、因徹を物差しにして丈和との差を探る意味もあった。前年に丈和が因徹と打った二局は、打ち掛けとはいえ、ほぼ丈和の負け碁だった。したがって己が同じ向こう先で因徹を破れば、はっきりと己の方が強いということになり、決戦前に大いに自信となる。

ところが、因徹との碁は因碩の懸命な打ち回しにもかかわらず、弟子の技が冴え、因碩はほぼ一方的に敗れた。

因碩は自分が思っていた以上に因徹が強くなっているのに驚いた。とても七段の芸ではない。これでは丈和が押しまくられるのも当然だ。

「見事だ、因徹」

「畏《おそ》れ入ります」

「付け入る隙がなかった」

「たまたま布石がうまくいきましてござりますゆえ」

それは因徹の謙遜《けんそん》だった。序盤から真っ向力勝負で因碩をねじ伏せるような碁だった。

その月の終わり、松平家から碁会の日取りが七月十九日に決まったという知らせがあった。因碩は使者に、「因徹ともども出席いたします」と答えた。

七月二日、因碩は再び香山元三郎宅で因徹と打った。

この碁は序盤から白が趣向を凝らして様々な手筋を駆使したが、因徹は動じることなく手厚く打ち進めた。作り終えて、黒の一目勝ちだった。

因碩はあらためて因徹の急成長ぶりに驚いた。おそらく近いうちに手合は先々先《せんせんせん》になるだろうと思った。

翌日、松平家の使者が来て、本因坊丈和が碁会に出席するということを知らせてきた。他の出場者は、本因坊丈策、安井仙知、安井俊哲、林元美、林柏栄、服部因淑、服部雄節、坂口寅次郎だった。さらに隠居の安井仙角仙知（大仙知）までが出るという。坂口寅次郎は仙角仙知の実子と言われている。仙角仙知はもとは坂口家だったが、十六歳の時に碁才を買われて安井家に養子に入ったのだった。二十代で棋界を制覇し、名人碁所を望めるほどの力があったが、ついに碁所願書を出すことなく家督を知得に譲った。

因碩は出席者の名前を見て、何という絢爛《けんらん》な顔ぶれかと思った。己を含めて五つの家元の当主と跡目、それに隠居の大仙知まで出てくるのだ。名人に加えて三人の半名人と三人の上手《じょうず》と、過去二百年の御城碁でもこれほどの名前が揃ったことはないだろう。史上稀な華やかな碁会になるのは間違いない。丈和と対局するにこれほどの舞台はない。まさしく生涯の晴れ舞台だ。

翌日、因碩は義父の服部因淑を訪ねた。

「いよいよ、丈和と打てることになりました」

「うむ」と因淑は言った。「本来、名人碁所は勝負碁は打たぬとしたものだが、千載一遇の機会が飛び込んできた。だが因碩よ、二度目はないと心得よ。それだけに何としても、この勝負は勝たねばならぬぞ」

「はい」

「いかに名人丈和とはいえ、お前の先を抑えることはできぬであろう。だが、ゆめゆめ油断はするでないぞ」

「わかっております」と因碩は答えた。「その勝負に勝った暁《あかつき》には、八段の先番を抑えきれぬようでは名人碁所の資格なしと、寺社奉行に訴え出るつもりです」

「松平周防守殿もかつては寺社奉行を務められた方ゆえ、これほどの見届け人はおらぬ。お前は果報者よ」

「有り難きお言葉に存じます」

因淑はふと遠い目をしてしみじみとした口調で語った。

「お前を初めて見た時、上手になれる器と思って弟子に取ったが、その見立ては誤りだった。お前は名人をも狙える大器であった。四年前に丈和が名人になった時は、こんな理不尽があろうかと慷慨《こうがい》したが――長生きはするものよ」

因碩はその言葉を聞き、父のためにも、何が何でも丈和に勝つと心に誓った。

ただ、一部に不安もあった。それは勝負への不安ではなく、丈和に一局勝っただけで寺社奉行に訴えを取り上げてもらえるだろうかというものだった。

たしかに名人が向こう先番で負けるのは大いに恥ずべきことである。だが名人と八段との手合割は先々先である。八段が先番で勝っても不思議ではないと突っぱねられたならば、それまでである。その時は、ならば後二番打って決着をつけたしと願い出るしかない。残る二局のうち一局でも入れれば、寺社奉行も名人の資格なしと見るだろう。

そのためにも松平家の碁会では何が何でも勝利せねばならない――。


碁会の数日前、因碩は因徹を呼んだ。

「丈和との碁の前に、お前と稽古をしたい」

因碩の言葉に、因徹は「わたくしでよろしければ」と答えた。

「この碁は普段の手合とは別の稽古碁とする」

「はい」

「今度の丈和との対局は、己の碁の集大成となる」

因碩の言葉に、因徹は黙って頷いた。彼もまたその一局が師にとっていかに重要なものかはわかっていた。

「ただし因徹よ」因碩は笑みを浮かべて言った。「師匠相手の稽古碁だからといって手を緩めるでないぞ」

因徹は驚いた顔をした。

「わたくしが師匠相手に緩めるなど、心外であることこの上ございませぬ。師匠にはいつも一所懸命に打たせていただいております」

「わかっておる」因碩は笑った。「一世一代の大勝負の前の稽古だけに、お前にもいつも以上に真剣に打ってもらいたいと思って言ったまでのこと。許せ」

因徹は頷いたが、その顔が引き締まるのを因碩は見た。

因徹は常に懸命に打つ男だが、今の一言でこの碁はいつも以上に真剣に向かってくるはずだと思った。それでこそ本当の稽古になる。丈和との碁は文字通り命懸けの勝負となるだけに、稽古とはいえ緩んだ碁は打ちたくなかった。

その碁は両者ともに、たっぷりと時間をかけて打った。日が暮れても終わらず、薄暗い行灯の光の中で対局が続いた。

終局したのは丑《うし》の刻（深夜二時頃）だった。結果は因徹の黒番四目勝ち。因碩は今さらながら愛弟子の強さに感心したが、勝てなかったことが心残りだった。大一番の前に、やはり勝っておきたかった。

そこで翌朝もう一局打つことにした。この碁も両者は丸一日かけて打った。大激戦だったが、戌《いぬ》の刻（夜八時頃）、因碩は投了した。因徹が腕を上げているのがこの二局ではっきりとわかった。肉薄どころか並びかけているのかもしれぬと思った。同時に闘志も湧いてきた。ならば、因徹の先《せん》を破って見せよう。それが出来たならば、もはや名人の域である。丈和に負けることもない——。

因碩は翌日、因徹と三局目を打った。

今度は急戦を避けてじっくりと打った。長期戦でヨセ勝負に持ち込む。そして因徹に一瞬でも隙《すき》が生ずれば、そこを突くつもりだった。

しかし因徹の石はまったく隙を見せず、逆に白石をじわじわと圧迫した。この碁も終局は子《ね》の刻（午前零時頃）、作り終えて因徹の六目勝ちだった。まさか三局打って一番も入らないとは思ってもいなかった。

因碩はせめて一局は勝ちたいと思った。それで、明朝、四局目を打とうと言った。因徹は、はい、と答えた。

翌朝、因徹の顔色がよくないことに因碩は気付いた。それに小さな咳《せき》を何度もしている。もともと蒲柳《ほりゆう》の質《しつ》である因徹にとって、三日連続の対局はさすがに堪《こた》えたものと思われる。

「今日はやめにしよう」

因碩が言うと、因徹は「わたくしは大丈夫です」と答えた。

「疲れておるであろう。家に帰って休むがよい」

「お心遣いをありがとうございます。しかしながら斟酌《しんしゃく》は無用です。咳は痰《たん》がからむだけのこと、体はいたって丈夫です。師匠の大切な稽古碁、是非、務めさせていただきたい」

因徹にそう言われると、因碩も強くは言えなかった。

この碁、因碩は序盤から因徹に戦いを挑んだ。因徹も真っ向からそれを受けた。やがて激しい戦いが全局に波及した。

難解な攻め合いが続いたが、夕暮れ近くになって、因碩の大石が死んだ。投了した後、因碩はしばらく無言だった。因徹もまた盤面を黙って見つめていた。

とてつもない力だ——と因碩は思った。丈和との打ち掛け局の二つの碁譜を見た時にも、因徹の強さに目を見張ったが、まさかこれほどまでとは思ってもいなかった。今や因徹の芸は八段半名人と言っても十二分に通用する。愛弟子は知らぬうちに恐ろしい打ち手に育っていたのだ。

その時、脳裏に天啓のように何かが閃《ひらめ》いた。

それは、丈和の相手に因徹をぶつけてみようというものだった。自分でも予期していなかったこの考えは、しかし浮かんだ途端、これしかないという確信を得た。

松平家の碁会で仮に八段の己が先で丈和を破っても、「先々先《せんせんせん》の手合では有りうべきこと」と寺社奉行に言われれば、名人退位を迫ることはできぬ。しかし、七段の因徹が先で丈和を破れば話は別だ。七段の先を抑えられぬようでは名人とは言えぬ。まさに鼎《かなえ》の軽重《けいちょう》を問われることになり、寺社奉行も見過ごすわけにはいかぬだろう。丈和は名人碁所の名を汚《けが》したということで、退位を迫られるのは必定《ひつじょう》である。

これだ！　と因碩は心の内で叫んだ。

天保六年（一八三五年）七月十日、因碩は松平家の岡田頼母を訪ね、丈和には赤星因徹を当てるつもりであると告げた。

岡田は驚いたが、すぐに因碩の意図するところを悟り、にやりと笑った。

「お主と丈和の碁を見られないのは残念であるが、破竹の勢いの若き獅子が名人に挑むという図も面白い」

「因徹の力はすでに拙者《せっしゃ》に並んだと申し上げても過言ではありませぬ」

因碩は静かに言った。

「当日は、老いた獅子が若き獅子に斃《たお》される姿をご覧いただくことになりましょう」

「盛者必衰《じょうしゃひっすい》の理《ことわり》か――残酷な図ではあるが、それが勝負の厳しさであろうな」

「御意《ぎょい》にございます」

「だが相手は丈和だ。いかなる神通力を発揮するやもしれぬぞ」

「存じております」因碩は答えた。「しかしながら、因徹におきましては、万に一つも不覚を取るとは思えませぬ」

岡田は「うむ」と大きく頷くと言った。

「勘違いされては困るが、わしはいずれの味方をするわけでもないぞ」

「承知しております」

岡田は愉快そうに笑った後に付け加えた。

「わしが見たいのは、血の吹き出るような手合だ。文字通り命を懸けた手合を見たいのだ」

因碩は黙って頭を下げた。


松平家を出た後、因碩の脳裏に岡田の言葉が思い返された。

——相手は丈和だ。いかなる神通力を発揮するやもしれぬぞ。

丈和の恐ろしさは十二分に知っている。いや、他のいかなる碁打ちよりも丈和のことは知っている。十六年にわたって七十局近くも打ってきたのだ。丈和の桁外れのヨミの深さ、奇想天外な着想、岩をも砕く剛腕、そして何より、凄まじいまでの勝負への執念——それらをすべて勘案してもなお、因徹が丈和に負けることはないと確信していた。

先日、己を四番棒に破った因徹の碁を後日じっくりと調べての確信だった。因徹のヨミと力はもはや玄妙と言える域に達していた。

全盛期の丈和をもってしても、今の因徹の先を止めることは不可能であろう。老いた獅子は若き獅子の前に無残な屍《しかばね》を晒《さら》すことになる。将軍指南役である碁所が七段に敗れたなら、まず無事では済まされない。丈和の敗北は同時に名人碁所の終わりを意味する。

名人碁所退隠となれば、もはや碁界に復帰することも叶わない。空位となった名人碁所の座に己が名乗りを挙げても、丈和は争碁の相手に立つことさえ許されないのだ。安井仙知はもはや老境の身、となれば、もはや己の名人碁所を阻止できる碁打ちはいない――。

因碩は、ついに大望なれり、と思った。

七月十五日、赤星因徹が自宅で碁を並べていると、師の因碩がやってきた。

「いよいよ、四日後だな」

因徹は黙って頷いた。

松平家の碁会で自分が丈和と対局することは、数日前に師から伝えられていた。その一局の重さを知っていた因徹は、「畏《おそ》れ多いことでござります」と固辞したが、因碩は「師命である」と言った。師の硬い意志を見た因徹は覚悟を決めた。打つからには、命を賭《と》してでも勝つ、と誓った。

「体の方はどうだ」

「ご斟酌《しんしゃく》には及びませせぬ」

因徹は笑って答えたが、それは嘘だった。この数日、咳がひどく、熱もあった。自分の体が急激に弱っているのは気付いていた。

因碩は心配そうに顔を覗き込んだ。

「もしも体調が優れぬようなら、碁会は休め」

「大丈夫です」

「それならよいが、当日は厳しい手合になる」因碩はそう言って、懐から金子《きんす》を出した。

「これで精のつくものを食べて、しっかり養生して備えておけ」

因徹が断ろうとしたが、因碩は無理矢理に受け取らせた。

「本日、訪れたのは他でもない。松平家の碁会での丈和との対局であるが――」

因碩は厳《おご》かに言った。

「井門《せいもん》の秘手《ひしゅ》を使え」

因徹は驚いた。「井門の秘手」とは、半年前、師の因碩、服部雄節、加藤正徹らと研究を繰り返した末に編み出したあの大斜の手段である。

「その手は、一門の盛衰を懸けた一局に使われるものではなかったのですか」

因徹の言葉に、因碩は怖い顔をして「その通りだ」と言った。

「その手はお前も知っているように、一撃で相手を葬《ほうむ》り去る強手だ。だが――通用するのは一度きりだ。それだけに、何が何でも勝たねばならぬ一局以外の手合には、絶対に打たぬ門外不出の手と決めたのだ。このたびのお前と丈和の碁は——まさにその一局である」

因徹の全身に緊張が走った。

「因徹よ——」因碩は言った。「井門の秘手を使い、見事、名人を打ち破るがよい」

因碩が辞去した後、因徹は自らの責任の重みを今さらながらに噛みしめた。

丈和との碁は井上家のすべてが懸かっている。それだけに何としても勝たねばならぬ。ただ、気がかりは己の体だった。自分の命が長くはないことはわかっていた。おそらく、新しい年を迎えることはないだろう。丈和との対局は残り少ない命を削るものとなる。だが、それでも構わぬと思った。たとえこの身と引き換えにしても、丈和に勝つ。一門と師匠のためにも——。

丈和は対局の相手が赤星因徹になったと知らされて驚いた。因碩と打つとばかり思っていたからだ。

しかしただちにその意図を察した。七段の因徹に敗れれば、名人碁所の座を失うのは間違いない。あらためて因碩の狡猾《こうかつ》な手管《てくだ》に怒りが湧いた。とはいえすでに決まった手合に文句は付けられぬ。

赤星因徹は因碩以上に厄介な相手だった。因碩は難敵ながらも、互いに長所も短所も知り尽くした相手である。しかしこれまで因徹とはほとんど打っていない。前年に打った二局の碁はいずれも打ち掛けであるが、実質的にはほぼ中押し負けである。その後に何度も並べ直して研究してみたが、いまだ隙を見つけることができないでいた。それどころか、並べ直すたびに因徹の底知れぬ強さを知らされた。もしかするとすでに因碩と並んだか、あるいはそれ以上かもしれぬ、と思った。とんでもない打ち手を相手にすることになった。

避けられぬ勝負となれば、打つしかない。そして打つとなれば――勝つしかない。

三

天保六年（一八三五年）七月十九日、浜田藩松平家の大広間にて盛大な碁会が開かれた。

この日、五十畳の大広間には、四家の当主と跡目、そして準家元の当主と跡目がすべて揃った。過去の御城碁でもついぞなく、まさしく空前絶後の碁会であった。

謝礼の額も並大抵ではなく、さすがは時の老中、松平周防守ならではと言われた。松平家で丈和が打つということは、すでに江戸の碁好きの間では大いに話題になっていた。

名人が真剣勝負をするというのはそれだけでも事件だったが、その相手が今を時めく天才、赤星因徹ということも、碁好きたちを沸かせる一因だった。

当日の対局の組み合わせは以下の通りである。

先｛本因坊丈和名人（四十九歳）
　　赤星因徹七段（二十六歳）

先｛井上因碩八段（三十八歳）
　　安井俊哲六段（二十六歳）

先｛安井仙知八段（六十歳）
　　林柏栄六段（三十一歳）

先｛林元美七段（五十八歳）
　　服部雄節六段（三十四歳）

先番｛坂口寅次郎六段（三十五歳）
　　　本因坊丈策六段（三十三歳）

この日はほかに、大仙知八段（七十二歳）と岡田頼母の対局もあった（頼母の先）。

これは仙角が長年の安井家の後援者であり、この碁会の実質的な主催者である岡田のために特別に打ったものだった。最長老の服部因淑（七十五歳）は全体の立会人の役目を務めることになっていた。

巳《み》の刻（午前十時頃）少し前、因淑を除く全員が碁盤の前に着座していると、松平周防守が姿を現した。周防守はかつて寺社奉行を務めていたこともあり、何人かの見覚えのある顔に、親しげな笑みを送った。

「これほどの碁打ち衆が集まるとは、けだし圧巻であるな」

周防守は満足そうに頷くと、服部因淑に目くばせした。

「では、おのおの方、対局を始められたし」

因淑の号令により、大広間に置かれた六つの碁盤で一斉に対局が始まった。

松平周防守が鎮座する上座の前列中央の碁盤の前には本因坊丈和と赤星因徹が座っていた。その盤を挟むように右には安井仙知と林柏栄、左には井上因碩と安井俊哲が座っていた。後方の三つの碁盤には、右から林元美と服部雄節、坂口寅次郎と本因坊丈策、安井仙角と岡田頼母がそれぞれ対峙《たいじ》していた。そして彼らを取り囲むように松平家の家臣たちが正座していた。

この日はうだるような暑さだった。大広間は風通しをよくするために、すべての襖《ふすま》は取り払われていたが、それでも観戦者を含めて五十名近い男たちが座る部屋には熱気がこもっていた。

中庭から蟬《せみ》の声が響いていた。

対局者たちは皆目の前の碁盤を見つめていたが、この日の碁会の主役は名人とそれに挑む井上家の若き俊英であるのはわかっていた。はたして赤星因徹は丈和を打ち破り、名人に引導を渡すのか、それとも丈和が因徹を抑え込み、碁所の座を守るのか——。この一局こそ、まさに明日の棋界を左右する大一番だったからだ。


丈和と因徹の碁は静かな立ち上がりだった。

四手まで互いに隅を打ち合った。五手目に因徹が左下隅のシマリを打つと、丈和は右上の黒の小目にケイマにかかった。因徹は手抜きして、左上隅の白の小目にケイマにかかった。丈和が三間に挟むと、因徹はいっぱいにツメた。丈和はじっくりと左上にコスミを打った。

ここまでわずか十手だが、すでに一時《いっとき》（二時間）以上の時が流れていた。大一番の勝負だけに両者は一手一手時間をかけてじっくりと打った。布石の一手は一路違えば全然違う世界になる。

十一手目に因徹は長考した。腕を組んだまま盤面を見つめ、半時《はんとき》（一時間）近い時が流れた。丈和は、何か仕掛けてくるつもりだなと思った。

やがて因徹は右上の白石を三間にハサんだ。それは強引に戦いを挑んできた手だった。

丈和は心の中で、小癪《こしやく》なやつめ、と言いながら、碁笥《ごけ》の白石を取り出すと、気合鋭く大斜に打った。ハマグリが榧《かや》の碁盤に打ちつけられた音は五十畳の広間に鋭く響いた。

その瞬間、因徹の目がかっと開いた。

静かに碁笥《ごけ》の那智黒《なちぐろ》を摘まむと、白の石にツケを打った。丈和はすかさず割り込んだ。その後は大斜定石が一気に進んだ。

互いの石が切り結び、俄《にわ》かに乱戦模様となってきた。乱戦となれば、望むところだ。

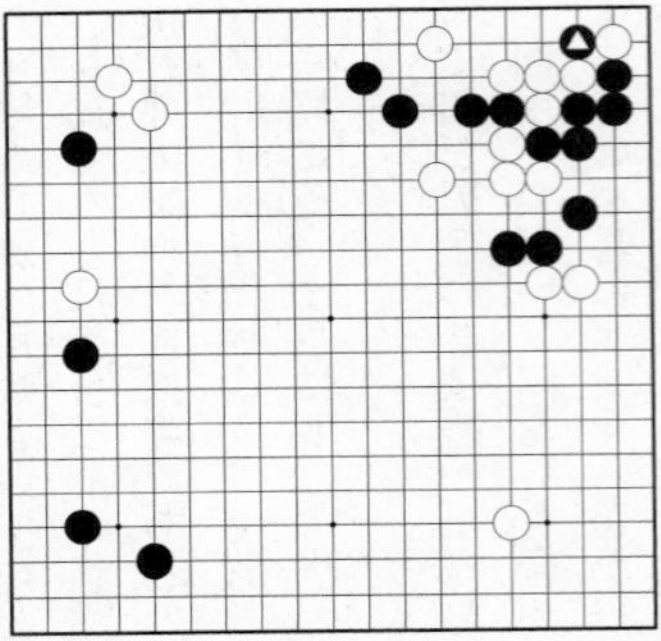

天保6年（1835年）7月19日
本因坊丈和
先　赤星因徹
33手▲まで。▲のキリが「井門の秘手」と呼ばれた手。この後、どう打っても、白によくなる図ができない

因徹が右上隅の黒石のツギを打った時、丈和はその黒石全体を攻めるツメを打った。黒を中央に攻めたてて、局面を複雑にしていこうというものだった。

丈和の狙い通りに中央の競《せ》り合《あ》いが始まったと思った時、因徹は隅にキリを打った。それはまったくヨミにない手だった。

何だ、その手は、と思った次の瞬間、背中に戦慄が走った。一瞬にしてすべてが読めた――反発すれば、劫《こう》が待っている。恐ろしいことに、すべての黒石がいっぱいに働いているのだ。劫の結果は右上隅の白の死である。

丈和は腕組みしながら打開策を必死で探ったが、妙手は何一つ浮かばなかった。半時以上の長考の末に、断腸の思いで隅を生きた。その代償に、黒に中央の主導権を奪われた。

白が中央を逃げる間に、黒は右辺を連打し、白の二子を飲み込んだ。

丈和の顔が真っ赤になった。右上隅の黒石を攻めるために打った白石を丸々取られてしまったのだ。その損はとてつもなく大きかった。

安井俊哲と対局しながら、その碁を見ていた因碩は周囲に気付かれないように静かに息を吐いた。それは安堵の吐息だった。「井門の秘手」の威力は疑わなかったが、これほど見事に決まるとは思ってもいなかった。

見事なり因徹――と心の中で愛弟子に賛辞を送った。

丈和は五十手目に右下隅にシマリを打ったが、これがまた疑問手だった。すかさず因徹は上辺のヒラキを打ち、優勢をさらに広げた。

この碁は囲碁史上に最も名高いものの一つで、後世多くの棋士に研究されている。黒

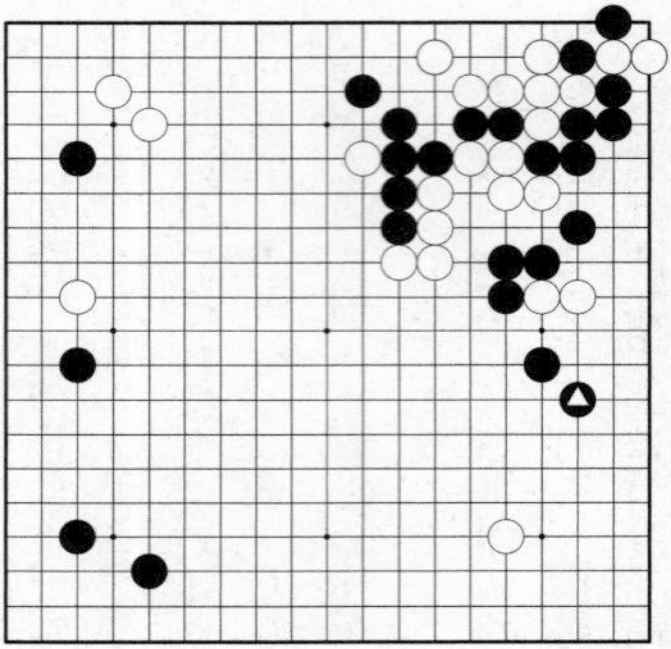

天保6年（1835年）7月19日
本因坊丈和
先　赤星因徹
49手△まで。左辺の白の二子を制して、はっきり黒の優勢である

五十一手目からの数手は棋風によって打ち方が大きく分かれるところで、歴史的な名手たちが様々な変化を研究している。実戦も含めて、そのすべてで白によくなる図ができないとされている。

丈和もまた明らかに非勢を意識していた。だが、形勢を覆《くつがえ》す手を見出すことができないでいた。

となれば、ここは下手に暴れるよりもひとまず腰を落とし、持久戦に持ち込むしかない。これ以上は離されないように、追走しつつ、好機が訪れるのをじっくりと待つ――。

碁は勝ちきることが何よりも難しいということを、丈和は長い経験で知っていた。どんな打ち手も形勢が悪いとなれば、いっぱいに打つ。反対に優勢と見ると、固く打つ。そこに隙が生まれる。まして、因徹の両肩には因碩はじめ井上一門の期待がかかっている。その重責たるや並大抵のものではないはずだ。おそらく中盤から終盤にふるえる

（碁の用語で、慎重になりすぎること）に違いない——。

すでに夕暮れ近くになっていた。広間も薄暗くなっている。日中は喧《やかま》しかった蟬の声もほとんどやんでいる。

丈和は因徹を見た。昼過ぎには青白かった顔が、今は少し上気したように頰が赤らんでいる。優勢という判断による興奮か、と丈和は思った。しかしすぐにそうではないことに気付いた。因徹の肩が呼吸のたびにわずかに上下していたからだ。体調を崩しているな、と見た。

よし、と心の中で呟《つぶや》いた。そうなれば、まだ望みはある。

そう思った直後に黒に打たれた五十五手目、右下隅のノゾキは強烈だった。これで隅の地を大きく荒らされ、白の形勢はますます容易ならざるものになった。

隣で打つ因碩はそのノゾキを見た時、弟子の勝ちをほぼ確信した。

四

因徹はすでに体力の限界に近付いていた。

全身を病魔に襲われた体で朝から打ち続ける疲労は並大抵のものではなかった。しかも夕刻からは熱が出てきた。今や座っていることさえやっとの状態だったが、それでも必死になって読み続けた。頭の中の碁盤に石を並べては崩し、並べては崩しを延々と繰り返した。

五十七手目、因徹はコスんだ。これで次にハネの大きな手が残る——打ち終えて手を膝に戻そうとした瞬間、あっと声を上げそうになった。黒石はコスミではなくハイの位置にあったからだ。ハイではハネの手がない。白の隅に厳しく迫る手がない。

うっかりしたか、あるいは無意識に石がずれたか。いずれにしても指を離れた石は動かすことができない。痛恨の一手だ。

隣で見ていた因碩も信じられない思いだった。勝ちをほぼ確信した直後に、まさかの一着だったからだ。

因徹のこの一手は古来より謎とされている。後世の多くの棋士が指摘するように、赤星因徹ほどの男が打つ手ではないからだ。おそらく病のために意識が朦朧《もうろう》としたか、思考回路に一瞬の空白が生じたものかもしれないと言われている。一気に差が縮まるほどのミスではないが、白にわずかに余裕を与えたのはたしかだ。

丈和は胸を撫《な》で下《お》ろした。

コスミを打たれていたなら相当厳しかったが、これで一息継げる。まだまだ局面は黒の優勢だが、決定的な差とはなっていない。まだ碁は中盤戦だ。長期戦に持ち込めば、かならずどこかに勝機がある。おそらくそれは一瞬だろうが、絶対にその時を逃してはならぬ。

因徹が五十九手目に中央のハネを打った時、丈和の心に何かが閃《ひらめ》いた。一見普通の手に見えるが、勝負師の本能が、そうではない、と言っていた。だが、その手を咎《とが》める手は見えない。しかし見えなくとも、何かある――。

「ここで打ち掛けにしたい」

丈和はそう宣言した。

この日の碁会は夕刻になれば打ち掛けとし、二日後に打ち継ぐことになっていた。そこでも終わらなければ、二日おきに打ち継ぐと決まっていた。ただしどこで打ち掛けにするかは、上手の権利であった。

丈和の打ち掛けの声を聞いた時、因徹は一瞬、しまった、と思った。五十九の手は軽率だったかもしれぬと思ったのだ。じっくりと調べられれば、咎める手を打たれるかもしれぬ――。しかしすでに石は打たれた。今さらどうにもできぬ。

因徹の体はもう限界だった。碁石を碁笥《ごけ》に仕舞うと、もはや立ち上がる力も残っていなかった。

「大丈夫か、因徹」

先に打ち掛けていた因碩が因徹に駆け寄った。

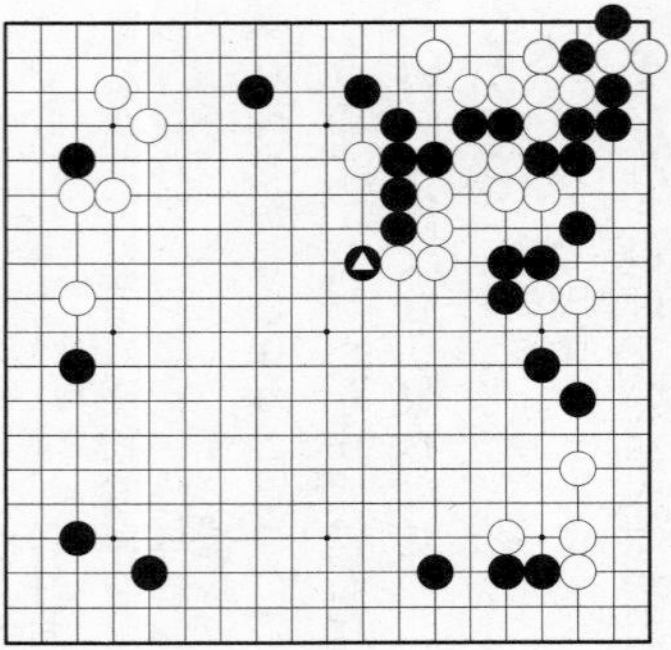

天保6年（1835年）7月19日
本因坊丈和
先　赤星因徹
59手▲まで。1日目の打ち掛け。▲は疑問手とされる

「申し訳ありませぬ。少し疲れました」

因碩は因徹の体を抱きかかえるようにして立たせた。その時、因徹の体に熱があるのを知った。

因碩は控えの間に因徹を連れ出して、一旦、寝かせた。

「すごい熱だ」

「申し訳ございませぬ」

「その熱で、よくぞここまで打った」

因碩は労《ねぎら》った。「黒ははっきりと優勢だ」

因徹はかすかに笑った。

その夜、碁打ちたちは周防守が用意した駕籠《かご》に乗って、それぞれの家に戻った。打ち継ぎの碁は二日後に再開される。

因碩は因徹を井上家に連れて帰った。食事の世話などをするためだった。しかし疲労《ひろう》困憊《こんぱい》の因徹は食事も摂《と》らずにこんこんと眠り続けた。

因碩はその夜、自分の打ち掛け局ではなく、因徹と丈和の碁を並べた。

序盤、右上隅の大斜からの隅のキリは強烈だった。今さらながら「井門《せいもん》の秘手《ひしゅ》」の威力をまざまざと見た。

そこで優勢を築いた黒はその後も追いすがる白になかなか差を縮めさせなかった。しかし丈和もさすがだった。序盤で大きな痛手を蒙《こうむ》りながらも、その後はしぶとく食らいついている。黒は依然として優勢を保ってはいたが、勝利を決定づける展開には持って行けないでいた。

それにしても悔やまれるのは、五十七手目のハイである。地の損はそれほどではないが、隅の白に対する圧力を失ったのが大きい。だが打ってしまったものは仕方がない。優勢は間違いないのだから、二日後には丈和に引導《いんどう》を渡すことができるだろう。

丈和と丈策が本因坊家の道場に戻ると、内弟子たちが待っていた。

「お師匠様、お帰りなさいませ」

「まずは飯だ。腹が減った」

丈和が言うと、すぐに夕餉《ゆうげ》が用意された。

丈策は疲れ果てていたのか、ほとんど食べなかったが、丈和はいつも以上の食欲でぺろりとたいらげた。

「休まれますか?」

妻の勢子が訊ねた。

「いや、これから碁を並べる。一人にしてもらいたい」

丈和はそう言うと、自室に向かった。

行灯《あんどん》に火を灯すと、その日に打った碁を初めから並べた。

黒三十三手のキリの手を並べる時、思わず顔が歪んだ。悔しさと怒りがないまぜになった感情で心が乱れた。この手を見落としていたばかりに非勢に陥《おちい》った。若造の乱暴な手に、かっときて読みに慎重さを欠いたせいだ。並べ直すだけで、いまいましい気持ちになった。

しかし、盤面をじっと見つめていると、いつのまにか苛立たしさが消えていった。

――恐ろしい手だ。

思わずそう呟いていた。これは己が見落とした手ではない。とてつもなく深く読まれた手だ。よくぞ、このような手を見出したものだ。これを見つけたのは因碩か、それとも因徹か。いずれにしても見事と言うほかはない。

碁は非勢であるが、まだ負けたわけではない。

碁の世界は無限の広がりを持つ。そしてそれは光の当たる世界ばかりではない。読める世界や見える世界だけではない。碁には、一歩先が何も見えない暗黒の世界もあるのだ。

その世界に因徹を引きずりこむことができれば――と丈和は思った。勝機はある。

七月二十一日、松平家において、打ち掛け局が再開された。

この日も暑い日だった。

服部因淑の号令によって、碁が始まった。ただし六局のうち、安井仙角仙知と岡田頼母の碁は打ち掛けのまま、打ち継がれることはなく、再開されたのは五局だけだった。

赤星因徹は一日の休養を取って、少し体調を取り戻していた。

碁盤には先日の五十九手まで並べられ、丈和の手番からの打ち継ぎだった。

丈和は右上隅の二目を抜いた。これは因徹にとっても因碩にとっても予想外の一手だった。というのは、地としては大きな手ではないからだ。しかも次に大きな狙いもない。

しかし丈和にとって、この二子取りは、中央の白を安泰とし、後に上辺の黒を攻めるぞ、という心理的な圧力をかける意図を持った深慮遠謀《しんりよえんぼう》の一手だった。他に大きな手はいくらでもあったが、敢《あ》えてそれを捨ててまで、因徹の心に迫る手を打ったのだ。それがこの二日間、丈和が考えに考え抜いた結論であった。まさしく勝負師の本能とも言える一手だった。

丈和の剛腕は古今無双と恐れられている。その丈和が敢えて大場を打たずに、地としては小さい二子取りの手を打ったことは、今後の攻めに懸《か》けたということだった。因徹は下辺の大場を打たずに、上辺の黒石の安泰をはかって一間に飛んだ。これは明らかに気合いで怯《ひる》んでいると言えた。

丈和は悠然と下辺の大場を打った。因徹は右下隅の黒石の安全を期してフクラミを打ったが、これは明らかな「ふるえ」だった。ここでは白石を挟む一手を打つべしというのは、現代のすべての棋士が指摘している。

丈和が二間に開いたことで、差は一気に縮まった。因徹は、しくじった、と思った。心を落ち着けて形勢判断をした。大きく損はしたが、まだ黒がいい。残る大場は左辺だ。下辺は白に打たれたが、左辺に打てれば優勢を確固としたものにできる。あとはがっちりと打って、白に付け入る隙を与えなければいい。その前に右辺のコスミを打っておきたい。白から逆に打たれるだけで数目以上の損だ。それに何より白に先手で生きられてしまう。今なら黒から打てば逆に先手で利く。

因徹は六十五手目で右辺のコスミを打った。丈和は受けた。よし、と心で呟いた因徹は一線のハネを打った。この後は、白オサエ、黒ツギ、白ツギとなり、待望の左辺にまわれる——。

ところが当然の一手とも言えるオサエを丈和はなかなか打たなかった。

あまりの長考に、因徹はもしや丈和は手を抜いて左辺に打つつもりなのかと思った。

しかし手を抜けば、右下隅の白石は目がなくなる。死ぬことはないにしても、とことんいじめられて、下辺の白石にも響く。

一時《いっとき》（二時間）の長考の後、丈和が打った六十八の手はオサエではなく、右辺の黒地の中にいる白石の動き出す手だった。

因徹は、その手は何だ、と思った。そこには何の手もないはずだ——白石は完全に死んでいる。しかし次の瞬間、戦慄が彼の背中を走った。内側には手はなくても、外側に多くの利《き》きを生じていたのだ。

因徹はやむなくブツカリを打って黒石を補強した。

丈和はすかさず、七十手目を右辺の黒の外側に打った。因徹はその手を見た時、思わず喉の奥から、うっ、と小さな声が漏れた。断点を守る手を打たなければ、右辺にたちまち手が生じるからだ。しかしそこを守っても、右下の白石を攻める手はない。六十八と七十の二手が様々な利きを生じていて、黒からの攻めを封じているのだ——。

因徹は断腸の思いでカケツギを打った。

この六十八手と七十手の二手は、後に現れる一手と合わせて、「丈和の三妙手」と呼ばれる。後世の多くの棋士を感嘆させている鬼手である。

普通、鬼手とか妙手とか呼ばれているものは、相手の石の肺腑《はいふ》をえぐる手であるとか、シノギの妙手であることが多いが、この二手は少し趣《おもむき》が違う。相手が攻めてきた瞬間、

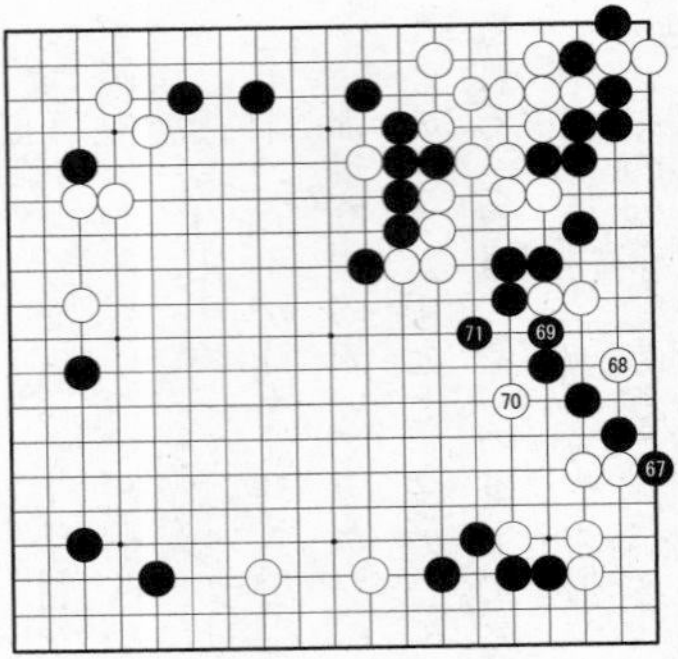

天保6年（1835年）7月21日
本因坊丈和
先　赤星因徹
71手まで。白⑥⑧と⑦⓪が語り継がれる妙手。この二手によって、白は先手で左下隅を守った

返し技で守った上に、先手を取るという玄妙としか言いようのない不思議な手なのだ。丈和研究で知られる高木祥一九段は、「こんな手はまず気付かない」と言っているし、日本囲碁史上初めて七冠王に輝いた井山裕太も「恐ろしいまでのセンスを感じる手」と絶賛している。

この二手で先手を奪った丈和は、左辺に打ち込んだ。

そこは因徹が打とうと思っていたところだった。ところが丈和に妙手を打たれ、後手を引き、打つ機会を逃してしまったのだった。

この打ち込みにより、形勢は一気に接近した。

因徹はがっくりと頭を垂れた。悔やんでも悔やみきれない逸機だった。

しかし形勢はまだ黒が悪くなかった。だが左辺の打ち込みを打たれて動揺したのか、因徹は左辺の石から一間に飛んだ。

藤沢秀行名誉棋聖はその手が局面を紛糾させたと言っている。左上隅のツケヒキを打ち、上辺を大きく囲えば、逃げ切れていたのではないかと指摘する。

丈和は左下にツケを一本打ってから大ゲイマに飛んで、大きく攻めを狙った。因徹は飛び曲がった。

丈和がブツカリを打った時、因徹は気合いで伸びたが、その瞬間、丈和は愚形の強手を放った。この手は前述の「三妙手」の三番目である。わずか十数手の間に歴史に残る三つの妙手を打たれては、さしもの優勢も吹き飛んだ。

隣でずっと盤面を追いかけていた因碩は、丈和の恐ろしさをまざまざと見た。

因徹のふるえもあったとはいえ、あれほど優勢な碁があっという間にここまで追い込まれるとは思ってもいなかった。因徹が右下隅のハネを打った時に、丈和が右辺の地の中に打ち込んだ手は因碩も読めなかった。まさに神通力を発揮したと言える妙手だった。

驚くべきことに、形勢はまだ黒が悪くなかった。いかに序盤から中盤までの因徹の打ち回しが素晴らしかったかということだ。

因徹は左上隅の中の白地に手を付けていった。ここを根こそぎ荒らして勝負を付けようという手だった。因徹のヨミの力は抜群で、手の見えも早い。固く打って形勢が細かくなったことで、力一杯打つ本来の棋風を取り戻したのだ。

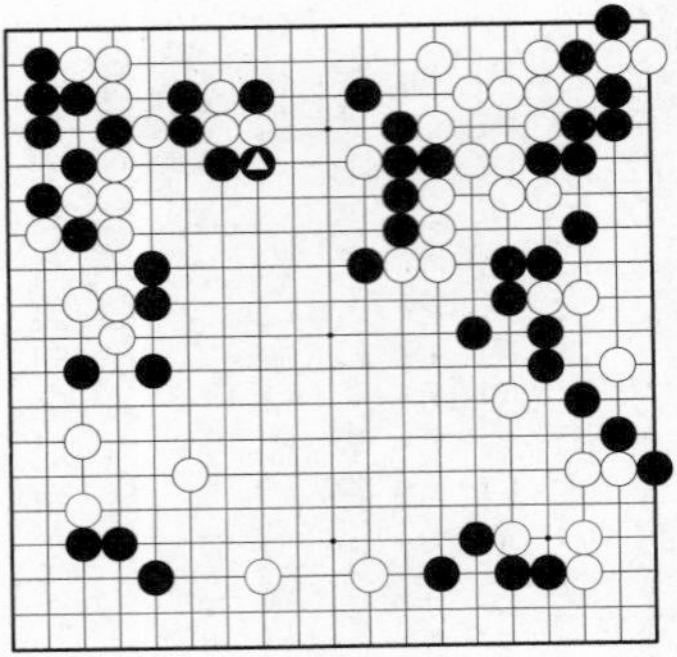

天保6年（1835年）7月21日
本因坊丈和
先　赤星因徹
99手△まで。2度目の打ち掛け。形勢は急接近しているが、黒がわずかにいい

だが、乱戦は丈和の最も得意とするところだった。

左上隅の難解な攻防はやがて上辺から中央へと拡大した。もはや形勢がどうという碁ではなくなった。どちらかが生きるか死ぬかの凄絶《せいぜつ》な戦いとなった。

因徹が九十九手目を打ったところで、丈和は打ち掛けを宣言した。

五

その夜、因徹は因碩の家に戻ると、高熱を出して倒れた。さらに夜半に喀血《かっけつ》した。

因碩は初めてその姿を見て驚いた。

「お前――もしや労咳《ろうがい》を病《や》んでいるのか」

「申し訳ございませぬ」

因徹は布団から体を起こして言った。

「起きぬともよい」

因徹はその言葉で再び体を横たえた。その顔にはまるで生気がなかった。

因碩は愛弟子の病に気付かなかった己を責めた。

労咳は不治の病だ。かつて奥貫智策、桜井知達という天才も同じ病で若くして世を去った。今また、天は赤星因徹という俊秀を召そうとしているのか。何という残酷な仕打ちをするのか——。

この体でよくぞあれだけ素晴らしい碁を打てたものだ。だが因徹の病を知っていれば、丈和と打たせることはしなかった。

「因徹よ」因碩は言った。「この碁を打ち継ぐのはやめにしよう」

因徹の目が開いた。そして因碩の方を見て、はっきりと言った。

「打ちます」

「いや、お前の体が心配だ。碁は打ち掛けにしよう」

「打ち掛けならば、丈和を名人碁所から降ろすことはできませぬ」

「またの機会がある」

因碩はそう言ったものの、おそらくその機会は永久に来ないだろうことはわかっていた。しかし因徹をこのまま打たせるわけにはいかぬ。たとえ勝っても、残り少ない命を削ることになる。

因徹はむっくと体を起こした。

「形勢は細かくなりましたが、負けませぬ。必ず勝って見せます」

その顔は鬼気迫るものがあった。

「この碁がおそらく私の生涯最後の手合となります。それゆえ、最後まで打たせていただきたいのです」

因徹の気持ちはわかりすぎるくらいわかった。それが碁打ちとして生まれた者の気概だ。己が同じ立場でも、やはりそう言うであろう。

「わかった、因徹。もう何も言うまい」因碩は言った。「存分に打て」

因徹は翌日もこんこんと眠り続けた。

因碩は密《ひそ》かに千住の総持寺《そうじじ》（西新井大師）に赴き、住職に大金を渡し、因徹のために護摩《ごま》を焚《た》いてくれと依頼した。住職は、魔物や怨敵を調伏《ちょうぶく》する降伏法《ごうぶくほう》の祈願を行なった。

その翌日の朝、因徹はようやく起き上がれるようになり、二日ぶりに粥《かゆ》を食べた。それから、「小舟を出してほしい」と因碩に頼んだ。

「水に浮かびて想を練りたいのです」

因碩は知り合いの船頭に頼み、大川（隅田川）に浮かぶ小舟に因徹を乗せた。

因徹は小舟に座り、瞑目して、戦いの構想を練った。

『坐隠談叢《ざいんだんそう》』には、この時の因徹の様子を「扁舟《へんしゅう》を墨江《ぼっこう》に泛《うか》べ、碁局に対して月の落つるを覚えず」と書いている。

なお、同書には打ち掛けの時の丈和の様子も書かれている。こちらは妖気漂う奇怪な話である。少し長いが引用する。

「其打掛の時、独り一室に籠《こも》りて碁盤に対し、手談《しゅだん》に余念なく、家人は只時来れば、白粥《しろがゆ》を作りて其傍《かたわ》らに置き去りて、一言も言葉を交《か》はしたることとなし。此《か》くて丈和は、一心不乱に思案に耽《ふけ》り居りしが、夜半に至り、漸《ようや》く成竹《せいちく》やなりけん、好しと、一声叫んで立ちしと思ふと、又丈和の声として、大変なり大変なりと大声揚げて人を呼ぶに、家人は驚いて之を見れば、此《こ》は如何《いか》に、丈和の着する衣類の腰より下は濡鼠《ぬれねずみ》の如く、而も臭《しゅう》気《き》鼻を突く許《ばか》りなりしと」

夜中に部屋に一人で籠ってひたすら読みふけり、ついに妙手を発見したのだが、なんと糞尿《ふんにょう》を垂れ流していたのも気付かなかったというのだ。俄《にわ》かには信じられないエピソードではあるが、後世の作り話とは思えないリアリティがある。命を懸けた勝負ならば、自らの排泄《はいせつ》にも気付かないことも有り得ない話ではないと思われる。同書には、いつの打ち掛けの時かは書かれていないが、あるいは「三妙手」を発見した時かもしれない。

七月二十四日、二度目の打ち継ぎの日を迎えた。

この日の碁会では異変があった。それは松平家の当主である周防守と、家老の岡田頼母の姿がなかったことだ。実は三日前の二十一日に、出石《いずし》藩の「仙石騒動」が明るみに出て、周防守と頼母はその弁明に千代田城に呼び出されていたのだ。もっとも碁打ちたちには当然そんなことは知らされていなかった。この日の碁会を取り仕切ったのは松平家の江戸家老であった。

この日は朝から厚い雲が覆《おお》い、大広間も薄暗かった。

この頃には、丈和と因徹の碁以外、すべての手合は終了していた。ちなみに結果は、井上因碩と安井俊哲は因碩白番三目勝ち、安井仙知と林柏栄は仙知白番二目勝ち、林元美と服部雄節は元美白番中押し勝ち、本因坊丈策と坂口寅次郎は丈策先番三目勝ちだった。

対局を終えた棋士たちも全員が丈和と因徹の碁を見つめていた。

この日、因徹の様子は誰の目にもやつれているのがわかった。

因徹は気力を振り絞って、盤に向かった。碁は最も難しい勝負所に差し掛かっている。難解な戦いだが、これを乗り切れば、勝利を摑《つか》むことができる。

師の因碩にも言ったように、この碁はおそらく自らの最後の碁となろう。だが、打ち掛けにせず打ち切ると言ったのは、それが本当の理由ではない。ここで丈和を倒さねば、師は永久に名人になる機会を失う。それに「井門の秘手」まで与えられて、負けるわけにはいかぬ。師のためにも、一門のためにも、たとえこの身が潰《つい》えようとも、打つと決めたのだ。

もはや死は微塵《みじん》も恐れてはいなかったが、ただ、この勝負がつくまでは命の続くことを祈った。

白の百手から碁が再開された。

一手一手が超難解な戦いだった。左上隅の劫《こう》争いは、黒が上辺の白を制し、白が隅の黒を取る振りかわりとなった。この振りかわりで黒は少し損をした。

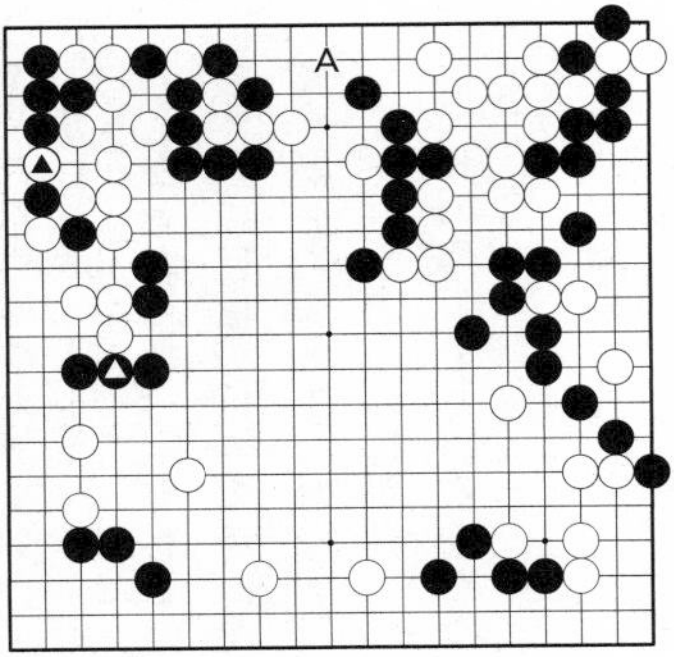

天保 6 年（1835 年）7 月 24 日
本因坊丈和
先　赤星因徹
107 手△まで。
高川 22 世本因坊は「白 106 の手▲に対し、△ではなく A に打てば、黒が優勢を保持できた」と言っている

第二十二世本因坊の高川秀格は、ここで因徹が上辺の白を取り切っていれば、黒がよかった、と言っている。高川の形勢判断と計算能力は天下一品で、全盛期には残り百手以上の碁の半目勝ちを読み切ったこともあるほどである。

しかし隅で損をしたという意識が

因徹の冷静さを失わせていた。それで左辺のツギを打って頑張った。この石の逃げ出しが成功すれば、形勢は一気に黒に傾く。いや、そこで勝負はつく。

もしかしたら疲労困憊していた因徹は、神経をすり減らす息の長いヨセ勝負になれば己の体力に自信が持てなかったのかもしれない。ならばと、生きるか死ぬかの戦いにすべてを託したのかもしれない。

ツギを見た丈和の目が光った。

小太りの体軀《たいく》を丸めるようにかがめると、碁盤に顔を触れんばかりにして一心不乱に読んだ。

その時、静寂な大広間にかすかな音が鳴った。それは耳をすまさないと聴こえないくらいのものだったが、鼓《つづみ》を打つ音に似ていた。

部屋に座していた松平家の家臣たちは訝《いぶか》り、その音の正体を探った。

それは部屋の中央、丈和と因徹の碁盤あたりから発せられていた。

家臣たちはやがてその音は丈和の心臓の鼓動だと気付いた。ここが勝負どころと見た丈和が全身の血を脳漿《のうしょう》に送り込んでいる音だった。音に合わせて丈和のこめかみに浮き出た血管が震えている。頰は引きつり、目は血走り、口元は凶暴な犬のように歯を剝《む》き出しにしていた。それはもはや人間の形相《ぎょうそう》とは思えなかった。

家臣たち一同は、この一局に懸ける本因坊丈和の凄まじい執念を目の当たりにして、寒気すら覚えた。

丈和は半時《はんとき》（一時間）の長考の後、左辺は見向きもせずに上辺のキリを打った。

因徹は、来たな、と思った。左辺のツギを打てば、丈和は必ずや上辺に手を付けてくる。それを迎え撃ち、ここで一気にかたをつけるつもりだった。

戦いは上辺から中央へと広がった。盤面はまさに火花が飛び散るかのような激しさだった。

因徹は必死で読んだ。

ところが、いつもなら読めるはずの手が読めなかった。頭の中の碁盤で並べている碁石がいつのまにか霞《かす》んでいくのだ。こんなことは今まで一度もなかった。因徹は言いようのない恐怖を覚えた。まるで暗闇の中で剣を交《まじ》えているような感覚だった。見えない剣を防ぎつつ、相手を斬《き》らねばならぬのだ――。

天よ、と因徹は心のうちで言った。我にあと二時《ふたとき》（四時間）、いや一時《いっとき》（二時間）を与え賜え。一時あれば、この戦いに勝利する。その後の命は要らぬ――。

その願いもむなしく、頭の中の碁盤はますます霧がかかったように霞んできた。因徹は絶望的な気持ちに陥りながらも、気力を振り絞って読んだ。

遠くで雷の音が聞こえた。

少し遅れて大広間が暗くなり、外では強い雨が降り出した。

盤上では、上辺から起こった戦いが中央から下辺へと広がっていた。徐々に黒の形が崩れてきた。いつのまにか主導権は白に移っていた。上辺から切り離された中央の黒石は、丈和の厳しい攻めにさらされた。

盤側でこの対局を見守っていた因碩は黒石の叫びが聞こえてくるような錯覚に陥った。傍らにいながら助けてやれないのがもどかしかった。しかし、これが碁なのだ。誰も助けてやることはできぬ。己ひとりで戦わねばならぬ。

因徹よ、見事しのいで見せよ。

丈和の指がしなってきた。もう貰ったとばかりの自信が漲《みなぎ》った顔だった。

だが、碁はまだ終わらない。因徹は手拭《てぬぐ》いで口を覆《おお》いながら、必死でシノギを読んだ。中央の黒を生きれば、勝ちはある。

夕刻になった。雨はさらに強くなった。

白が百七十二の手を打ち、因徹がその応手を考えている時、丈和は「ここで打ち掛けよう」と言った。

部屋にいた一同は驚いた。普通、打ち掛けは次が白の手番の時に、上手が宣言するものだからだ。丈和がその慣例を破って、黒の手番で打ち掛けたということは、思う存分に考えてこい、という傲然《ごうぜん》たる自信を見せつけたものだった。

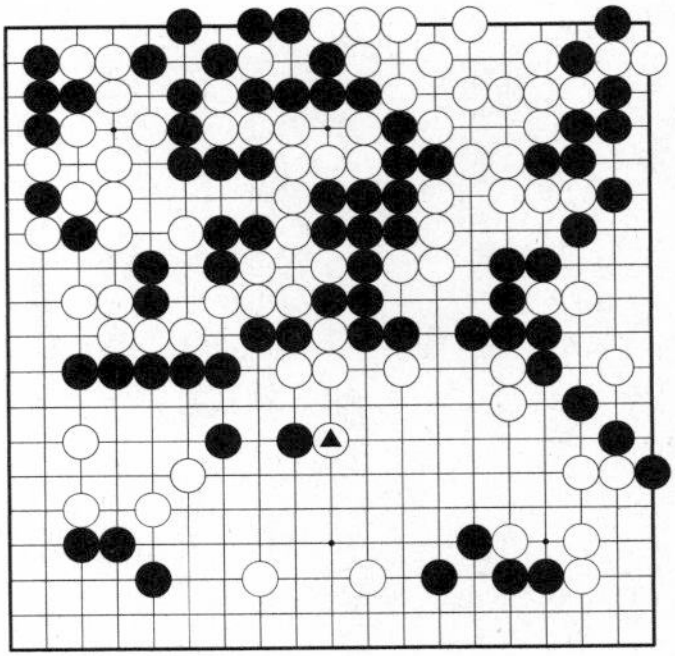

天保6年（1835年）7月24日
　　本因坊丈和
先　赤星因徹
172手Ⓐまで。黒番での打ち掛けは珍しい。形勢は白の大優勢である

井上家に戻った因徹は疲労の極《きょく》で、一人で駕籠《かご》から降りることもできなかった。

因碩と服部雄節の二人で部屋に担ぎ入れて寝かせた。もはやこれ以上対局を続けるのは無理な状態であるのは、誰の目にも明らかだった。

雄節は因碩に「打ち掛けにすべきだ」と言った。

「このまま打ち続けても、勝てるかどうかはわからない。いや、あんな状態で満足な碁などとても打てない」

それは因碩もわかっていた。

加藤正徹はじめ弟子たちも涙を流しながら、「兄弟子にこれ以上は打たせないでください」と懇願した。皆が因徹のことを心から案じているのを知り、因碩は胸が詰まる思いだった。しかし雄節や弟子たちの言葉に頷くことはなかった。

たしかに因徹の命の炎は消えかかっている。自身が言ったように、この碁が赤星因徹の最後の碁となるであろう。ならば、思う存分に打たせてやりたい。もはや勝ち負けは問題ではない。

七月二十七日、丈和と因徹の三度目の打ち継ぎ局が行なわれた。松平周防守、岡田頼母、それに松平家の家臣たち、さらに対局を終えた因碩や仙知をはじめとする碁打ちたちの居並ぶ中、丈和と因徹は初日からの手をゆっくりと並べた。前日からの雨はまだ続いていた。大広間は朝にもかかわらず夕暮れのように暗かった。丈和の百七十二手目に至り、そこから碁が再開された。因徹は深呼吸した。労咳にやられた胸は息をするのも苦しい。だが、大きく息を吸わないと長丁場は持たない。

打ち掛けの二日間、因徹は横になったまま、頭の中の碁盤に石を並べ続けた。しかしついに回天の妙手を見出すことができなかった。だからといってこの碁を投げるわけにはいかなかった。師匠のためにも一門のためにも、この碁は勝たねばならぬ碁だった――。

因徹は一縷《いちる》の望みを託していた。碁には何が起きるかわからない。はたして実戦ではどのような変化が起きるか誰にも予想はできない。思いもかけない局面が現れるやもしれぬ。そしてその時――天啓のように妙手が閃かないとも限らない。

因徹は心を鎮めると、中央のフクラミを打った。丈和は下辺にツケを打った。左辺から中央へのびる黒の一団を狙っているのだ。因徹は中央をハネたが、丈和は下辺のサガリをひとつ利かせてから、中央のオサエを打った。因徹が中央のアテを打てば、大石のシノギはあった。だが、下辺を丸々白地にされ、足りなくなる。それでノビを打って頑張ったのだ。

白が百八十二手目を打った時が、一瞬見えた光芒《こうぼう》だった。

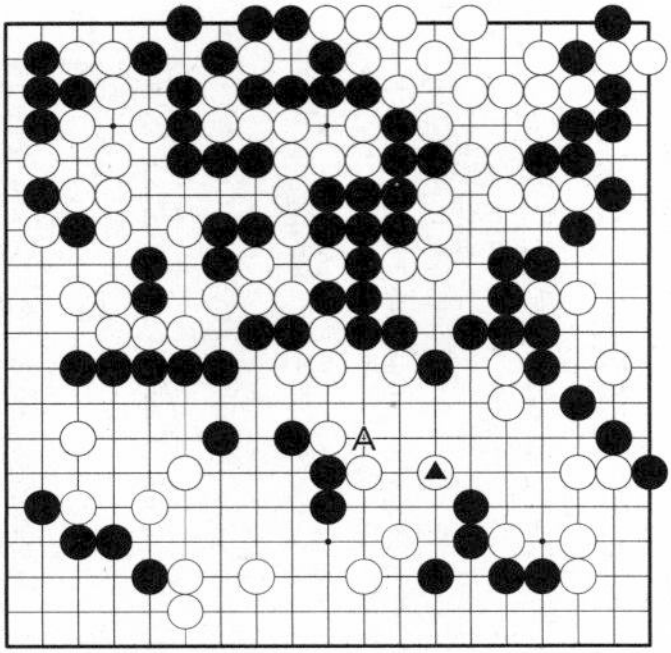

天保6年（1835年）7月27日
本因坊丈和
先　赤星因徹
182手▲まで。黒がAに切ってシノギにでるのが最後の勝負手だったと言われている

「昭和の大豪」木谷實《きたにみのる》九段は、ここで中央のキリを打ってシノギ勝負に出るのが唯一のチャンスだったと言う。その手が成功するかどうかはわからないが、それが最後の勝負手だったようだ。しかし、すでに疲労困憊《ひろうこんぱい》していた因徹にはその手が見えなかった。

キリの手を逃した因徹には再び勝機は訪れなかった。

黒石は白の包囲の中でのたうちまわ

った。その姿は、全身を斬《き》り刻《きざ》まれて血だらけになった落ち武者のようだった。もはや刀は折れ、矢は尽き、立っているだけがやっとの状態だった。

しかし因徹はまだ倒れなかった。差し違《ちが》える隙《すき》を狙い、折れた刀で奮戦していた。

もうよい、と因碩は心の中で叫んだ。もう十分だ。因徹よ、投げろ――。

だが、因徹は投げなかった。もはや素人目にも勝敗は明らかだった。観戦の家臣の中には、往生際の悪さと見て露骨に眉をひそめる者もいた。

二百四十六手目、丈和が中央の劫《こう》を継いだ時、因徹の狙いはすべて消えた――次の瞬間、因徹は激しく咳《せ》きこんだ。そして大量の血を吐くと、碁盤の上に倒れ込んだ。碁石が散らばり、広間は騒然となった。

『坐隠談叢』には、この時の様子がわずか一行に淡々と描かれている。

「因徹此《この》碁に於《おい》て脳充血症を起《おこ》し、吐血昏倒《とけつこんとう》、遂《つい》に起《た》たず――」

すぐさま因碩が駆け寄って因徹の体を抱き起こしたが、すでに因徹は意識を失っていた。因碩は周防守の許しを得てから、因徹を別室に移した。

一同が大騒ぎしている中、丈和ひとりだけが正座を崩さなかった。そして立会人である服部因淑に声をかけた。

「これははたして打ち掛けと見るべきか」

「今はそれを言う時ではござらぬであろう」

因淑がたしなめるように言ったが、丈和は顔色一つ変えずに言った。

「因徹殿に打ち継ぐ意志はあるやいなや」

「打ち継ぐことは無理である」

「ならば、この碁の決着は如何とする」

「お主の中押し勝ちである」

因淑は怒気鋭く言った。丈和は「では」と言うと、碁盤の上に散らばった碁石を片付けた。

本因坊丈和と赤星因徹の四日間にわたる死闘はここに幕を閉じた。二百四十六手まで、白番丈和の中押し勝ちとなった。


赤星因徹はこの六十日後の八月（間に閏《うるう》七月をはさむ）二十九日、井上家において静かに息を引き取った。享年二十六の若さであった。

因徹の亡骸《なきがら》を前にして因碩は人目もはばからずに涙を流した。愛弟子を失った悲しみと後悔を抑えきれなかったのだ。

「すまぬ、因徹」と何度も心の中で言った。丈和と打たせたばかりに、あたらお前の命を縮めてしまった。あの碁は己が打つべきであった。丈和を引きずり降ろしたいという妄執に目が眩《くら》んでいたのだ。いや、お前の労咳に気付かずにいた拙者の不徳を許せ。

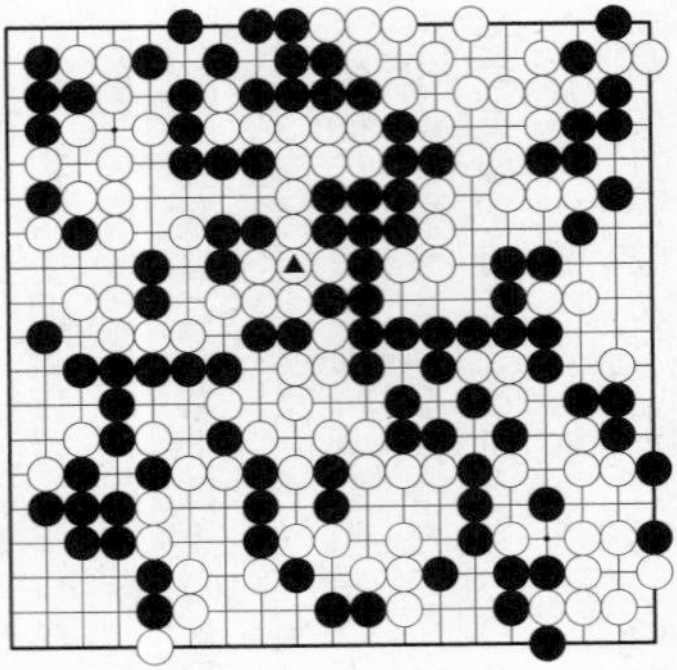

天保6年（1835年）7月27日
本因坊丈和
先　赤星因徹
終局図。白246手▲を見た因徹は血を吐いて昏倒したと言われる

それにしても、素晴らしい碁であった。序盤から中盤にかけて、あの丈和を完全に翻弄した。もし病でなければ、一気に押し切っていたであろう。負けはしたが、古今に残る名局であることは間違いない。

因徹が生前に語った言葉をふと思い出した。

「赤星因徹はこのような碁を打った、と後世の碁打ちに褒めてもらえるような碁を打ちたいのです」

因徹よ、そういう名局を打ったぞ、と因碩は呟《つぶや》いた。丈和との碁は百年後の碁打ちたちを感嘆させるであろう。

『坐隠談叢』の著者、安藤如意は、因徹の死を哀惜《あいせき》して次の文章を贈っている。

「此一局を名残として世を逝《さ》る。愍《あわれ》むべしと雖《いえど》も、其名誉は、千載の後、今尚懸《なおかか》りて彰々《しょうしょう》たるを覚ゆ。因徹以《もっ》て瞑《めい》するに足らん」

後に「吐血の局」、あるいは「丈和、打ち殺しの局」と呼ばれるこの碁は、囲碁史上で最も有名な碁の一つである。江戸時代以降、数多くの大勝負や名勝負があるが、この碁ほど凄絶な碁は他にない。そして、その内容の深さと劇的な展開により、今なお多くの棋士を魅了し続けている一局である。

なお、この碁には不気味な話が残されている。林元美が水戸へ帰る折、告別の為に千住の総持寺（『坐隠談叢』では某寺となっている）の住職を訪ねてよもやま話をしている時、松平家の碁会の話になった。すると僧は、「実は因碩から依頼され護摩を修したが、丈和の技量は神仏をもってしても如何《いかん》ともできなかった」と答えた。元美が後にこのことを丈和に話すと、丈和は大いに驚き、「因徹が投了した時、私が気を失いかけたのはそのせいであったか」と言ったという。

ところで、二〇一九年春、この「吐血の局」に新しい光が当てられた。中国が開発した「GOLAXY」という囲碁AIが、日本棋院の依頼により、この碁を徹底的に研究し、従来の見解と異なる判定を下したのだ。「GOLAXY」は「アルファ碁」よりも強いのではないかと言われているAIだが、その研究結果で驚くべきことがいくつか明らかになった。

最初の衝撃は「井門の秘手」を悪手と判定したことである。たしかに従来の研究通り、白が反発すれば劫《こう》になり、結果として右上の白は死ぬことになるが、その代償として白は右辺を模様化することができるので、白はそれほど悪くならないというのだ。ただし、それは一手あたり五〇〇万以上の探索による結論である。はっきり言って人間には不可能なヨミである。しかも、その大局観はAI独特のもので、その変化図を示されても、因徹も丈和も認めなかったかもしれない。もっとも、実戦でも黒の優位は変わらないと「GOLAXY」は判定している。ただ、目数に換算して三目ほど黒が損をしている計算になるという。

「GOLAXY」の研究で、それ以上に多くの棋士を驚かせたのは、「丈和の三妙手」の分析である。三つの手とも「GOLAXY」は最善手ではないと見做している。ただ、その証明は難解極まりないもので、人間では読み切ることはまず不可能と思われる。もしかしたら丈和は、最善手ではないとわかって打った可能性がないとは言えない。つまり因徹の心理的動揺（一種の恐怖）を誘うために敢えて打ったのかもしれないのだ。だとすれば、やはりそれは「妙手」と言っていいのかもしれない。

スポーツや格闘技同様、実力互角の者同士の戦いで、最後にものをいうのは精神力である。それは「ヨミ」「大局観」「計算」といった盤上のものだけではない、心理や性格を含めた全人格の戦いである。命懸けの勝負の土壇場において、踏み込むか退くかで迷わない棋士はいない。ヨミを超えた世界で恐怖に怯えるか、あるいは克服するか――その揺れが最後に勝負の明暗を分けるのだ。そうした心の奥底が盤上に現れた碁が「名局」なのかもしれない。「吐血の局」が二百年後の私たちを魅了するのは、それが「人間の戦い」だからである。

六

因碩は、己はすべてを失ったと思った。もはや名人への夢は断たれた。しかしそんなものは取るに足りないことであった。何よりも辛かったのは、愛弟子、因徹を失ったことだった。因徹こそは、必ずや名人碁所に就くべき男であった。その大輪の花を咲かせることができなかったばかりか、二十六歳の若さで散らせてしまった。このことは一生の痛恨事となるであろう。

これからの己は何を支えに生きていけばよいのだ——。

それでも因碩は気力を振り絞って、その年の御城碁に出場した。

ちなみにこの年の手合は以下の三局である。

先｛安井仙知
　　本因坊丈策

先｛井上因碩
　　安井俊哲

先｛林柏栄
　　服部雄節

結果は、仙知・丈策は丈策の十一目勝ち、因碩・俊哲は芇《じご》、柏栄・雄節は雄節の九目勝ちだった。

本因坊跡目の丈策が先番で仙知に十一目勝ちを収めたのは多くの碁打ちを驚かせた。先番とはいえ、まだ仙知には勝てないだろうと見られていたからだ。後に「丈策一生中の好局」と言われているが、やはり仙知が老いたと見るべきであろう。仙知はすでに六十歳であった。

かつては共に名人の力量ありと言われた好敵手、元丈が引退したのは八年前である。しかし仙知は、安井家を継ぐ男と目していた桜井知達を失った後、跡目に据えた息子の俊哲の力量が伴わないために、この年まで当主を務めていたのだ。そのために晩年、丈和の名人碁所騒動に巻き込まれることとなった。その意味では、彼もまた悲劇の碁打ちの一人であった。

丈策に敗れた仙知は、はっきりと己の力の衰えを知った。同時に隠居の意志を固めた。

この年の御城碁が安井仙知の最後の御城碁となった。

余談になるが、松平家の碁会の後、幕府は仙石騒動を重く見て、老中であった松平周防守に隠居蟄居《ちっきょ》を命じた。これは老中の水野忠邦が周防守の追い落としに仙石騒動を利用したものとも見られている（後には石見浜田藩は奥州棚倉《たなぐら》に転封を命じられた）。

結局、岡田頼母《たのも》の奔走《ほんそう》は効を奏さなかったわけだ。そもそもこの碁会は国家老《くにがろう》であった頼母が、仙石騒動が表沙汰にならないように江戸で行動するための方便として開いた可能性が高い。皮肉な見方をすれば、「吐血《とけつ》の局」という名局は、江戸城内の権力争いが生み出した一局とも言える。そして多くの碁打ちに悲劇をもたらした。

ちなみに一年後の天保七年（一八三六年）三月、間宮林蔵の探索によって浜田藩の密貿易が暴かれ、岡田頼母は江戸に召喚《しょうかん》されたが、取り調べの前に切腹して果てている。

こうした事実を見るに、松平家の碁会というのは、実に不気味な碁会であったと言わざるを得ない。

名人碁所の座を自らの力で守った丈和のもとには、贔屓筋や後援者から多くの祝いの品が届けられた。

丈和はあらためて名人碁所の威光をまざまざと見た。これこそが碁所の力だ。もし因徹に敗れていたなら、彼らは潮が引くごとく去って行ったであろう。

松平家の碁会の数日後、丈和は弟子たちの前に因徹との碁を並べて見せた。「井門《せいもん》の秘手《ひしゅ》」の恐るべき筋を教えたかったのと、その後に見せた自らの妙手を披露するためであった。この妙手こそ、己の名人碁所を守り、本因坊家を救った天来の妙手である。

十人ほどの内弟子に囲まれて、丈和は因徹との碁を初手から並べて見せた。

黒のキリコミの強手で、内弟子たちは声を上げた。

「これが井上家の門外不出の手であったと聞いておる。悔しいが、この手は見えなかった」

そう言って丈和はいくつかの変化図を並べて見せた。門弟たちはその変化の様に感嘆の声を上げた。

「げに恐ろしき手である。大いにやられたのはたしかだ」

丈和はその後も黙々と並べた。

「ここで中央を逃げなければならなかったのは痛かった。右辺の二子を飲み込まれたからな」

そう言って白の四十四手目を打った時、それまで黙って見ていた内弟子の一人が、

「師匠」と言った。それは最年少の内弟子、十六歳の土屋秀和《しゅうわ》だった。丈和が長男の戸谷道和《どうわ》とともに自らの名の一文字を与えた少年である。

「その手で、どうして右辺を下がらなかったのですか」

秀和は右辺の二子から一本下がればいいと言った。

跡目の丈策は秀和を叱った。名人碁所でもある師の丈和の碁に異議を挟《はさ》むなど、とんでもないことだったからだ。

「かまわぬ丈策」丈和は笑いながら言った。「思ったことを言わせてやれ」

丈策は頷いた。

「しかし秀和、そんな手はまったく意味がない」

丈和は言いながら、次の石を並べようとしたが、その手が止まった。

秀和の言ったサガリの手の変化が見えた気がしたのだ。じっと盤面を睨《にら》んでサガリの手を読んでみると、驚くべきことに、黒にはこれを咎《とが》める手はない。いや、むしろ黒の形が崩れてしまう。そして白は取られるどころか悠然と脱出できる。もし、その手を実戦で打っていれば、あれほどの苦戦は強いられずにすんでいたのは間違いない。

ただ、その変化は実に難解で、即座に読めるような手ではない。己も見えていなかったし、おそらく因徹にも見えていなかったに違いない。にもかかわらず、この小僧は、その手を瞬時に読んだ——只者ではない。

ちなみに、この時、秀和が指摘した手は「三本サガリ」と言われ、打たれざる妙手として名高い。

土屋秀和は同い年の戸谷道和と並んで、内弟子の中でも傑出した才を持っている少年だった。二人は坊門の若き龍虎と呼ばれ、いずれどちらかが本因坊家を継ぐだろうと言われていた。二段から四段までの昇段もまったく同時という、甲乙つけがたい逸材だった。

弟子たちの居並ぶ前で、秀和にサガリを指摘された丈和は、苦りきった顔をしたと伝えられる。しかしこの時丈和は、将来本因坊を継ぐのは我が息子の道和ではなく秀和だと悟った。その年、丈和は秀和にだけ五段昇段を認めている。十六歳で五段は異例の早さである。

数年来、競い合ってきた秀和に初めて昇段で差をつけられた道和がどれほど落胆したかは想像に難くない。幼い頃より素晴らしい碁才を見せ、周囲の者からも丈和譲りの天分と言われ、自らもいつかは父の跡を継いで本因坊家の当主となると誓って精進してきた望みが一気に遠のいた瞬間でもあった。

道和がもし凡庸《ぼんよう》な少年なら、打倒秀和に執念を燃やしただろうが、幸か不幸か彼には秀和の天才を見抜くだけの目があった。その後まもなく道和はしばらく碁から離れることになる。彼のその後の悲劇的な人生は、あるいはこの時に約束されていたのかもしれない。しかし今はそれを述べる時ではない。

七

年が明けて天保七年（一八三六年）になった。

因碩は愛弟子である因徹を失った心の痛手から立ち直れないでいた。なぜ己が打たなかったのだという後悔に苦しまない日はなかった。丈和を名人から引きずり降ろすということばかりに目が眩み、因徹の体のことに気付かなかった己を責める日が続いていた。

今の因碩をかろうじて支えているのは、弟子の加藤正徹《しょうてつ》の存在だった。十八歳で四段だったが、上手《じょうず》を狙える器であると因碩は確信していた。いずれ一歳下の本因坊家の戸谷道和、土屋秀和と戦うことになるだろう。秀和の碁譜は一度だけ見たが、なみなみならぬ才だというのは一目でわかった。己がやるべきは、正徹を、秀和を打ち破れるだけの打ち手にすることだ。亡き因徹のためにも――。

この年、因碩はつるという十八歳の女を妾《めかけ》にして井上家に入れた。

名人碁所になるために一生妻帯しないと誓った因碩であったが、その望みが絶たれた今、人並みの喜びを味わってみたいと思ったのだ。

つるは因碩の馴染《なじ》みの居酒屋で働いていた。上州《じようしゆう》(現・群馬県)出身の女だった。店には、親がこしらえた借金があった。それを因碩が肩代わりしてつるを貰いうけた。因碩がつるに惹《ひ》かれたのは、愛嬌《あいきよう》があって気立てが優しい娘だったからだが、それだけではなかった。面差しが鉚《りゆう》に似ていたのだ。

つるは良く気が付くいい女だった。因碩のためにも細やかな心遣《こころづか》いを見せたが、内弟子たちにも優しく接した。それで弟子たちにも慕《した》われた。

因碩は生まれて初めて、幸せというものを味わったような気持ちになった。愛する女がいて、共に暮らす——これこそが本当の人生ではあるまいかと思った。長い間、ただ碁一筋に生き、その勝ち負けだけを争っていたそれまでの人生が嘘のようだった。

この年に因碩の打った碁は記録に残っている限りわずかに三局である。御城碁にも出場していない。ちなみにこの年の御城碁は安井俊哲と服部雄節、それと服部因淑と本因坊丈策の二局のみだった。なお、因淑もこれが最後の御城碁となった。

因碩は近いうちに隠居して井上家を正徹に譲るのではないかと噂されていた。因碩自身も正徹が六段になれば、そうしてもいいと考えていた。

翌天保八年(一八三七年)二月、江戸の庶民を驚かせる事件が大坂で起こった。元大坂町奉行所の与力であった男が乱を起こし、大坂市中が大火に見舞われたというものだった。

　天保四年から続く大飢饉《だいききん》は各地で大きな百姓一揆を引き起こしていたが、大坂でも米が庶民たちに満足に行き渡らない事態が続いていた。庶民たちの窮状《きゅうじょう》を見かねた元与力の大塩平八郎は徒党を組んで豪商などを襲ったが、奉行所に鎮圧されたのだ。

　弟子の中川順節からは無事であるという知らせを聞いて、因碩はひとまず安堵したが、事件そのものには大きな衝撃を受けた。元与力と言えばかなりの地位で、財力もあったはずだ。すでに隠居していたそんな男が勝ち目のないとも思える乱を起こしたのは、まさしく「義を見てせざるは勇無きなり」という心境であったのだろう。聞けば、大塩は兵を挙げる前に、蔵書を何万冊も売り払って得た数百両を貧しい人たちに分け与えたという。まさしく大塩平八郎こそ義人である。それに比べて己はどうなのか——。たかだか名人碁所への望みを失ったくらいで意気消沈するなど恥ずかしい限りだ。

　因碩は、一方でまた別な不安を覚えた。幕府の屋台骨が揺らぎかけていると思えたからだ。幕府が鎮圧にあたった乱は「島原の乱」以来、二百年ぶりである。近年は幕府の命令を無視して、浜田藩のように異国と密貿易をしている藩がいくつもあると聞く。薩《さっ》摩《ま》藩などはかなり大々的に行なっているという噂もあった。これもすべて徳川様の威光が綻《ほころ》びかけている証左ではないか。近年、異国船がたびたびやってきて、我が邦《くに》を脅《おびや》かすのも同様だ。今、日本は内にも外にも大きな火種が燻《くすぶ》っている。だが、一介の碁打ちである身では何もできない――。

因碩は己の無力さに打ちひしがれた。

その年の春、井上家の道場に一人の少年が通いの弟子としてやってきた。貧乏旗本の倅《せがれ》だった。

碁好きの父に連れられてやってきたその少年は利発な子で碁の筋も良かった。手筋を教えるとたちまちのうちにそれを吸収した。入門して半年くらいで入段に近い棋力まで達した。

兄弟子の加藤正徹は「将来大いに有望なり」と喜んだ。因碩も、少年がこのまま精進すれば七段上手になれるだけの才能を秘めているのを認めたが、気になったのは碁が好きでたまらないという風には見えなかったことだ。碁は不思議な芸である。いかに碁の才があっても、それに淫する気性がなければ上手にはなれぬ。

ある日、因碩は少年を呼んで、孫子の話をしてみた。すると碁の手筋を教えてもたいして興味を示さなかった少年が、兵法には目を輝かせた。因碩は睨《にら》んだ通りだと思った。利発で好奇心が旺盛な子だからこそ、孫子の面白さがわかる。

「明日からはもうお前は道場には来なくてよい」

因碩がそう言うと、少年は泣きそうな顔をした。

「お前を破門するのではない。むしろ逆で、お前は別の道を生きる子だと思うからだ。お前が碁の道に進んでも、大成はしないであろう」

「別の道とは何でございましょう」

「それはわからぬ。だが、碁でないことはたしかだ」

少年は何かを考えているようだった。

「私の父は無役の旗本です。その私に何ができるのでしょう」

「それを他人に訊くようでは、どの道に進んでも大成はせぬであろう」

少年の顔が真っ赤になった。

「いずれ世は必ず大きな動乱が起こる。今も異国船が我が邦の近海に頻繁にやってきておるのは知っておるか」

「はい」

「お上は異国船打払令などを公布して守った気でおる。そんな令ひとつで国が守れるなら楽なものだ。先日もモリソン号という異国船を砲撃して追い払っていい気になっておるが、いずれそういうわけにはいかなくなる。もし異国が本気で開国を迫ってきたときは、一戦交えねばならない日が来よう」

「そんな日が来るのですか」

「間違いなく来る」と因碩は言った。「わしが生きているうちに来るかどうかはわからぬが、お前が生きているうちには必ず来る」

少年の顔がにわかに緊張した。同時に唇をぎゅっと嚙みしめた。いい面構《つらがま》えをしていると因碩は思った。

「父が無役というのは言い訳にならぬ。時が来たれば、その命を国に懸けるのが武士の生き方であろう。その日のために刻苦《こっく》勉励《べんれい》して、大いに書を読むがよい」

少年は力強く「はい」と言った。

「これをお前にやろう」

因碩はそう言って、『孫子』を少年に渡した。書を手に取った少年の全身が喜びに震えるのがわかった。

「明日からは当道場に通うに及ばず。父上にはわしから言っておく」

少年は畳の上に両手をついて、深く頭を下げた。

少年が部屋を去る際、因碩は訊《き》いた。

「お前の名は何と申したか」

「勝麟太郎《かつりんたろう》と申します」

「さらばじゃ、麟太郎」

少年は一礼すると部屋を出て行った。

その年の御城碁は、本因坊丈策と林柏栄の一局のみだった。四家の当主が一人も出仕しない寂しい御城碁となった。

なお、この年の十月、安井仙知の師匠であった大仙知（仙角）が死去している。享年七十四だった。

かつて鬼因徹と呼ばれた服部因淑を十代で打ち破り、二十代半ばで碁界をほぼ制覇した大才だったが、それはある意味早すぎた。いかに天才でも二十代で名人碁所の前例はなく、そのために彼は碁所願いを出すのを十年待った。しかしその十年の間に本因坊元丈というとてつもない打ち手が現れた。元丈の先番を破るのは難しいと見た仙角は、碁所への願いを未練もなく捨て去った。そして弟子の中野知得（安井仙知）に夢を託したが、元丈も知得もまた共に名人碁所を望まなかった。

大仙知こそ碁の世界に革命的な思想を打ち立てた天才と現代でも高く評価されている。

八

年が明けて天保九年（一八三八年）を迎えた。

二月、本因坊家に安井家の門人である片山知的が丈和に面会を求めてやってきた。知的は長坂猪之助、関山仙太夫とともに武家三強と言われた強豪である。段位は六段だが、文化時代は若い頃の丈和と互先で打ち分けたほどだった。この頃は五十代半ばで、安井家の相談役のような立場であった。

丈和は片山知的を部屋に通した。

「このたびは丈和殿にお願いがあって参った次第でござる」

知的は辞を低くして言った。

「お願いとは何でござろう」

「誠に申し上げにくいことなのですが、当家の跡目、俊哲を六段から七段に昇段させていただきたいというもので――」

知的は恐縮しながら言った。

名人碁所不在の場合は、七段上手以上の昇段は四家の承認が必要だが、名人碁所が在任している時は、その一存《いちじる》ですべての棋士の昇段が決められる。

「俊哲殿はたしかに進境著しいものがあるが、七段上手が相当かというのは、今しばらく見極めの時間がほしいところではある。とはいえ、上手の力は有していると思われる」

丈和は含みを持たせて答えた。

「実は当家の当主、仙知は病が重く、近々、家督を俊哲に譲る気でおります。しかし由《ゆい》緒《しょ》ある安井家の当主が六段では、いかにも体裁が整わぬこともたしか。また恥を忍んで申し上げますれば、当家は当主の病などもあって、今、家計が大いに不如意でござります。そこで俊哲の七段昇段披露の碁会を大々的に催し、その祝儀を少しでも家計の足しにできますればと思い、こうして参上した次第でございます」

知的は汗を拭き拭き言った。

「たしかに、俊哲の成績は七段昇段に準ずるものではないのは承知しております。そこで、もし七段昇段が叶っても、当面は六段の手合で打つ所存であります」

要するに表向きだけでも七段上手の免状が欲しいというのだ。

「仙知殿の病はかなり重篤《じゅうとく》でござるか」

丈和は話題を変えた。

「はい。もし俊哲の七段昇段が成れば、仙知老にとっては何よりの見舞いとなると考えます」

「委細は承知つかまつった。ただ、今ここで結論を決められる問題ではござらぬことゆえ、後日、改めてお返事申し上げよう」

「何卒《なにとぞ》、よしなにお願い申し上げます」

そう言って知的は平伏した。

知的が辞去した後、丈和は腕組みして考えた。

名人碁所を巡っては仙知とは確執もあった。一時は争碁を打つ寸前までいった。しかし名人に就いてからは、安井家からは特に何の嫌がらせも受けていない。もともと仙知は清廉潔白《せいれんけっぱく》の士として知られるし、尊敬する元丈師と肝胆相照《かんたんあいて》らす仲でもあった。また打ち盛りの碁の恐ろしさは、肌で知っている。世人は「丈和は、仙知を虎の如《ごと》く恐れた」と言うが、それは決して誇張ではない。その仙知が病床にあり、息子の七段昇段を望んでいるなら、叶えてやろうではないかと思った。

それにここで安井家に恩を売っておくのは何かと得な面もある。松平家の碁会では、死闘の末に赤星因徹を退けて名人碁所の座を守ったが、今後、また因碩が何やら策を弄《ろう》してくるやもしれぬ。その時、安井家を味方に付けておくのは何かと有利なはずである。

たしかに俊哲の成績は七段昇段に見合ってはおらぬ。それは碁の出来不出来が激しいからだ。気合いが入れば、八段かというような碁を打つこともあるが、気の乗らない時は五段程度かと思うようなひどい碁も打つ。しかし天保四年（一八三三年）には己に対して先番で一目勝ちという見事な碁を打っている。

丈和は様々なことを考慮して、その月のうちに俊哲の七段昇段を認めた。俊哲は七段昇段を機に名を算知《さんち》とあらためた。「算知」は安井家二代目の強豪で、名人に昇りつめた由緒ある名前である。

翌三月、仙知はまるでそれを待っていたかのように世を去った。享年六十三であった。

かつて「元丈・知得」と並び称された英傑の死は、多くの碁好きたちを悲しませた。

ところで、算知を昇段させたことは、思わぬ形で丈和の足元を掬《すく》うことになる。

それは林元美を激怒させたことによるものだった。名人碁所に就いた暁《あかつき》には自分を八段に昇段させるという約《やく》を据《す》え置いたまま、上手の実力の伴わない安井俊哲（算知）を情実昇段させる行為は、元美にとっては許しがたいものだった。

丈和の名人碁所就位はいったい誰のおかげか。しかるに丈和が碁所になってからすでに七年が経過したが、己《おのれ》は今なお、七段に据え置かれたままである。これは明らかに違約である。

元美の丈和への激しい怒りの理由はもう一つあった。それは同じ頃、先年に亡くなった松平保福《やすふく》の言葉を人伝《ひとづて》に聞かされたことだ。

保福は晩年、病床で、元美のことを「嘘をつく男とは思わなかった」と語っていたというのだ。元美は裏工作を保福に依頼する時、丈和が名人になれば、自分は八段になれると言った。病床の保福の言葉は、結果的に偽りを述べた己を非難したものだ。保福は亡くなる直前にも次のような言葉を残した。

「水戸屋敷にては武士気質《かたぎ》に違約の節は、自分に致方有之べきに老人に相成ても命は惜《おし》き者と見ゆ」（『坐隠談叢』より）

約束を違えたならば切腹して果てるのが水戸の武士だが、元美は命が惜しくてそれもできぬか、と呆れられたのだ。『坐隠談叢』には、その言葉を聞いた時の元美の感情が激烈なる文章で書かれている。

「元美は或《あるい》は嘆《なげ》き、或は泣き、只管《ひたすら》、丈和の無情冷酷を怨《うら》み、何時《いつ》か之に報復する所あらんと、肝胆《かんたん》を砕きて其機《そのき》を窺《うかが》ひたり」

元美はかくなる上は命を懸けて丈和と争碁を打つと決意した。それ以外に保福の霊に報いるすべはない。

元美はただちに丈和との二十番争碁の願書を寺社奉行に提出した。

『坐隠談叢』には、元美の願書が全文記されているが、そこには丈和が名人になったいきさつと、それが成就した後には自分を八段にするという約束が反故《ほご》にされたことなどが記され、これを許すことができぬため、争碁を許可してほしいと書かれている。全文にわたって非常に激烈な文章であり、願書の最後には「恐惶《きょうく》を不顧《かえりみず》捨一命《いちめいをすて》偏《ひとえ》に奉願候《ねがいたてまつりそうろう》」と書かれている。まさしく命を懸けた争碁願書であった。

願書を受け取った牧野《まきの》備前守忠雅《びぜんのかみただまさ》は前々年に寺社奉行に就いたばかりで、碁界のしきたりや伝統に疎《うと》いこともあり、いかに対応すればよいか、よい智慧が浮かばなかった。そこで前任の寺社奉行であり、丈和を名人碁所に任命した土屋《つちや》相模守彦直《さがみのかみよしなお》を訪ねて相談した。

土屋相模守は元美の願書を読むと、顔色を変えた。碁界きっての学識者で温厚な人物で知られる林元美がこのような願書を出すということは、怒りの激しさもさることながら、命をも捨てる覚悟でいるのは明らかであった。

しかし丈和と争碁を打っても、万に一つも元美に勝ち目はない。あの赤星因徹でさえ打ち殺されたのだ。還暦を超えた元美が二十番という厳しい勝負を打てるはずがない。もちろんそんなことは元美自身も承知していることだろう。

「元美は死ぬ気だな」土屋相模守は言った。「命を失おうとも、武士の一分《いちぶん》を立てようというのであろう。そして、負ければ切腹して果てる所存であろう」

牧野備前守はその言葉に頷いた。

「となると、この争碁は認めるわけにはゆかぬな。かといって、もし争碁を認めぬとなれば、元美の面目が立たぬ――はてさて、困ったものよ」

土屋相模守は今さらながら、七年前のことが悔やまれた。天保六年（一八三五年）の松平家の碁会といい、このたびの争碁願いといい、すべての原因は争碁を打たせずして丈和を名人にしたことにある。その決断をしたのは己である。ならば、この幕引きもせねばなるまい――。

後日、寺社奉行は元美と丈和に対して、争碁の沙汰は追って知らせる旨を伝えた。

すでに碁界では大きな騒ぎになっていた。丈和は元美の裏切りに対して怒りをあらわにし、本因坊家と林家は完全に決別状態になっていた。また元美の争碁願書には添願人として井上因碩の名前があったことから、井上家とも敵対関係となった。もっとも本因坊家と井上家の確執は以前からで、さらに溝が深くなった。

反対に安井家は算知（俊哲）昇段の恩義があり、丈和を支持した。碁界は本因坊家・安井家と井上家・林家という二つの勢力に二分された。さらに本因坊・安井連合には安井家の外家である坂口家がつき、井上・林連合には井上家の外家である服部家がついた。

その年の御城碁はそんな異様な空気の中で打たれた。組み合わせは以下の三組だ。

先番｛林元美
本因坊丈策

先番｛安井算知（俊哲）
林柏栄

先番｛坂口仙得《せんとく》（寅次郎）
服部雄節

まるで図ったように二つの勢力のぶつかり合いであった。坂口仙得はこの年、丈和によって七段が認められ、御城碁初出仕だった。外家で御城碁出場は服部雄節以来である。結果は丈策の中押し勝ち、柏栄の五目勝ち、雄節の中押し勝ちだった。

年が明けて天保十年（一八三九年）一月、丈和は美濃大垣《みのおおがき》藩主の戸田采女正氏庸《とだうねめのしょううじつね》邸で内弟子である土屋秀和と打った。

丈和が秀和と対局するのは初めてである。来たるべき争碁に備えてというよりも、秀和が次の本因坊家を託すに足る打ち手かどうかを見るためのものだったと思われる。この時、秀和は二十歳で六段になっていた。同世代は言うに及ばず、その上の世代の碁打ちたちに対しても圧倒的な成績を上げ、今や本因坊家の若手の筆頭に育っていた。四年前、丈和と因徹の碁を見た瞬間に三本サガリを発見したのは偶然ではなかった、と丈和は思った。

初段から四段までは秀和と拮抗《きっこう》していた同年の道和（丈和の息子）はすでに大きく引き離されていた。道和がこの時期、碁から離れているのは、もしかしたらそのせいかもしれない。『坐隠談叢』には、「眼疾《がんしつ》を患ひて、局に対せざること数年」とあるが、残された碁譜にはそれほどの中断はなく、これは事実ではないと思われる。後に起こした大事件から見ても、おそらく精神的な原因だったのではないだろうか。

名人丈和に対して、秀和は先二の先番で打った。

丈和は秀和の力を試す意味で、様々な手を仕掛けた。秀和は丈和の策動に惑わされることなく、固く打ったが、丈和には、幾分固すぎるように見えた。一言でいうと、「ぬるい」碁だった。

また秀和の碁には、安井算知のような激しさがなく、赤星因徹のような切れ味もなかった。それは碁譜を見ても感じていたことでもあったが、実際に打っていて、確信を持った。非常に堅実で、ヨミも深いが、何かが足りないように思えた。

中盤に差し掛かったところで、追いついたな、と思った。ふと、はたして秀和は坊門を託《たく》すべき男なのかという疑問が頭をよぎった。

ところが終盤に入ったくらいから様相が変わってきた。ヨセで引き離そうとしても、秀和は遅れずにぴったりとついてくる。それどころか、逆に妙手を打ってくる。こんなはずではないと思いながら、局面を子細に眺めると、何と形勢は黒に傾きつつあるではないか。——いつのまに、と丈和は内心で唸《うな》った。

その後は逆にじりじりと差を広げられた。

作って、黒の三目勝ちだった。

丈和から見ても秀和のヨセは見事の一語に尽きた。最初はヨセで逆転されたと思ったが、それは誤りかもしれぬと考え直した。秀和は中盤でヨセの手まで見て打っていたのかもしれぬ。敢《あ》えて戦わず、固く打っていたのは、計算ができていたからなのか。

そのことに気付いた時、秀和の中に底知れぬ何かを見た気がした。戦わずして勝つ――こんな打ち方をする碁打ちは、これまでに坊門には一人もいなかった。いや、他家にもいない。己や因碩の、戦い抜く碁とはまるで違う。まったく新しい碁だ。内弟子たちが、秀和の碁は不思議な碁だと言う意味がわかった。

十月、丈和は寺社奉行の牧野備前守忠雅から呼び出しを受けた。

争碁の日取りが決まったのかと思っていると、牧野備前守の言葉は予想もしないものだった。何と、いきなり名人碁所を退隠せよとの命令を受けたのだった。

「いかなる理由で退隠せよとおっしゃるのでしょうか」

丈和は訊いた。それに対して牧野備前守は答えた。

「先年の安井算知の七段昇段に際し、上手昇段の手合成績をあげておらぬにもかかわらず、これを認めたことは明らかな越権行為である」

「恐れながら申し上げます。たしかに昇段に値する成績ではなかったのは事実でございますが、近年、算知は急激に腕を上げており、昇段を認めたものでございます。こうしたことは前例もございます」

「ならば、七段昇段後も、仲間内では六段の手合で打つというのは筋が通らぬではないか」

「そのことはそれがしの与《あずか》り知らぬことでございます。安井家の事情でございますれば――」

「たわけたことを申すではない」

牧野備前守は一喝《いっかつ》した。

「その件は安井家からもすでに聞き及んでおる。昇段に際して、そのような黙契《もっけい》があったとな」

丈和は言葉に詰まった。

「その方の行ないはお上を誑《たぶら》かしたも同然。名人碁所を私物化したと見られても致し方あるまい」

「申し訳ございませぬ」

丈和は畳に額をつけて言った。

「仙知殿が重篤の病と聞き、子息の算知の昇段が何よりの薬になるかと、温情をかけてしまった次第です。決して私利私欲のために算知を昇段させたわけではございませぬ。何卒、寛大な処置をお願いいたします」

自分よりも十歳も上の五十を超えた名人が懸命に謝罪する姿を見て、牧野備前守もさすがに気の毒に思った。

算知昇段の件は単なる口実である。実際の狙いは、碁界に波風を立てぬために、丈和に名人碁所を隠退させるというものだった。そうすれば元美の面目も立つであろうという、土屋相模守の一存で決めたことだ。牧野備前守もそれしかないと思いながら、目の前の丈和を見ていると、哀れを覚えたのだ。

しかし心を鬼にして言った。

「寺社奉行から罷免《ひめん》を申し渡すことはせぬゆえ、自ら退隠願いを出すがよい」

ここまではっきりと言われては、もはや進退窮まった。

「かしこまりました。退隠願いを提出いたします」丈和は丁寧に答えた。「贔屓筋《ひいきすじ》への報告や、様々な後始末もありますゆえ、ひと月のご猶予《ゆうよ》を賜《たまわ》りますれば、幸甚《こうじん》に存じます」

「よかろう」

牧野備前守は言った。

「ただし年内までは待てぬ。御城碁が行なわれる十一月をもって、その方の碁所を解《と》く」

丈和は黙って一礼した。

本因坊家に戻った丈和は事の次第を跡目の丈策に告げた。

「何と理不尽な――」丈策は憤《いきどお》って言った。「老中の水野様に訴え出ようではありませんか」

「もうよい」

丈和は静かに言った。

「かようなことをすれば、またまた棋界が揉めるだけだ。十年前にも名人碁所を巡っては大騒動となった。今ひとたびそのようなことが起これば、棋界は取り返しのつかぬことになるやもしれぬ」

「はい」

「わしが名人碁所に就いていた八年の間、本因坊家は大いに栄えた。昴頁筋もついた。わしが退隠しても十分にやっていける。それにわしはもう五十三だ。争い事には倦《う》んだ」

丈策は師から闘志のようなものがなくなっているのを見た気がした。かつて盤上盤外を含めて「戦いの権化《ごんげ》」であった師は、どこか達観した様相を醸《かも》し出していた。

弟子の気持ちを察したのか、丈和は微笑《ほほえ》んだ。

「戦い続けた人生であったが、ようやくヨセの段階に入ったようだ。おそらく、終局は間近いだろう」

そして呟《つぶや》くように付け加えた。

「あとはお前たち、若い者たちの時代だ」

十一月十七日、千代田城の黒書院にて、御城碁が打たれた。

丈和名人の差配による最後の御城碁だったが、その頃にはもう各家元の間にも、丈和の退隠が近いと囁《ささや》かれていた。
この年に打たれた御城碁は二局のみだった。

先番｛本因坊丈策／安井算知

先番｛坂口仙得／林柏栄

四家の当主が一人しか参加しない地味なものだった。結果は丈策の白番三目勝ち、仙得の白番中押し勝ちだった。

その月の晦日《みそか》、本因坊丈和は名人碁所の退隠届を寺社奉行に提出した。届は受理され、その日を以て、文化から天保にかけて碁界を席巻《せっけん》した一代の風雲児、本因坊丈和は正式に碁界から隠退となった。
新しい当主には丈策が就き、第十三世本因坊となった。この時、跡目は決めなかったが、丈和は秀和以外にはないと思っていた。

丈和は退隠届を出す前日の十一月二十九日、一枚の初段免状を発行している。不思議なことに、その免状は本因坊家の内弟子に対して与えたものだった。普通、家元の免状というものは素人衆に出すもので、内弟子として修行している玄人碁打ちに出すことはない。しかし丈和は敢《あ》えてその慣例を破って、免状を一人の弟子に与えている。

今も残るその免状には「官賜《かんし》碁所本因坊丈和」という署名がある。本因坊家の未来を託す弟子に、名人として発行する最後の免状を与えたかったのだろう。その免状を与えられたのは、数え年わずかに十二歳の安田栄斎《えいさい》だった。

安田栄斎が備後《びんご》（現・広島県）三原《みはら》城主の浅野《あさの》忠敬《ただひろ》の家臣に連れられて、上野車坂下の本因坊道場にやってきたのは三年前だった。神童の噂が高い童子を忠敬が浅野家の打ち手として育てたいと本因坊家に預けたのだ。ある時、栄斎の碁を見た丈和は、「是《こ》れ正に百五十年来の碁豪にして、我門風之より大《おお》いに揚らん」と語ったと言われている。百五十年前は本因坊道策の時代である。丈和は九歳の童子の碁を見て、道策以来の碁豪と語ったのだ。この予言は、ある意味で的中し、ある意味で外れたと言える。後に秀策《しゅうさく》と名乗る栄斎の栄光と悲劇については、いずれ語ることになる。

第八章

黒船来航

一

本因坊丈和《ほんいんぼうじょうわ》が碁所《ごどころ》を退隠《たいいん》したという報《しら》せを聞いた時、井上因碩《いのうえいんせき》は激しく動揺した。つるとともに平穏な日々を過ごしていこうと思っていた己《おのれ》の人生が今一度大きく揺さぶられるような感覚だった。

一度は完全に諦《あきら》めた名人碁所の道が再び開かれたのだ。これは亡き赤星因徹《あかぼしいんてつ》の導きかもしれぬ。因徹は死の直前まで、師の名人碁所の夢を弟子である自分が断《た》ってしまったことを悔いていた。思えば、あれほど碁に真摯《しんし》に向き合い、また師匠思いの弟子はいなかった。だが、天は無情にもその命を奪った。それを憐《あわ》れんだ天が、因徹の願いを聞き届けてくれたのやもしれぬ。

ならば――と因碩は思った。因徹が与えてくれた機会を無駄にはできぬ。

年が明けて天保十一年（一八四〇年）、因碩はつるを伴って麻布の妙善寺《みょうぜんじ》に赤星因徹の墓参りをした。因碩は四十三歳になっていた。

因徹の墓を建立《こんりゅう》してから、月命日には墓参りを一度も欠かしていなかった。両手を合わせて因徹の冥福《めいふく》を祈った後、墓に語りかけるように言った。

「お前の思いが天に届けられたようだ。因徹よ、礼を言う」

そして深々と一礼した。

因碩は八月二十九日に碁所願書を出すことに決めていた。その日は因徹の命日であった。

願書を出せば、必ず他家の反対がある。おそらく争碁《そうご》で決めることになるであろうが、丈和が隠退した今、己に勝てる碁打ちはいない。三家の当主である本因坊丈策《じょうさく》も安井算知《やすいさんち》も林元美《はやしげんび》も敵ではない。いずれが出て来ようと、必ずや退《しりぞ》けて見せる。手合割は向こう先から先々先《せんせんせん》だが、打ち破る自信はある。この争碁こそは己の碁打ちとしての集大成となるであろう。まさしく、人生、最後の大勝負だ――。


因碩が名人碁所を目指して動き始めていることは他の家元たちも察したようだった。

本因坊当主の丈策は早速、丈和に相談した。丈和は碁所退隠後は上野車坂下《くるまざかした》の道場を引き払い、本所相生町《ほんじょあいおいちょう》の旧本因坊屋敷に暮らしていた。

「やはり、因碩が動いてきたか」

丈和は予想していたのか、不敵な笑みを浮かべた。

「聞くところによると、因碩はすでに寺社奉行に根回しを始めているということです。夏には正式に碁所願いを出すという話も聞いております」

「そうか——」

「もし因碩が名人碁所願書を出せば、我が家は当然ながら、故障を唱えることになります」

「となれば——」丈和は言った。「最後は争碁だな」

丈和の言葉に丈策の顔が強張《こわば》った。争碁となれば、本因坊家の当主である自分が打つことになるからだ。

六段の自分が八段半名人の因碩には先の手合で打つことになるが、因碩の力は九段(名人)格と言われている。先で勝ち越すのは至難というのは自覚していた。いや、それ以前に名人碁所を巡っての争碁に六段ごときが出て認められるものかどうかもわからない。

「心配はいらぬ」丈和は言った。「因碩の相手はお前ではない」

「では、林元美殿ですか」

丈策の言葉に丈和は笑った。

「元美ごときが因碩に勝てるものか」

「では——」

「わからぬか」丈和はにやりとして言った。「因碩の相手になるのは、秀和《しゅうわ》だ」

四月、丈策は土屋《つちや》秀和を本因坊跡目として届けた。同時に彼を七段上手にした。秀和の昇段に関しては他家から一切文句が出なかった。それほど近年の秀和の戦績は圧倒的だった。

この時、秀和は二十一歳。その年齢で上手というのは過去にほとんど例がない。因徹の二十五歳よりも四年も早い。いかに早熟の天才であったのかがわかる。その若さで跡目とし、七段に昇段させたのも、因碩の名人碁所を巡っての争碁の相手とするためだったた。

同じ頃、林元美は「丈和が争碁を打たずに退隠したるは、それがしが争碁に勝ったも同然」と、寺社奉行に八段に進むという口上書を提出している。本来、昇段は他の家元が認めるか、あるいは本人が願い出るものであったが、この時、元美は自ら八段を名乗っている。それだけ元美が八段を強く欲していた証《あかし》であるが、名人碁所不在の混乱が早くも形になって現れたとも言える。本因坊家と安井家はただちに反対し、結局、元美の八段昇段は認められなかった。

天保十一年八月二十九日、井上因碩は義父でもある服部因淑を添願人《てんがんにん》として寺社奉行所に正式に名人碁所願書を提出した。

その何ヶ月も前から役人たちの了承を取り付けていたことから、願書はすんなりと受け入れられた。

丈和退隠後は因碩が第一人者であることは衆目の認めるところで、寺社奉行内でもこのまま因碩を名人にしてもいいのではないかという空気が支配していた。九年前の名人争いで不運な役回りとなったこと、五年前に赤星因徹を失っていたことなどで同情を集めていたのも大きかった。棋界の大長老である服部因淑が添願人となっていることも力になっていた。因淑はその年、八十歳になっていた。当時の八十歳というのは異例の長寿であり、それだけで大変な貫禄であった。

因碩の名人碁所願書に対して、本因坊丈策はただちに反対の旨の申立書を役人に届けた。

しかし寺社奉行の係役人はこの異議をすんなりとは受け付けなかった。この時の折衝《せっしょう》の様子は『坐隠談叢《ざいんだんそう》』にこう書かれている。

「丈策に対し、因碩をして願の通《とおり》碁所たらしむべき様周旋《しゅうせん》するこそ同僚の本意なるに、却《かえっ》て争碁を望むは不都合の至りにて其身の不為ならんと威喝し、丈策の申分立たざるに至れり。然《しか》れども、丈策は事家の安危《あんき》に係《かかわ》るを以《もっ》て大《おおい》に決心し、古例を引きて論難已《や》まざりければ、役人も遂《つい》に之を斥《しりぞ》くる能《あた》はず、書面を月番の寺社奉行に進達せり」

係役人は丈策に対し、「因碩の名人碁所を認めよ」と説得したが、丈策は頑《がん》として認めず、過去の例を出して争碁を主張した。江戸時代は何よりも前例を重んじる。先例ありとなれば、無下にはできない。役人は丈策の申立書を寺社奉行に送った。丈策は林元美と並ぶ博識家である。弁も立てば、書も上手い。その丈策が先例を並べたてて、争碁の正当性を強く訴えたのであるから、役人も困り果てたことであろう。

九月晦日《みそか》、寺社奉行の山城国淀《やましろのくによど》（現・京都府京都市伏見区）藩主の稲葉《いなば》丹後守正守《たんごのかみまさもり》は、四家の当主を自らの藩邸に呼びつけた。

席上、稲葉丹後守は家元たちに言った。

「このたび、井上因碩殿より、名人碁所の願書が出されたことは皆も存じておろう。これに異議なしとなれば、因碩殿が名人碁所となる。しかし、故障を唱える者あらば、この段にあらず。ただし、二家以上の反対があっても、争碁に立つのは一名である」

ついに寺社奉行が正式に争碁を認めたのだ。丈策の弁駁《べんばく》が通ったのである。

因碩は稲葉丹後守の言葉を聞いても落胆はしなかった。もともとすんなりと碁所になれるとは考えておらず、おそらくは争碁になるであろうと予想はしていたからだ。争碁はむしろ願うところでもあった。誰が相手でも負ける気はしない。

丈策は善後策を講じるために、林元美と安井算知を本因坊家に招いた。元美も算知も因碩の名人碁所には反対の立場だった。

「三家も反対ならば、何の問題もない」丈策は言った。「丹後守殿は一人を選んで争碁に立てよとおっしゃったが——さて、誰を出すか、である」

元美も算知も黙っている。

二人とも因碩の強さは十分に知っている。三十一歳、七段の算知は因碩に対して先《せん》でなかなか勝ち越せないでいた。一年前に打った碁も負かされている。元美は因碩に対して先々先だが、六十歳を超えている身では、厳しい争碁に耐えうる自信はない。

しばしの沈黙の後、丈策は言った。

「争碁の相手には秀和を立てようと思う」

元美と算知は驚いた顔をした。

「秀和は跡目ではないか」

元美の言葉に、算知も言った。「争碁に跡目が出た例はないのではござらぬか」

丈策は頷いた。

「それともお主」と元美が言った。「隠居する気なのか」

「その気はない」

「なら、如何《いかん》とする」

「跡目の秀和が争碁に立つことを、寺社奉行に認めてもらうしかあるまい」

「はたして認めるかな」

「認めさせることができなければ――」丈策は言った。「因碩の名人碁所は阻止できぬ」

三日後、因碩は稲葉丹後守に呼び出された。

「お主の名人碁所願いに対し、本因坊家が正式に故障を唱えてきた。安井家と林家が添願書を書いておる」

因碩に驚きはなかった。芸道の行きがかり上でも本因坊家なら反対せねばならないのは当然だ。それは他の二つの家でも同じことだ。もとより争碁は覚悟の上である。気になるのは、その相手である。

「三つの家が争碁の代表として出してきたのは、秀和である」

稲葉丹後守の言葉に因碩は思わず、えっ、と小さな声を上げた。

「秀和は本因坊家の跡目ではありませぬか」

「左様」

「古来、名人碁所の争碁に、跡目が出たためしはありませぬ。かつて寛文八年の安井算知の名人碁所に本因坊家が故障を唱えた折も、当主の道悦師が争碁に立ちました。跡目の道策は力量抜群でありましたが、当主に代わって争碁を打つことはいたしませんでした」

「すると、この案は飲めぬということだな」

「跡目とは争碁は打ちませぬ。争碁の相手となるは、当主の丈策であるべきでございましょう」

稲葉丹後守は頷いた。

因碩にしてもここは譲れぬところであった。秀和の碁はよく知っている。力は六段の丈策よりもはっきり上だ。また同じ七段上手の算知は定先《じょうせん》まで打ち込まれている。算知の三歳上の太田雄蔵《おおたゆうぞう》(卯之助の改名後の名前)も同じく定先に打ち込まれている。打ち盛りの算知と雄蔵を向こう先に打ち込むのは並々ならぬ力である。碁譜を見ても、その才はかつての赤星因徹に優るとも劣らぬものがある。

秀和とは一年前に向こう先《せん》で二局打っている。一局は因碩の六目勝ち、もう一局は一目負けの一勝一敗だった。後にもう一局打ち掛けの局がある。三局打っての感触は、まだ少し差があるというものだった。真剣勝負となれば、そのわずかな差がものを言う――。

とはいえ、争碁の相手とするには危険な打ち手だ。丈策が相手ならばまず不覚を取ることはないが、秀和なら万が一ということもある。兵法家を任ずる己としては、勝てる戦いを選ぶのは当然である。

「棋界最高権威の名人碁所位を懸けての争碁は、当主同士が打つのが筋でございましょう。これだけは曲げられませぬ」

因碩の断固とした言葉に、稲葉丹後守は頷いた。

稲葉丹後守は丈策を呼び出すと、因碩の言葉を伝えた。その上で、争碁に立つは当主であると申し付けた。しかし丈策は稲葉丹後守の言葉に承服しなかった。

「たしかに過去の名人碁所をかけての争碁はすべて当主が立ってございます。しかしながら、それはその者が当主であったからではなく、時の第一人者であったからに他なりませぬ」

「詭弁《きべん》を弄《ろう》するつもりか」

「詭弁ではござりませせぬ」丈策は平伏して言った。「名人碁所は将軍様のご指南役を務める身でござります。したがって実力は当代一でなければならないと考えまするが、稲葉様は如何《いか》にお考えあそばされますか」

「名人碁所は入神の芸を持つ者がなる」

「ならば、名人碁所を目指す者は、最も優れた打ち手を倒してなるべきと心得まする。ただ今の棋界において、秀和こそがその男でござります。因碩殿が秀和を忌避《きひ》するは、彼を恐れたものと見做《みな》すべきではござりませんでしょうか」

「口が回る奴だ」

稲葉丹後守はにやりと笑った。

「滅相もござりませぬ」

「それではわしも言うが、家元の当主は本来、その家の最強者たるべきである。本因坊家最強が秀和であるなら、お主はただちに隠居して家督を秀和に譲るがよかろう」

これには丈策も言葉がなかった。丈策にとって、そこを衝《つ》かれるのが何よりも痛かった。名門、本因坊家の当主でありながら、争碁の相手に立てない不甲斐なさを実は一番感じていたのが丈策自身だった。実際に彼は日記に次のように書き残している。「自分因碩と手合《てあい》つかまつらず候ては不本意の処、家督の身分にて部屋住みの者差し出し候こと、心に恥《は》ず可《べ》き儀に候」

稲葉丹後守は口頭では丈策の言い分を退けたが、それでも一応は因碩を呼び、丈策の言い分を伝えた。

「話になりませぬな」と因碩は言った。「古来、名人争碁を跡目が打った例はございませぬ。悪しき例を作ることになれば、寺社奉行としての面目も失いかねませぬ」

「しかしな、因碩殿」と稲葉丹後守は皮肉な笑みを浮かべて言った。「天下無敵の名人碁所を目指すならば、相手が誰であろうと打つべきではあるまいか」

「これは寺社奉行ともあろう稲葉様のお言葉とは思えませぬ。それがしは秀和が当主ならば黙って打ちまする」

稲葉丹後守は苦笑いした。

「お主の言うは、まこと正論ではある。それでは、争碁の件は丈策殿にあらためて伝えることにする」

「かたじけなく存じます」

「そう言えば――」稲葉丹後守はふと思い出したように言った。「丈策殿はこんなことを言っておった。因碩が秀和と打たぬは、彼を恐れるゆえと」

因碩のあばた顔が一瞬赤くなった。


因碩は稲葉丹後守邸を出ると、その足で服部因淑宅に向かった。

「今しがた、稲葉丹後守様の屋敷に行って参りました」

「争碁の件だな」

因淑の言葉に、因碩は頷いた。

「いよいよだな」と因淑は言った。「明和三年の察元《さつげん》と春碩《しゅんせき》師以来であるから、七十四年ぶりの名人碁所を懸けた争碁となるな」

それから感慨深げに続けた。

「八十になって、お前が名人碁所になるところを見るとは思わなかった」

因碩はその言葉を聞いて、義父と過ごした時代を懐かしく思い返した。義父と初めて打ったのはもう三十六年も前のことだ。今の己があるのはすべて義父のおかげだ。

「それはそうと、丈策めが何とか秀和を争碁に立てようと画策しておるらしいが、無駄なことよ」

因淑はそう言って呵々《かか》と笑った。

「実は、そのことですが――」因碩は言った。「それがしは秀和と打とうかと考えています」

「何っ」因淑は驚きの声を上げた。「本気か」

「はい」

「秀和の碁は見たことがある。お前が負けるとは思わぬが、危険な相手である」

因碩は答えなかった。

「丈策ならば確実に勝てるのに、なぜだ」

「名人碁所とは他と隔絶した打ち手がなるものです。ならば、誰が相手でも、受けて立つものではないでしょうか」

「それは建前だ」

「たとえ建前であっても、そういう名人になりたいのです」

二人の間にしばしの沈黙があった。

やがて因淑が口を開いた。

「兵法家とも思えぬ言葉だ」

「兵法家であるまえに、碁打ちでありたいのです」因碩は言った。「かつて丈和が名人碁所を望んだ時、それがしが争碁を打つと安井仙知を欺《あざむ》いて、八段になりました。それが兵法と信じて行なった結果、ついに丈和に名を成さしめてしまいました。また先年、松平家の碁会において、自らが打つべきところを因徹に打たせ、あたらその命を落とさしめてしまいました。それがしは長い間、碁打ちであることを忘れていたのかもしれませぬ」

因淑は黙って頷いた。

「秀和が最強の打ち手であることは存じております。父上の言うように危険な相手です。しかし、負けませせぬ」

「そこまで言うなら、もう何も言わぬ。存分に打つがよい」

その夜、因碩は一年前に打った秀和との二局の碁を並べた。いずれも秀和の先である。一局目は因碩の六目勝ち、二局目は秀和の一目勝ちだった。

並べてみて秀和の才にあらためて感心した。ヨミは深く、手筋の冴えは抜群だった。また形勢判断に優れ、ヨセは正確無比だ。二十一歳にして七段上手を認められ、本因坊家の跡目となるだけのことはある。才だけで見れば、因徹よりも上かもしれぬ。いや、すでに完成しているような碁だ。

しかし、と因碩は思った。若者らしい力強さが感じられない。器用に立ち回りはするが、覇気に乏《とぼ》しい。敢《あ》えて言うなれば、戦わずにヨセに持ち込み、一目勝てばいいというような打ち方だ。二局目こそは、まさにそんな打ち方だった。丈和のような「力、山を抜く」ところは微塵《みじん》もない。

そんな碁は少しも怖くはない。おそらく秀和は己の計算力に自信があるのだろうが、碁は計算だけで勝てるものではない。計算などを超えた世界に引きずり込んで見せる。若き秀和に碁の本当の恐ろしさを教えてやる——。


因碩は寺社奉行に秀和と争碁を打つ旨を伝えた。

後日、稲葉丹後守正守より、井上因碩と本因坊秀和は四番の争碁を打つべしという、正式な沙汰が下された。対局場所は小川町（現・東京都千代田区小川町）にある稲葉丹後守の山城国淀藩の上屋敷である。

『坐隠談叢《ざいんだんそう》』には、争碁は二十番と書かれているが、それは誤りである。あるいは当初の話ではそういうことになっていたのかもしれない。というのは旧来の争碁はすべて二十番であったからだ。しかし跡目の秀和が打つということで、急遽《きゅうきょ》、争碁の条件が大きく変わった。

とまれ争碁は四番と決まった。手合割は秀和の定先と決まった。本来、八段の因碩と七段の秀和の手合割は先々先であるが、特例として四局とも秀和が先で打つことになった。四局のうち、因碩が二局勝てば、因碩の名人を認めるというものであった。

打ち分けで名人碁所になるのは古例にないと丈策は不服を唱えたが、稲葉丹後守に一《いっ》喝《かつ》された。慣例ならば当主の丈策が争碁に立つべきところ、跡目の秀和を出した負い目があるため、さしもの丈策もそれ以上は言えなかった。

争碁の条件を聞いた時、因碩は「碁所を半ば手中にした」と思った。秀和の先は楽ではないが、打ち分けるくらいは容易である。四番のうち二番勝てば、夢にまで見た名人碁所の座に就けるのだ。

因碩は妙善寺に参り、因徹の墓前に必勝を誓った。

「お前がもたらしてくれたこの争碁、必ずや勝ってみせる。見守っていてくれ」

丈策は隠居している丈和に争碁の条件を報告した。

「そうか」と丈和は言った。「寺社奉行は、四番打ち分けで因碩を名人碁所に任命すると言ったか」

「寺社奉行はどうあっても因碩を名人にするつもりのようです」

丈策は悔しそうに言った。

「そのようだな」

「どうやら因碩贔屓《びいき》が寺社奉行の中にいるようです」

「おそらくは因碩も勝ったつもりでいることだろう」

「せっかく秀和を争碁に立てたにもかかわらず、この沙汰では却って悪くしたかもしれませぬ」

丈策の言葉に丈和はにやりと笑った。

「そうでもないぞ」

丈策は一瞬怪訝《けげん》な顔をした。

「因碩は一年前、秀和と打ち分けておる。その時の秀和を見て、勝算ありと思っているのかもしれぬ。しかし秀和はこの一年で変わった」

「そうでございますか」

丈和は頷いた。それは丈策には量り得ない境地であった。

「言葉にするのは難しいが、碁に深みが出てきた」

「では——因碩に勝つことも可能でございましょうか」

「それはわからぬ」丈和は言った。「碁に深みが出てきたことと、強くなったということは別だからだ」

丈策の顔に失望の色が浮かんだ。

「実のところ、秀和の碁はわしにもよくわからぬところがある。はたして強いのやら弱いのやらも。不思議な碁だ。しかし――因碩と四番打って三番勝つというのは、至難の業《わざ》ではある」

「はい」

「して、秀和の様子はどうだ」

丈和の言葉に丈策は苦々しい顔をした。

「あやつは大勝負の前だというのに、気合いが入っている様子も見せませぬ。まるで普通の対局に臨むかのようです」

「ほう、普段と変わりないのか」

「はたして、お家の一大事ということがわかっておるのか――」

それを聞いて丈和は声を出して笑った。

「わしはむしろそれを聞いて、安心したわ」

二

争碁は十一月二十九日と決まった。

因碩は秀和相手に争碁を四番も打つ気はなかった。二番ないし三番で決めるつもりだった。そのためにはまず一局目を何が何でも勝つ。もう一番も落とせないとなれば、若い秀和は平常心では打てぬ。となれば、二局目で決着がつくかもしれぬ。とにかく第一局さえ勝てば、十中八九、名人碁所の座を手中に収めることができるだろう。それゆえ、一局目こそが勝負である——。

天保十一年（一八四〇年）十一月二十九日、淀藩の上屋敷において、井上因碩と本因坊秀和の争碁第一局が行なわれた。

七十四年ぶりの名人碁所を懸けた争碁であるだけに、当日は各家元の当主や跡目、さらに高段の打ち手たちも観戦に集まった。そこには因碩の義父である服部因淑の姿もあった。ただ、隠居している本因坊丈和は来なかった。

この碁は決着するまで、対局者は藩邸から出られないことが決まっていた。すなわち御城碁の下打ちと同じ条件であり、まさしく真剣勝負だった。

寺社奉行でもある藩主の稲葉丹後守と観戦者が居並ぶ中、まず大広間に姿を見せたのは本因坊秀和だった。

秀和は小柄な男である。見た目は風采の上がらない男だったとも伝えられるが、大人の風格があったとも言われる。おそらく独特の雰囲気を持つ碁打ちだったに違いない。

秀和は丹後守に一礼した後、観戦者たちにも丁寧に頭を下げてから着座した。古来、二十一歳の若さで名人争碁を打った者はない。しかし正座して瞑目《めいもく》する秀和には緊張感は微塵《みじん》も見られなかった。

対するは、今や伝説の碁士ともなった井上因碩である。かつて丈和と並ぶ力があると言われながら、争碁を打つ機会なく、名人位を奪われた悲運の碁打ちである。しかし、その恐るべき力は、この大広間に集まった碁打ちたちは皆知っている。その因碩がついに争碁の場に躍り出たのだ。

観戦者たちは、生涯に一度見ることができるかどうかの大勝負に立ち会えた喜びと興奮に体を震わせていた。

やがて、襖《ふすま》が開き、大広間に井上因碩が姿を見せた。

因碩が部屋に入った瞬間、広間の空気は一変した。因碩の全身に殺気のようなものが漲《みなぎ》っていたからだ。居並ぶ観戦者たちは、剣豪の試合に立ち会うかのような錯覚に陥った。

因碩は着座するなり、鋭い目で秀和を睨んだ。秀和は目を逸らしてわずかに俯《うつむ》いた。一同は、秀和が気合いで負けた、と見た。碁に弱気は禁物である。相手を怖いと思えば石が伸びない。

因碩は碁盤の上に置かれた蛤《はまぐり》の入った碁笥《ごけ》を引き寄せた。秀和は那智黒の入った碁笥ない。


を引き寄せた。

「それでは、始めていただこう」

丹後守の言葉に、二人の対局者は一礼した。

秀和はゆっくりと黒石を摘まむと、右上隅の小目にそっと置いた。秀和の動作は静かである。碁笥に手を入れる時も、碁盤に打つ時もほとんど音を立てない。

ここに七十四年ぶりの名人碁所を懸けた大勝負が始まった。

ところが因碩は腕を組んで目を閉じたまま二手目を打とうとしなかった。静まり返った大広間の中で刻《とき》だけが過ぎていく。

因碩は心が無になるのを待っていたのだ。盤外のすべての意識を消し去り、盤上の世界にだけ集中する——そうすれば、自然に勝利する。

半時《はんとき》（一時間）近くが過ぎた頃、因碩はようやく目を開いた。そして腕組みを解《と》いて碁笥の白石を摘まむと、左上隅の小目にピシリと音を立てて打った。秀和はそれを確認するように小さく頷くと、左下隅の小目に打った。

因碩は小考した後、右下隅の小目に打った。秀和が左上隅にかかると、因碩はそれを挟《はさ》んだ。すると秀和もそれを挟んだ。因碩は左上隅のコスミを打ち、挟んだ黒石の攻め

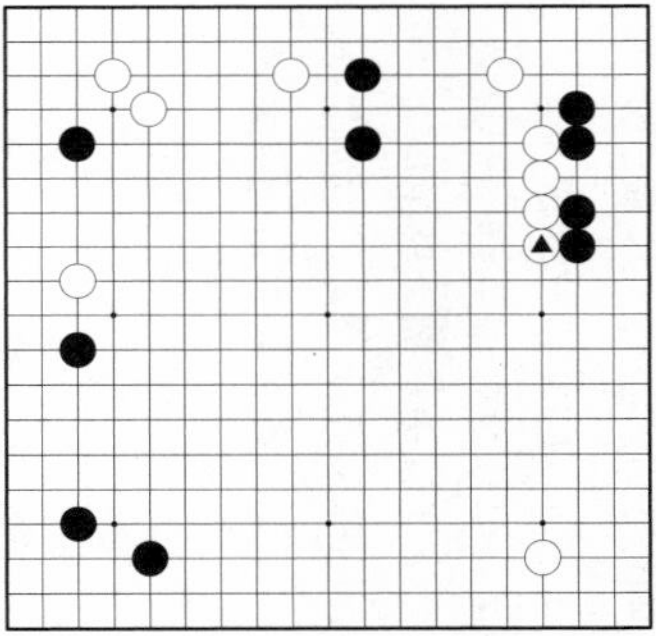

天保11年（1840年）11月29日
　　井上因碩
先　本因坊秀和
20手▲まで。白は黒に地を与え、中央の厚みを生かして打とうというスケールの大きな構想

を窺《うかが》った。秀和はそれにはかまわず上辺を割った。

　ここで因碩は再び腕を組んだ。盤面を見つめること約半時の後、右上の黒石にカケた。その手は、黒を圧迫し、厚みを取ろうというものだった。因碩は上辺の黒石を挟んでから、さらに右辺をオシた。観戦の碁打ちたちは、因碩の雄大な作戦に唸《うな》った。

　しかしこの打ち方は怖い打ち方でもある。なぜなら相手に先に地を与えるからだ。

　秀和は右辺をひとつハネてから、右上隅にコスミつけて隅の地を取った。地に辛い秀和ならではの手だったが、碁打ちたちは驚いた。その手は地は得だが、上辺の黒石を弱くするからだ。

　碁は序盤から、「実利の秀和」対「厚みの因碩」という両者の棋風がはっきりと出るものになった。

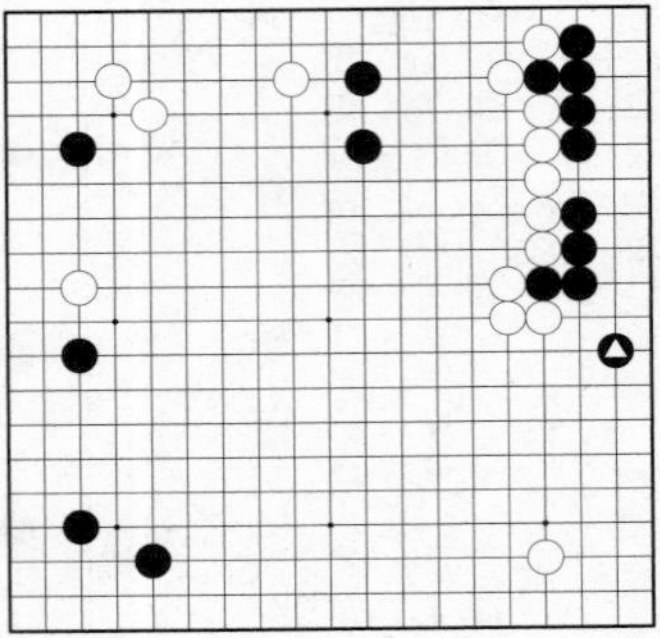

天保11年（1840年）11月29日
井上因碩
先　本因坊秀和
31手△まで。因碩は上辺の黒石を攻めて主導権を握ろうとした

黒が右辺をスベったところで、因碩が打ち掛けを宣言し、一日目が終わった。

因碩は部屋に用意された夕餉《ゆうげ》を摂《と》ると、すぐに休んだ。この勝負は二日や三日では終わらない。それゆえできるだけ体力を温存せねばならない。

碁は悪くはない。上辺の黒を攻めることで主導権を奪い、全局を支配していく。これが井上因碩の碁だということを満天下に知らしめてみせよう。

それにしても、と因碩は思った。秀和の何という落着きであろうか。大一番を前にして、いささかも臆することなく、己の碁を打っている。右上で隅の地をしっかりと取ってきた手は意外でもあった。上辺は攻められてもいいと見ているのだ。いや、さあ攻めてこい、と言っている。

何と小癪《こしやく》な。今に目に物を見せてくれるわ。明日こそ、凄まじい戦いになる――。

翌三十日、巳《み》の上刻《じょうこく》（午前九時頃）から対局が再開された。

因碩はいきなりノゾキを打ち、上辺の石に激しく襲いかかった。

中央にかけて二つの石がしのぎを削る形となって競《せ》り合《あ》っていく。黒はただ逃げるだけなのに対して、白は攻めながら上辺が地になり、さらに左辺も模様に変わっていく。

これこそが因碩の構想力であった。

黒が四十五手目を伸びた時、因碩の手が止まった。

そのまま押すか、それとも左辺に打つか。左辺の一間に根を下ろせば、左上一帯は五十目を超える巨大な地となる。しかし黒から中央をマゲられ、厚みを築かれれば、逆に黒に主導権を奪われることになる。

黒は地合で先行された分、激しく攻めてくるだろう。シノギには自信があったが、どんな鬼手が飛び出すやもわからぬ。もし劫にでもなれば、左上の地もどうなるかわからぬ――。

因碩の長考は一時《いっとき》（二時間）以上に及んだ。その間にあらゆる手を読んだ。どちらの手でもやれると思った。問題はどちらがより勝ちやすいかだが、その判断が難しかった。

やがて陽が落ちた。因碩は打ち掛けを宣言した。

部屋に戻ってからも、その決断は容易に出せなかった。オシを打つか左辺を打つかで、

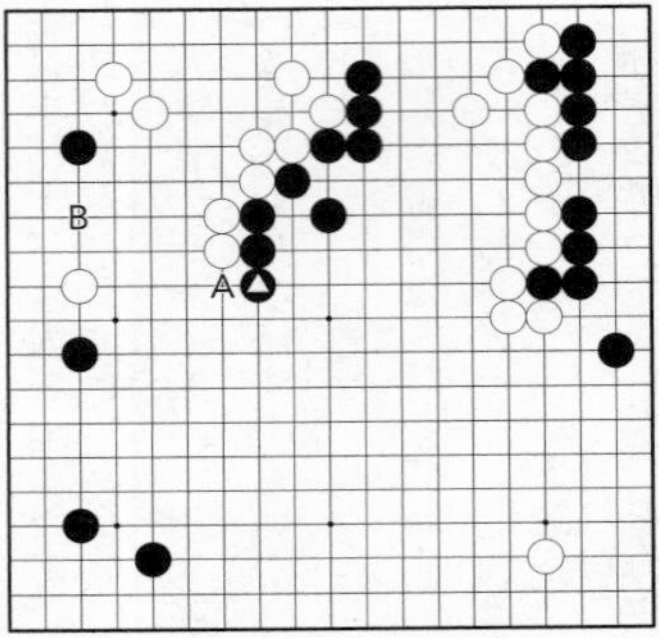

天保 11 年（1840 年）11 月 30 日
　井上因碩
先　本因坊秀和
45 手△まで。因碩はオシ A を打つか左辺 B を打つかで迷った

碁がまるっきり変わってしまう。まさに一局の大きな岐路《きろ》だった。

暗い部屋の中で因碩は腕組みをしながら延々と考えた。しかし結論は出なかった――。

翌十二月朔日《ついたち》、巳《み》の上刻《じょうこく》（午前九時）から対局が再開された。

前日までの手順が並べられ、一同注目の中、因碩が打った手は、中央のオシだった。それが一晩中考えた末の結論だった。

この手は古来より多くの論議を呼んでいる手である。ちなみにこの日、観戦していた安井算知や太田雄蔵などは、左辺を打つ手以外には考えられないと後に語っている。五十目を超える確定地を持てば、白の形勢は悪くはない。この説に賛成する現代の棋士も少なくない。

因碩にそれがわからぬはずはない。まして名人碁所がかかった大一番である。左辺を打って勝てると見れば、そう打ったのは間違いない。因碩が左辺ではなく中央のオシを打ったのは、それがより勝利に近いと見たからに他ならない。

そう、四十六手目のオシは、まさしく因碩が心血を注いで打った一手であった。


因碩のオシを見た秀和は左辺を打った。これで左辺の白地は消えた。その代わりに中央で白の勢力が大きくなった。だが地合いは黒がいい。

因碩は左辺を動き出した。ここで秀和が固く打てば白は得をはかることができ、地合いで追いつける。あるいは激しく戦ってくれれば、局面を複雑にできる。しかし秀和の打った手はどちらでもなかった。黒は隅をそっくり捨てて打ってきたのだ。その代わりに黒は左辺を制した。

難解な戦いになると予想していた因碩は拍子抜けの気分を味わった。ところが振り替わりの結果は、驚いたことにほぼ互角だった。ということは黒は依然先着の効を残しているということだった。

ここで因碩は三度目の打ち掛けを宣言した。

部屋に戻った因碩には焦りがあった。

そもそも先番は五目ほどの利がある。白番は序盤から中盤で局面を複雑にしていき、

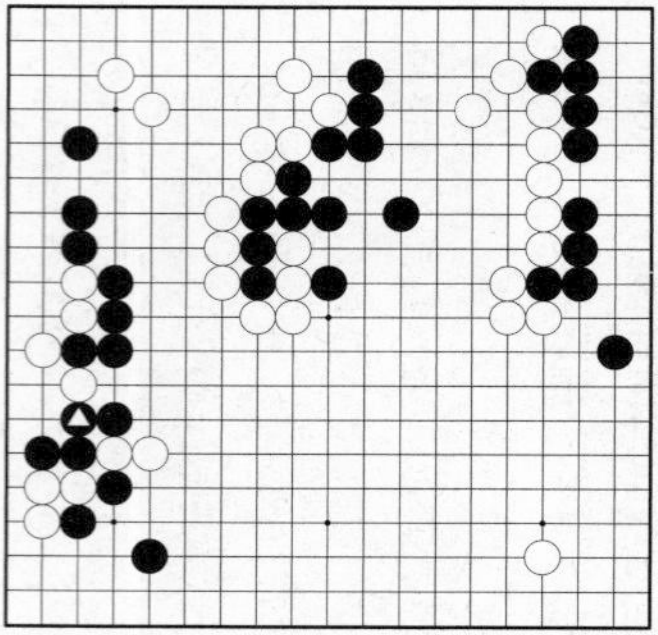

天保11年（1840年）12月1日
井上因碩
先　本因坊秀和
71手▲まで。黒は左辺を取り、白は左下隅を破ったが、この振り替わりは互角だった

その差を縮めていかねばならない。そしてヨセで追いつく――。

　この碁でもそういう構想で打った。上辺の石を攻めながら全局的な戦いに持っていくはずだった。だが、秀和はまるで戦ってこなかった。上辺の黒石はどんなにいじめられても生きればそれで十分という打ち方を見せた。

　碁は常に最強手を打たねばならない、という信念を持つ因碩にとっては、こんな打ち方は理解できなかった。丈和は死んでもそんな手は打たなかった。丈和とは一歩間違えれば互いの首が飛ぶようなぎりぎりの戦いをしてきた。

　左辺での戦いもそうだ。因碩は秀和の最強手を読んだ上で、勝負手を繰り出したが、秀和は隅をあっさりと捨ててきた。ところが、それで黒は少しも損をしていなかった。

　こんな碁は経験がない。己は常にいっぱいの手を打っているが、相手はそうではない。普通なら少しずつこちらが得を重ねているはずが、そうはならない。七十手を過ぎているのに、黒は先着の効を少しも減らしていないのだ。

因碩はこの時初めて、秀和を不気味に感じた。しかしすぐにその考えを頭から拭《ぬぐ》い去った。まだ碁は七十一手だ。左下から下辺にかけて必ず大きな戦いが起こる。その時、中央の厚みが生きる――。


翌十二月二日、四日目の対局が始まった。

因碩は左下隅にキリを入れた。秀和は隅を相手にせず、下辺にヒラキを打った。因碩が隅を確保すると、秀和はハネをひとつ打ってから、また下辺に開いた。

因碩は唖然《あぜん》とした。秀和はまるで戦おうとはしない。最強手などは初めから頭にないような打ち方だった。

因碩は上辺の黒石のいじめにかかった。中央を抑え、さらに上辺の大きなコスミを先手で打った。秀和はその損は織り込み済みとばかりに、白の包囲網の中で小さく生きた。

因碩は大きな得をしたが、驚いたことにその差はほとんど縮まっていなかった。

因碩は右下隅から下辺に開いた。黒の下辺に狙いを秘めた手だった。

しかし秀和は下辺を守らず、右下隅の石にかかった。因碩はここで半時《はんとき》近い時間をかけて、中央を手厚く押さえた。これから起こるであろう大きな戦いに備えて力を溜《た》めた手だった。

観戦者一同は、いよいよ凄い戦いが起こる予感に色めきたった。

秀和はここで手を止めた。秀和は早見えの早打ちである。ここまでほとんど長考はしていない。その秀和が半時以上かけて打った手は、右下隅のカケだった。この手は観戦者の誰も予想していなかった。なぜなら終盤の厳しい局面において、ぬるい手のように見えたからだ。

因碩の目が鋭く光った。

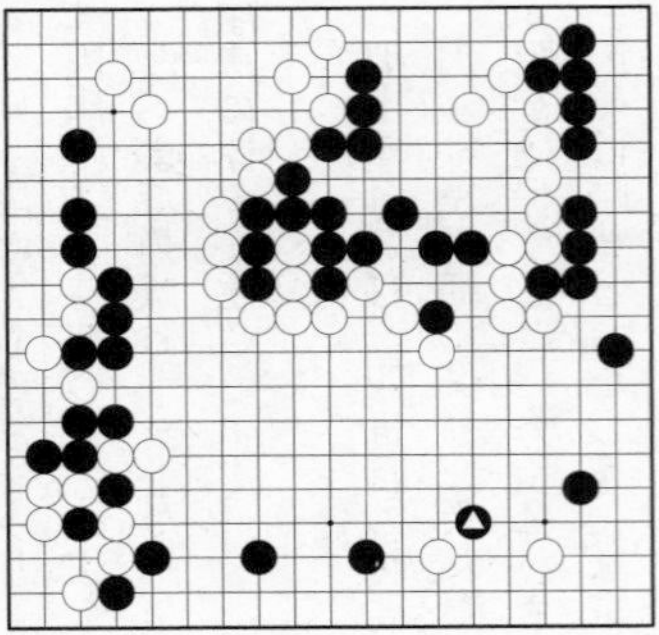

天保 11 年（1840 年）12 月 2 日
井上因碩
先　本因坊秀和
91 手▲まで。▲の手は秀和の緩着と言われる

ここが勝負どころと見た因碩は、陽が落ちるまではまだ少しあったにもかかわらず、打ち掛けを宣言した。

部屋に戻った因碩は早い夕餉《ゆうげ》を終えると、えんえんと考えた。

ここまでのらりくらりと打ち続けた秀和だったが、明らかな疑問手はなかった。ところがここで初めて隙のようなものを見せたのだ。この好機は絶対に逃せない。妙手を見出すためにはたとえ朝までかかろうともかまわない。

ちなみにこの日、本因坊家に戻った丈策から、秀和の九十一の手を聞かされた丈和は、その手を「緩手《かんしゅ》」と指摘したという。


翌十二月三日、対局五日目が始まった。

一睡もしなかった因碩の顔は明らかに疲労の色があった。しかしその眼光は鋭かった。

対局が再開されると、因碩は下辺の石にツケヒキを打った。ヨセとしては最大である。黒の緩手を咎《とが》めた辛辣な手だった。この手に対して黒は守らねばならない。そこで因碩は左下隅の嚙《か》み取りを打つつもりだった。これで形勢はあっという間に縮まるばかりか、まだ攻めも利《き》く。

秀和は下辺を守らずに左下隅のツギを打った。白にここを嚙み取られるのが大きいと見たのだ。

因碩は気合いを込めて下辺のキリを打った。同時に、もらった、と思った。これで黒は収拾のつかない形になる——。

因碩の強手に、観戦していた安井算知らも思わず身を乗り出した。

しかし秀和は顔色も変えずに碁笥《ごけ》の黒石を取り出すと、下辺から遠く離れた左下隅の石の逃げ出しを打った。

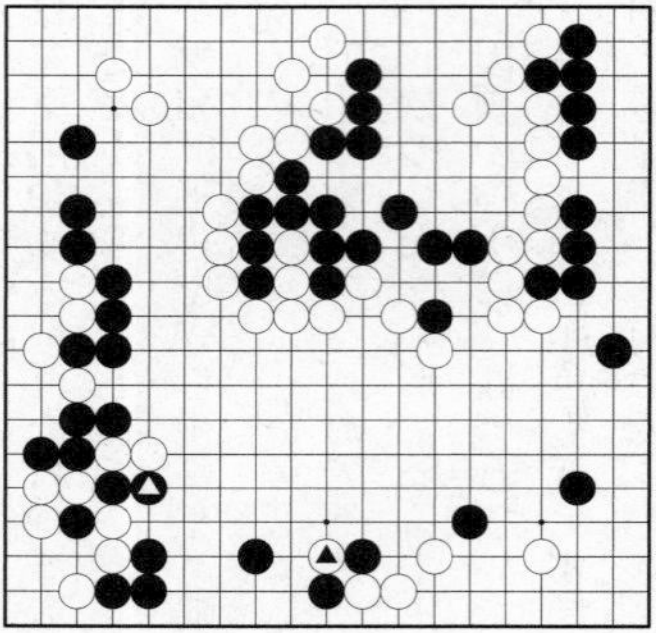

天保11年（1840年）12月3日
　　井上因碩
先　本因坊秀和
97手△まで。△の手は歴史に残る秀和の妙手。この手で▲のキリを無効にした

その瞬間、因碩は心の中で、あっと叫んだ。黒の逃げ出しの手はシチョウアタリと左下隅の先手の封じ込めが見合いとなっているのだ——その手はまったく見えていなかった。

恐ろしいまでの妙手だった。

秀和がこの手を見つけたのはたまたまではない、と因碩は確信した。この手を見ていたからこそ、緩着とも思えるカケを打ったのだ。

因碩は秀和の顔を見た。秀和は無表情に盤面を見つめている。対局初日からこの表情はずっと変わらない。それはまるで能面のようだった。

背中に冷たい汗が流れるのを感じた。己が対局している相手は、とてつもなく恐ろしい男かもしれぬ——。しかし諦《あきら》めるわけにはゆかぬ。この碁には名人碁所がかかっているのだ。

因碩は、秀和の妙手を打ち破る手はないものかと一時《いっとき》（二時間）以上も様々な手を読んだが、いかに盤面を睨《にら》んでも、回天の手は浮かんでこなかった。

断腸の思いで左下隅のデを打った。秀和はそれにはかまわず下辺の白石をアテた。それを逃げる手はない。白の渾身の勝負手が妙手の前に潰《つい》えた瞬間だった。

突然、因碩は腹部に激しい痛みを覚えた。腹を手で押さえたが、痛みは去らず、たまらず体を折り曲げた。体を起こそうとしたが、さらなる腹痛に、思わず嘔吐《おうと》した。口から出てきたのは吐物《とぶつ》ではなく真っ赤な血だった。

観戦者たちが驚いて駆け寄り、因碩の体を抱きかかえた。

「無様な姿をお見せして申し訳ござらぬ」

因碩は呻くような声で言った。

「たいしたことではござらぬ。手合を続けまする」

因碩はそう言って、盤面に向かおうとした。

「その体では無理でござる」

安井算知が言った。因碩はそれでも「打つ」と言ったが、稲葉丹後守が一旦の休憩を命じた。碁は九十九手目で打ち掛けとなった。

因碩は部屋に運ばれ、医者が呼ばれた。医者の見立てでは、血は肺からの喀血《かっけつ》ではなく、胃からの吐血であるというものだった。

稲葉丹後守は、二三日様子を見て、容態が恢復《かいふく》すれば対局を再開し、思わしくなければ、このまま打ち掛けにすると言った。

ほとんどの観戦者たちは、打ち継がれることはないだろうと思った。

ところが因碩は驚異的な回復を遂《と》げ、六日後の十二月九日に対局が再開された。しかしその顔色は悪く、頬はげっそりと落ち、傍目《はため》にはとても碁を打てる様子には見えなかった。一同はあらためて名人碁所に懸ける因碩の執念の凄さを見た。

九日、巳の上刻（午前九時頃）、六日目の対局が再開された。

因碩は右下隅のサガリを打った。これは辛抱の一手と言えた。一気に逆転を狙うのではなく、相手に遅れずに付いていき、いずれ再び好機が到来した時に勝負を懸けるという手だった。

秀和は下辺の一子をポン抜いた。そこは白から手のない個所だったが、周囲の石の具合では狙いが生じる恐れもあるところだった。秀和は他により大きなところがあったにもかかわらず、白からの策動の芽を完全に摘み取ったのだ。つまりは、そう打って勝てるという自信の表れでもあった。

だが、因碩の狙いは別にあった。右辺が最後の戦いの場と考えていたのだ。そして右辺の黒にツケを放った。もし、ここで秀和が臆《おく》せば、勝機はある。

しかし秀和はサガリという最強手で応じた。やはりな、と因碩は思った。六日間にわたる戦いで、今や秀和という碁打ちの棋風はわかっていた。一見ぬるま湯に浸かったような碁に見えるが、それは仮の姿だ。勝負どころではいささかも緩まない。いや、丈和を髣髴《ほうふつ》とさせる最強の手を選ぶ。まるで、しなやかな鋼《はがね》のような碁だ――。

因碩がコスミを打つと、秀和はまたしても最強にハネた。その直後、因碩はまたもや吐血した。

碁は再び中断となった。

『坐隠談叢』には、「因碩は二回吐血を為したり」と書かれている。因碩は六十二歳まで生きているので、結核とは考えられない。おそらく神経をすり減らす戦いによる急性胃粘膜《ねんまく》病変であろうと思われる。あるいは急性の胃潰瘍《いかいよう》か十二指腸潰瘍かもしれない。いずれも激しいストレスが原因とされる症状である。いかに全身全霊を傾けて打っているかがわかる。

今度の中断は長引くかと思われたが、因碩はまたもや驚異的な恢復力を見せ、中一日休んだ十一日に七日目の対局を再開させている。

因碩は最後の望みをかけて、右辺から中央に手をつけていった。それらの手はいずれも狙いを秘めた危険な手だった。一瞬でも不用意な応手を打てばたちどころに逆転する。しかし秀和は深いヨミでがっちりと守り、因碩の策動には乗らなかった。

陽が落ちる頃にはヨセに入っていたが、因碩の疲れが甚だしく、秀和の百十七手で打ち掛けとなった。

翌十二日、七回目の打ち継ぎとなった。

もはや勝負の帰趨《きすう》は見えていたにもかかわらず、因碩は一手一手に時間をかけて打った。

差は数目、高段者にとっては絶望的な差である。その差を詰めることは秀和がよほどの失着を打たない限り有り得ない。冷静沈着な秀和がそんな放心の手を打つなどとは考えられなかった。

いつのまにか陽は落ち、部屋には行灯が灯された。碁はヨセに入れば打ち切るのが当時の不文律である。

因碩は盤面を睨みながら、懸命に打った。しかし差は縮まらなかった。一手打つごとに勝利が遠のいていくのがわかる。だが投げることはできない。

行灯のほの暗い光に照らされた因碩の顔はさながら幽鬼のようであった。一同は因碩の凄まじい執念に恐れさえ感じた。

秀和の終盤は完璧だった。途中、百四十一の手がこの碁における唯一の失着と言われているが、実はそれさえ、敢《あ》えて少々の損をしても中央の味をよくしておこうという手であったとも言われている。つまり最善手ではないが、勝ちを確かめた手であった。その手を見た時、因碩はもはや勝利はないと悟ったと言われる。

因碩の吐血による二度の中断を挟《はさ》んで正味九日間をかけて打たれたこの碁も、翌十二月十三日の巳《み》の下刻《げこく》（午前十時半頃）、ついに終局した。二百六十四手まで、黒の四目勝ちだった。

三

ところで、この碁は後に多くの棋士によって研究されている。

今日の評価では、この時すでに秀和の力は名人クラスであるということで一致している。碁譜を調べた福井正明九段は、「因碩と初めて打った一年半前とはまるで違っている」と断言する。

この対局前の秀和の話が残っている。本因坊家と井上家の浮沈がかかった大一番を迎えるにあたり、秀和は碁盤に向かうことなく、紅灯《こうとう》の巷《ちまた》（遊郭《ゆうかく》）に出入りしたという。それを諫《いさ》める人に秀和はこう言ったと伝えられる。

「芸は日頃から磨いておくもの。戦いの前に慌てて勉強して何になる。遊郭に遊ぶは執着心を捨てるため」

これは開き直りではなく、むしろ自信と取るべきであろう。秀和は、因碩との勝負を決めるのは碁の技術ではなく精神力であると見做《みな》していたに違いない。二十一歳の若さにして驚くべき胆力である。

因碩は秀和の成長を見誤っていたとも言われるが、筆者はそうは思わない。というのは、秀和はその一年の間に太田雄蔵を定先に、安井算知を先二に打ち込んでいるからだ。当時のトップレベル（現代のタイトルホルダーと比べても遜色ないと言われる）の二人を定先以下に打ち込むというのは尋常な強さではない。因碩も当然そのことは知っていたはずだ。それでもなお因碩は、「勝てる」と見たのだ。いや、その秀和に勝ってこそ、真の名人であると考えたに違いない。


血を吐きながら九日間にわたって打ち続けた因碩は、対局後、病に伏した。

そんな因碩のもとに次の争碁の日取りの報《しら》せが寺社奉行から届いた。何と七日後の十二月二十日であった。

こんな体ではとても打てない。打てば、確実に命を取られるだろう。秀和の恐ろしさは一局目で存分に知らされた。ここまで強くなっているとはよもや思わなかった。これが若さというものか――。

しかし恐れる気はなかった。たしかに強いが芸ではまだ負けぬ。それに、たとえ対局中に倒れても打つつもりだった。命など少しも惜しくはない。碁打ちが碁で死ぬならむしろ本望ではないか――。

その決心を揺るがせたのは、妾《めかけ》のつるだった。

争碁二局目の日取りを知ったつるは、「打つのをおやめください」と懇願《こんがん》した。つるが碁のことで頼み事をするのは初めてだった。

「碁のことに女が口を出すな」

因碩は怒鳴った。いつもは因碩が一喝《いっかつ》すると、おとなしく黙るつるだったが、この日は引き下がらなかった。

「わたしには碁のことはわかりません。でも、争碁は命を懸けると聞いております。因碩様はご病気です。その体でそんな恐ろしい碁を打てば、お命を縮めます」

「命が縮んだところでどうということはない」

「因碩様の体が心配でなりません。打ってほしくないのです」

つるはそう言いながら泣いた。

因碩は身をよじって泣くつるを見ていた。つるはよく笑う女だった。これまで涙など見せたことは一度もない。二十歳も年上の己の世話をかいがいしく務め、「わたしは幸せ者です」と嬉しそうに言うのが口癖だった。その言葉は、本当は己が言いたいことだった。つるとの生活で己は初めて人間らしい暮らしというものを味わった。それまでひたすら碁の勝負だけに生きてきた男が幸福というものを知ったのだ――。

つるには身寄りがない。己が死んだら、この女はどうやって生きていくのだろう。女ひとりが生きていくのは簡単なことではない。己はもしやとんでもない間違いを犯そうとしているのではないか。今、この幸せを捨ててまで手に入れる何かがあるのだろうか。名人碁所の座は、碁打ちにとっては何にも代えがたいものだ。だが、命と引き換えにしてでも手に入れるべきものであろうか。

もし体が万全ならば打つのは当然だ。しかし今は体を起こすのもやっとの状態だ。打てば、十中八九は死ぬだろう。それをわかっていて争碁を打つというのは、碁打ちの意地に過ぎないのではないか。万全でない体ではたして後世に恥ずかしくない碁が打てるだろうか。負けるのは少しも恥ずかしいとは思わぬが、後の碁打ちたちに笑われるような碁を残すことは耐えがたい。

「つるよ」

と因碩は静かに言った。

「争碁は打たぬ」

つるは驚いた顔で因碩を見た。

「因碩様、本当でござりますか」

因碩は黙って頷いた。

翌日、因碩は寺社奉行に争碁の取り下げを申し出た。これにより、争碁は一局で打ち切りとなり、同時に因碩の名人碁所願いも却下された。

因碩が名人碁所を諦《あきら》めたと知った他の家元たちはひとまず胸を撫《な》で下《お》ろした。名人碁所が出るということは、それ以外の家にとっては何一ついいことがないからだ。

文化文政から続いた丈和と因碩を中心とした熾烈《しれつ》な戦いの時代がようやく幕を下ろしたと、多くの者は思った。だが、そうではなかった。因碩はそのまま平穏な暮らしに甘んじる男ではなかった。二年後、因碩は再び碁界に激震をもたらすことになる。

因碩が名人碁所を懸けて秀和と激しく戦っている頃、世界では大変な事件が起こっていた。阿片《あへん》戦争である。この戦いで清《しん》は英吉利《イギリス》に一方的に敗れ、多額の賠償金を払わせられたうえ、香港《ホンコン》を奪われた。その情報は阿蘭陀《オランダ》船を通じて日本にも入ってきた。

因碩がそれを知ったのは、争碁を取り下げた翌年の天保十二年（一八四一年）の一月だった。英吉利《イギリス》の軍艦の大砲が清の船を木の葉のように吹き飛ばしたという話を聞いて大いに驚いた。あの巨大な清を打ち破るとは、西洋の国は恐るべき力を持っていると見《み》做《な》さねばならぬと思った。

阿片戦争は幕府にも大きな衝撃を与えた。西洋の力などたいしたことはないというそれまでの認識を百八十度転換させられたのだ。危機感を募《つの》らせた老中の水野忠邦らは異国船打払令の廃止を評議した（天保十三年に異国船打払令を廃し、代わって遭難した異国船には燃料と水を与えるという薪水令を発令した）。因碩は情報に右顧左眄《うこさべん》する幕府の弥縫《びほう》的な態度に失望した。日本は頑強に鎖国を墨守しているが、西洋から身を守るためには、むしろ西洋のことを知るために積極的に開国することも一法ではないか。孫子曰く「彼を知り己を知れば百戦殆《あや》うからず」だ。

因碩の目には、徳川幕府は、碁盤全体を見ることなく、ただ隅の部分的な小さなところばかり打っているような碁打ちに見えた。

春になって因碩は病から癒《い》えた。一時はすっかり痩《や》せていたが、食欲も戻り、以前のような体力を取り戻しつつあった。

この頃の因碩の生甲斐は弟子の加藤正徹《しょうてつ》を鍛えることだった。この年、因碩の記録に残っている対局は四局、うち三局が正徹との碁だ。この頃、正徹は因碩に対し先二から定先に手合が変わっている。段位は五段だったが、八段の因碩に先ということは六段の力があるということだった。若い正徹はほとんど毎日のように井上家に通った。

六月のある日、因碩が贔屓筋《ひいきすじ》の稽古から戻ると、つるの姿がなかった。正徹もいなくなっていた。何と、二人は駆け落ちしたのだった。

因碩は大いに気落ちした。同時に、己の迂闊《うかつ》さを嗤《わら》った。傍《はた》から見れば本当の夫婦のようつると正徹は年の頃も近く、平素から仲がよかった。傍から見れば本当の夫婦のようだと言う者もいた。因碩は笑い飛ばしていたが、まさか本当に二人が惚《ほ》れあっていたとは夢にも思わなかった。

『坐隠談叢』には碁打ちの私生活に関しての記述はほとんどないが、この話は珍しく詳細に書かれている。おそらく当時かなり人々の口の端《は》に上ったものと思われる。

さすがの因碩もなかなか立ち直れなかった。恋女房と大事な弟子の二人を失ったことよりも、二人に裏切られた悲しみの方がはるかに大きかった。一時は奉行所に届け出て二人の行方を探し出し、正徹とつるを斬《き》り殺そうと考えたが、それは無益なことと思い直した。そんなことをしても何になろうか。死んだ石はもはや生き返らない。それよりも、後に残る門弟たちを育てる方が大事だ。そのためにはまず己が平常心を取り戻すことだ。そして、この痛手を癒《いや》すのは碁しかない——。

因碩は誰とも会わず、ひたすら古碁を並べた。

四

天保十二年（一八四一年）十一月に御城碁が行なわれた。打たれたのは次の二局だった。

先番｛本因坊秀和
　　｛安井算知

先番｛林柏栄
　　｛坂口仙得

結果は算知黒番三目勝ち、仙得黒番三目勝ちだったが、その二局が終わった後、驚くことがあった。それは五十数年ぶりに、将軍が「御好碁《おこのみご》」を所望《しょもう》したことだ。

御好碁というのは、将軍が直々に「○○と○○の碁が見たい」と所望して行なわれる手合である。かつては頻繁に行なわれていたが、碁に関心のない家斉《いえなり》の治世が続いたため、長らく打たれていなかった。天保八年（一八三七年）に十二代将軍に就いた家慶《いえよし》は碁が好きだったらしく、天保十二年以降、何度も御好碁を打たせている。

家慶は本因坊丈策と林柏栄、安井算知と坂口仙得の二局を望んだ。四人の碁打ちは早速対局したが、御城碁の後に打たれるだけに、もちろん途中で打ち掛けになった。その続きは寺社奉行の藩邸で打たれ、その碁譜が将軍に届けられることになる。ちなみに結果は、林柏栄白番中押し勝ち、算知白番一目勝ちである。算知はなぜか御城碁では成績がよく、大一番に強いタイプの棋士だったと言われる。

なお、この年も黒書院には因碩の姿はなかった。因徹を失った翌年の天保七年（一八三六年）からばったりと御城碁には出なくなっていた。


暮近くになって、因碩が贔屓にしている商家の手代《てだい》が意外な情報を持ってきた。

それは駆け落ちした正徹とつるが浅草鳥越明神《とりごえみょうじん》のあたりで暮らしているというものだった。聞けば、正徹は名前を変えて大工の見習いをしているという。生活は楽ではなく、長屋もみすぼらしいものだったそうだ。

因碩は翌日の夜明けと同時に、弟子を連れて、元鳥越町へ出かけた。

手代に聞いた長屋を訪ねると、まさしく絵に描いたような貧乏長屋であった。長屋全体がすえた臭いがした。住人の中年男が井戸を使っていたが、その身なりも貧相なものだった。

因碩はその男に、聞き及んだ正徹の仮の名前を訊ねると、一番奥の家に住んでいると教えてくれた。

戸の前に立って、「正徹」と叫んだ。家の中で慌てて人が動く物音がした。

「因碩だ。入るぞ」

因碩はそう言うと、引き戸を開けて、中に入った。土間のすぐ奥に四畳一間しかない狭い家だった。畳の上に正徹とつるが観念したように正座していた。伏したその背中は小さく震えている。

「正徹、つる、面《おもて》を上げよ」

因碩が大音声《だいおんじょう》で言った。

「お許しください」正徹は両手を畳につけて言った。「悪いのはすべて私です。奉行所には私だけを——」

するとつるが泣きながら、「この人はお許しください」と言った。

不義密通は重罪であった。建前上は死罪（斬首）だが、実際に死罪を申し渡されることはまずなく、金で済ませることが多かった（間男の首代《くびしろ》は七両二分が相場だった）。ただ、武士の世界では「女敵討ち《めがたきうち》」として成敗することも許されていた。井上家は僧籍だが武家と同格扱いである。

因碩は笑った。

「好き同士で一緒になった者を、生木《なまき》を裂《さ》くような真似《まね》はできぬわ」

因碩はそう言うと、狭い部屋をぐるりと見渡した。小さな水屋にいくつかの茶碗と皿、それに部屋の端におそらくは大工道具が入った木箱があるだけだった。

因碩は連れてきた弟子に運ばせた碁盤と碁石を畳の上に置いた。

「碁打ちが碁盤もなしで何とする。これで修行するがよい」

正徹は驚いた目で因碩を見た。

「女などは惜しくもないが、お前の碁は惜しい。精進せよ」

因碩はそう言うと、二人に背を向けて家を出た。引き戸を閉めると、奥からは二人の泣き声が聞こえてきた。

『坐隠談叢』には、この時の因碩の言葉が次のように記されている。

「艱難《かんなんママ》貧苦は、人の名節を失ふ所以《ゆえん》なり。子、今や新世帯にして、定めて盤石の以《もっ》て道を楽むべきものなけん。今予より之を贈るべし。幸に行を改め、斯道に怠《おこた》る勿《なか》れ」

実は『坐隠談叢』には、妾と駆け落ちした男は「門人」とだけあり、名前は書かれていない。ただ、この門人は後に「師恩の深きに感じ、勉励《べんれい》怠らず。遂《つい》に能《よ》く七段上手の地位に進めり」とあることから、加藤正徹だと考えられている。因碩の門人で七段になったのは赤星因徹を除けば、加藤正徹だけだからである。


年が明けて天保十三年（一八四二年）になった。

一月の終わり、若い頃から因碩の弟分でもあった服部雄節が急死した。前年に風邪をこじらせて具合が悪いとは聞いていたが、突然の訃報であった。四十一歳だった。

雄節は服部家の当主だけに、このままでは服部家が絶える。義父の因淑から相談を受けた因碩は、元鳥越町にいた正徹を呼び戻して、因淑の養子とした。さらに寺社奉行に手を回して、正徹を当主として服部家を継がせた。

こうして際どいところで服部家は断絶を免れた。

服部家の跡目相続が無事に終わった二月のある日、因淑が訪ねてきた。

「因碩よ、礼を言うぞ」因淑が深々と頭を下げた。「このたびはお前の根回しのおかげで、服部家は残った」

「何をおっしゃりますか、父上。服部家はもともと我が家でござる。師家の為に尽くすのは当然のことでござります」

「かたじけない」因淑は言った。「それに正徹は雄節に優るとも劣らぬ才だ。服部家にはふさわしい碁打ちである」

「正徹はいずれ上手《じょうず》になる器です」

「それほどの男を手放して、井上家は大丈夫なのか」

「ご心配には及びませぬ。いずれ正徹以上の碁打ちを育てる所存でござります。それに当分はそれがしが当主としてやっていくつもりであります」

「もし、何かの折あれば、いつでも正徹を井上家に戻す」

「ありがとうござります。もし、そんな時がありましたら、お願いいたします」

因淑は黙って頷いた。

因碩は今や痩《や》せて小さい体になった老父を見た。かつて鬼因徹と呼ばれ、家元の碁打ちたちを恐れさせた因淑も今や八十二歳になっていた。

「わしは長生きしすぎたようだ。因徹を見送り、今また雄節を見送った。長生きさえしなければ、こんなものは見ないですんだであろうに——」

「父上にはまだまだ長生きしていただきたく存じます」

「この年まで生きるとは思わなかった。元丈や知得よりも長生きするとはな。八十年の生涯は長いようでいて、一時《いつとき》のようでもあった。お前と出会ったのもついこのまえのような気がする」

「四十年近くも経っております」

「そんなに経つか」因淑は笑った。「お前と巡りあえてよかった。お前を育てるのはわしの喜びであった」

「それは私の言葉です。父上にはどれほどの感謝を捧げても足りませぬ」

「わしの人生も終局に近い。碁で言えば、一目のヨセしか残っていないというところだ。だが死ぬのは怖くはない。あの世では大仙知や元丈や知得が待っておることであろう。因徹や雄節にも会える」

因碩は天上で父と因徹が碁を打っている様を想像した。それは微笑《ほほえ》ましい光景のように思えた。いつかそれを見てみたいと思った。

三月、旗本の磯田助一郎が因碩を訪ねてきた。磯田は井上家の後援者の一人である。

磯田は驚くような話を持ってきた。もう一度秀和と打たないかというものだった。

「一年半前、因碩殿は病により争碁を取り下げましたが、病が癒《い》えた今、争碁を再開されてはいかがでしょう」

「あの時は、体調が万全でなかったことはたしかだ。あのまま争碁を続ければ、たとえ名人になったとしても命を取られたであろう。いや、命を取られることを恐れるわけではない。満足のいく碁が打てないとあれば、打つべきではないと思ったのだ」

「因碩殿が後世を恐れる気持ちで碁を打っておられるのはそれがしにもわかります。ならばこそ、今一度、万全な状態で秀和殿との争碁を打たれてはいかがでしょう」

因碩は苦笑いした。

「打ちたいのはやまやまでござるが、争碁は我が方から取り下げた手前、再開を願っても寺社奉行が取り上げるとは思えぬ」

「その事情はよく承知いたしております。しかし、まず秀和殿と碁会において対局し、それに勝利することで、寺社奉行に争碁再開を迫るというのはいかがでしょう」

「碁会で秀和に勝ったところで、寺社奉行が認めるとは思えぬが――」

因碩の言葉に、磯田は少し声を落として言った。

「これは内々の話でござりますが、すでに寺社奉行の戸田殿には承諾を得ております。寺社奉行の中には、因碩殿に同情する者が少なくありません。松平殿もその一人です」

因碩の太い眉がぴくりと動いた。磯田はなおも続けた。

「ただ、寺社奉行としても、因碩殿の争碁取り下げを受理した手前、簡単に再開できるというものでもありませぬ。しかしながら、秀和殿とどこかで対局し、それに勝てば、争碁再開を認めるにやぶさかではないとのことです」

因碩は心の中で唸《うな》った。諦《あきら》めていた名人碁所への道が再び開かれようとしているのだ。まったく予期せぬことだったが、この機会を逃す手はない。

「いかがですか、因碩殿」

磯田助一郎が訊《たず》ねた。

「承知つかまつりました」と因碩は答えた。「秀和と打ちましょう」

「おお、打ってくださるか」

「ただ、本因坊家が簡単に了承するとは思えませんが」

「本因坊家は、本来は当主の丈策殿が争碁を打つべきところを、秀和殿を出したのですから、ここで対局忌避《きひ》はできぬでしょう」

「なるほど」

磯田が帰った後、因碩は自らの不思議な運命について深く思いを馳《は》せた。

ここに至って、天が再び己と秀和を打たせようとする目的は何か。二人の碁をもう一局見たいというのか。それとも——天は我を名人位に就かせたいと願っているのか。

因碩は体の奥から静かに闘志が湧《わ》いてくるのをはっきりと感じた。

五

天保十三年五月十六日、旗本磯田助一郎宅で、井上因碩と本因坊秀和の碁が打たれることになった。

この碁は催主の磯田はじめ因碩の贔屓筋が寺社奉行に根回しして行なわれたものである。表向きは単なる碁会の一局だったが、もし因碩が勝てば、そのまま争碁に移行するという暗黙の了解がなされていた。つまり実質的にこの碁は争碁の第二局と見做《みな》されていた。したがって手合は第一局と同じく秀和の先だった。

井上因碩が再び名人碁所を懸けて秀和と戦うとあって、当日は観戦者の数も三十人を超えていた。その中には服部因淑もいた。他には太田雄蔵、安井算知、坂口仙得ら家元の碁打ちたちの姿もあった。

因碩は父の前でも恥ずかしい碁は打てないと思った。かつて吉之助と名乗っていた幼い己を見出してくれた父の前で、一世一代の碁を打って見せようと心に誓った。

迎え撃つ秀和の実力は今や誰もが認めるものだった。一年半前に因碩を破った碁も見事だったが、それ以降も当時の強豪たちに対して圧倒的とも言える成績を収めていた。天保四傑と言われる伊藤松次郎、坂口仙得、太田雄蔵、安井算知をことごとく先から先二に打ち込んでいた。まさに離れ業《わざ》とも言える戦績だった。二十三歳にして、その力はすでに八段半名人を超えたものがあると言われていた。

そのことは因碩ももちろん知っていた。しかしそれで恐れるというよりも、むしろ闘志が湧いた。それほどの男を向こう先で打ち破ってこそ、真の名人である――。

ちなみにこの碁は、因碩の碁を研究して本も書いている橋本宇太郎九段が「因碩の生涯の一局」として挙げている碁でもある。関西棋院の生みの親で本因坊位にも就いた橋本九段は若き日「天才宇太郎」と呼ばれたほどの才気《さいき》煥発《かんぱつ》の棋士である。その橋本が「見事な作品」と呼んだほどの名局がこの局であった。

巳《み》の刻《こく》（午前十時頃）、対局が始まった。

すでに梅雨に入り、この日も朝からずっと雨が降っていた。天保十三年五月十六日は新暦では六月二十四日にあたる。

秀和は右上の小目に打った。因碩は空き隅を放置して、すかさず右上にカカった。秀和は三手目を左上の目外しに打った。因碩は右上、大斜《たいしゃ》にかけた。

この一年、因碩は秀和の碁をじっくりと研究した。そしてその強さの秘密を見出した。一言でいえば、秀和の碁は守りの碁である。一見ぬるく見えるが、その防御はまさしく鉄壁だ。もうひとつは、この男は絡繰《からくり》のように冷静なことだ。決して熱くなったりはせず、気合いの手なども存在しない。彼にとって大事なことは地の数しかなく、常に地を計算しながら打っているように見える。その計算能力もまた尋常ではない。まるで頭の中に算盤《そろばん》がいくつも備えられているようだ。今まで見たこともない碁打ちであった。

秀和の碁は新しい時代の碁かもしれぬ、と因碩は思った。天保四傑をはじめとする年長の強豪たちが秀和に敗れた碁を見ていると、中盤、彼らがいよいよ本格的な戦いに臨もうと気合を入れている時点で、秀和はすでに終局まで見据えていると思えるふしがあった。

戦わずして勝つ——それが秀和の碁だった。

この時、因碩が見抜いた秀和のイメージは正しい。秀和は新しいタイプの碁打ちだった。因碩をはじめ江戸時代の家元の碁打ちにとって一番大切なことは、最強手を打つ、ということだった。その手を見出すために、碁打ちたちは脳漿《のうしょう》をしぼって考えるのだ。そのために大事な一局は何日もかけ、時には体を壊すほどに苦悩する。しかし秀和は難解な最強手を打つために長考することはほとんどなかった。当時としては珍しい早打ちの碁打ちで、ヨミの少ない簡明な手を好んだ。しかしそれが決して損な手とはなっていないのが秀和の特徴だった。

ボクシングに喩《たと》えると、フットワークを使って相手のパンチを外し切るタイプのボクサーに似ている。そして小さいパンチを効果的に当ててポイントを奪う。ノックアウトで勝とうなどとは毛頭考えず、たとえ僅差《きんさ》であろうと判定勝ちすれば十分という碁だった。常に最強手を目指していた因碩の目には、見たことのない碁、と映《うつ》ったのも当然であった。

現代でも秀和の評価は非常に高い。二十世紀に大流行した「星打ちの布石」を積極的に打ち出したのも秀和である。「星」の持つスピード感と軽快さを最初に理解した碁打ちとも言われている。

因碩は磯田家の碁会で秀和と打つにあたって、ひとつの作戦を考えていた。それは秀和の碁にさせないというものだった。

普通に打てば、秀和の足早な布石に後れを取る。先を布《し》いた秀和は素早く地を稼ぎ、白が力を出す前に碁の収束を図る。決して白の挑発に乗って戦いに来ることはない。秀和に対して白で勝つには尋常な手段では無理だ。

因碩は布石が始まる前に戦おうと決めていた。強引に仕掛け、難解な戦いに持ち込んでいく。そして計算の及ばない闇の世界に引きずり込むのだ。そこにしか勝機はない

──。

その意図通り、因碩は二手目にカカり、四手目に大斜にかけた。その気迫に、観戦者たちは興奮した。ここで秀和が難解な大斜定石を避けて打つか、あるいは戦いを受けて立つか──早くも大きな岐路を迎えた。

秀和は小考すると、白の戦いを敢然《かんぜん》と受けて立った。因碩のただならぬ気迫に、戦いを避けては打てないと思ったのかもしれない。

左上隅でも秀和は因碩の強手に対して、最強手で突っぱねた。その結果、恐ろしく難解な戦いが始まった。お互いが一歩でも間違えると碁が終わってしまうぎりぎりの攻防だった。

観戦者たちは秀和の戦う姿に驚いた。さらさらと軽快に打ついつもの秀和の姿はどこにもなかった。秀和が戦いに応じたのは、因碩の強い手に対して後退すれば、形勢を損なうと見たからで、秀和の望むところではなかった。つまり因碩によって強引に戦いに引きずり込まれたとも言えた。

戦線は収束するどころかさらに拡大していった。もはや形勢云々の碁ではなかった。地の計算などもない。戦いを制した者が一気に勝勢を築く──。

因碩は中盤から素晴らしい手筋を連続して放った。それはまさに妖刀の切れ味とも言えるものだった。そして戦いながら各所に地を作った。これこそが因碩の戦上手なところだった。

観戦者たちは因碩の底力に驚嘆した。秀和相手に白を持って自在に打ち回すなど、誰にもできる芸当ではない。碁は完全に因碩が主導権を握っていた。しかし秀和は表情一つ変えずに黙々と打ち続けた。

六十九手目を秀和が打ったところで、陽が落ちた。

因碩は打ち掛けを宣言した。

その日、両対局者は磯田家に泊まった。

翌十七日、辰《たつ》の刻（午前八時頃）、対局が再開した。

この日も熾烈《しれつ》な戦いが続いた。右辺に劫《こう》争いが起き、白は劫の振り替わりで、左辺を取った。

この時点で白の地は黒を大きく上回っていた。因碩の戦い抜く碁が秀和を圧倒したのだ。

ここで盤面では不思議なことが起きていた。何と、下辺に黒の巨大な模様が生まれていたのだ。

因碩は愕然とした。確定地は白がいいが、下辺の黒が大きくまとまると負けである。

秀和はこれを見ていたのか——だとすれば、やはりこやつは只者ではない。

しかし、それでこそ相手にとって不足はない。黒の百五十七の手は、入ってこいと言っている手だ。ここで勝負しようではないか——と。

古来、百五十七の手は議論の多い手である。この手は下辺をいっぱいに囲った手であるが、はたしてここまで囲わねばならなかったのかとも言われている。その手で下辺に固く打てば、おそらくそのまま地になる。ただ、それでは足りないと秀和は見たのか。形勢判断にかけては古今随一とも言われる秀和である。その彼がいっぱいに囲ったということは、それでなければ勝てないと踏んだのかもしれない。しかしいっぱいに囲めば、因碩は当然打ち込んでくる。

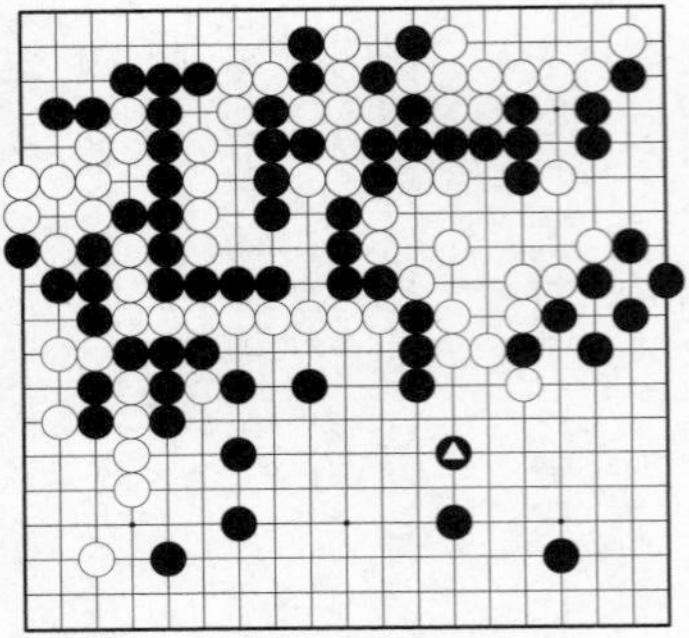

天保13年（1842年）5月17日
　　井上因碩
先　本因坊秀和
157手△まで。下辺に黒の大模様が出現

因碩は半時《はんとき》（一時間）の長考の末、下辺の左の石にツケた。下辺で白が生きれば碁は因碩の勝ち。白が死ねば秀和の勝ちだ。

観戦者一同は全員が身を乗り出した。はたして白にシノギはあるのか――。

下辺一帯は巨大な詰碁と言ってもよかった。まさに複雑怪奇な世界で、今日でも黒の最善手の結論は出ていない。それほど難解なところであった。

ここで珍しく秀和が大長考した。早見え早打ちの秀和が腕を組み、延々と考えたのだ。いつのまにか陽は落ち、部屋には行灯《あんどん》が灯された。

秀和は一向に打とうとしなかった。長考は一時半《いっときはん》（三時間）にも及んだ。

やがて秀和は腕を解くと、碁笥《ごけ》の黒石を静かに摘まんだ。そして左の白石をポン抜いた。

この手は観戦者一同を驚愕させた。なぜなら、右側にツケた下辺の白を生かす手だったからだ。下辺で白を生かせば黒の負け、というのが観戦者たちのヨミだった。

だが、この手こそ、秀和が命を懸けた決断の一手であった。秀和のヨミは深い。おそらく下辺を取りにいく手は読める限り読んだに違いない。もし取れるとなれば取りにいったはずである。しかし取れないとなれば、生かして打つしかない。ただ、生かして負けとなれば、そんな手は打てない。そうなれば一か八かに賭けて取りに行く手を選んだはずだ。つまり秀和が生かして打つ手を打ったということは、それで勝てると読んだからに他ならない。なまじの覚悟とヨミで打てる手では決してない。

はたして秀和のそのヨミは正しいのか――。因碩の名人碁所を懸けた大一番は最後の戦いへと突入した。

因碩は下辺で大きく生きた。

観戦者たちは、これで白が勝ったかと思ったが、そうではなかった。秀和も右辺で大きな地を作り、驚いたことに形勢は不明だった。

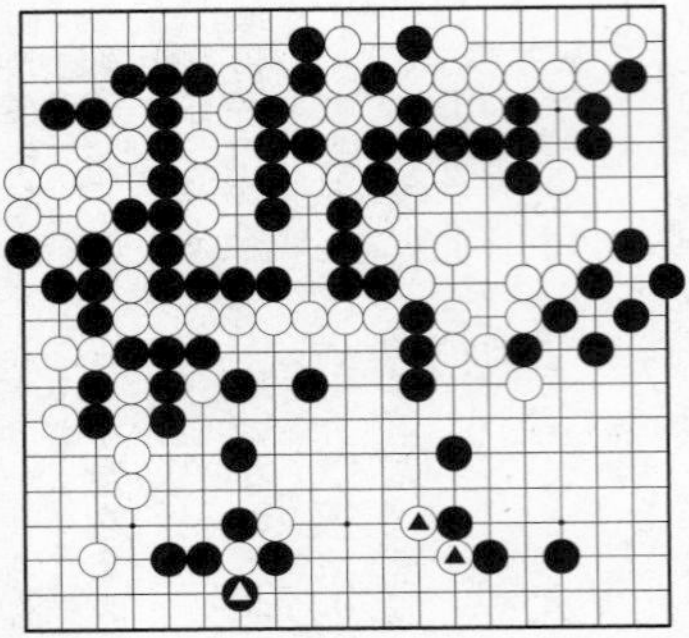

天保13年（1842年）5月17日
井上因碩
先　本因坊秀和
165手△まで。△のポン抜きにより、△の石の生きは確実になった

しかし因碩は勝算ありと読んでいた。なぜなら左上隅で凄い手を見ていたからだ。百八十六のツケがそれだった。この一手で黒からの劫の狙いを消したばかりか、大きなヨセの手を残した。まさしく鬼手であった。前述の橋本宇太郎九段は「恐ろしい芸」と書いている。

ここに至って観戦者の多くも因碩の勝ちを確信した。細かいながら、一目くらい白が余すのではないかと見た。

すでに時刻は子《ね》の刻（午前零時）を過ぎていた。ヨセに入れば打ち切るのが不文律である。

秀和は淡々とヨセた。一見地味な手に見えて、そのヨセはいぶし銀のような輝きを持っていた。明白には一目も得はしないが、数手を組み合わせることによって、計算上、一目近く得する手になるのだ。

因碩は終盤に形勢判断をして愕然とした。一目は勝っていると読んでいた碁が、そうではないのだ。下辺で生きた時は、勝ったと思った。それは左上隅での妙手を見ていたからだ。

だが、と因碩は思った。秀和もすでにその手は見ていたのかもしれぬ。白からその手を打たれることも想定した上で、下辺の白を生かして打ったのだとすれば、己は秀和の掌《たなごころ》の上で暴れていたことになる――。

因碩は秀和の顔を見たが、その表情は相変わらず能面のようで、心の中はまるで見えなかった。

因碩はヨセながら何度も地を数えた。同時に終局までのあらゆるヨセの手順を読んだ。その結果は――おそらく芇《じご》、あるいは手止まりの関係で一目負けだった。

勝つためには一目得する手を見つけなければならぬ。因碩は盤面を体で覆うようにして睨みながら必死で読んだ。

一目だ、一目でいい。一目の手はないか――。

六

いつのまにか夜明けの時を迎えていたが、梅雨の厚い雲のためか、部屋の中には日差しが入ってこなかった。

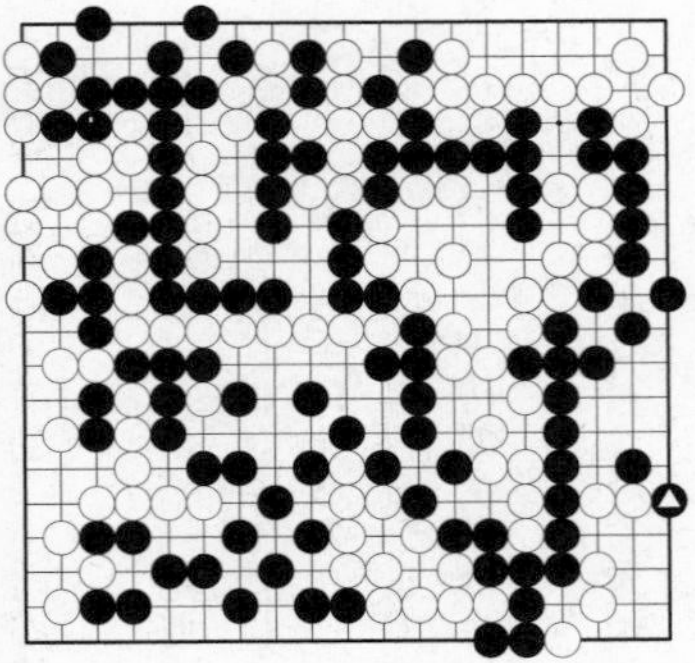

天保 13 年（1842 年）5 月 18 日
井上因碩
先　本因坊秀和
245 手△まで。右下隅の白石は死んだ

静かな対局室の中で、雨の音だけが聞こえる。

一時《いっとき》（二時間）以上の長考の後、因碩は下辺にオキを打った。観戦者たちの間に声にならないどよめきが起きた。このオキは、黒が最強のツギを打てば、隅に変化を求めるという妖手であった。黒がそれを恐れて固く打てば、一目以上損をする。はたして秀和はどう打つか――。

秀和は顔色一つ変えず、最強にツイ

だ。

因碩は小さく頷くと、続いて右下隅にまたオキを打った。こうなれば、もうただでは済まない。観戦している安井算知と太田雄蔵は眉間にしわを寄せて結末を読んだ。もし隅が手になれば白の大逆転である。

秀和は白の手に対して最強に応じた。そして数手後——白は死んだ。

因碩の乾坤一擲《けんこんいってき》の勝負手は秀和のヨミの前に潰《つい》えた。隅に打った手はすべて持ち込みとなった。「持ち込み」とは無条件に損な手という意味である。

終局は午《うま》の刻（正午）、二百七十手まで、秀和の六目勝ちだった。

因碩の持ち込みの損は計算上五目半である。結果は六目負けであるから、持ち込みがなければ芇《じご》か一目負けであった。現代の研究によれば、双方最善にヨセると黒の一目勝ちになるのが確認されている。

後世の多くの棋士が疑問に思うのは、因碩がなぜ五目半の持ち込みをしたのか、である。

因碩の見損じだという説がある。天才肌の棋士にはよくあることだが、因碩も若い頃から見損じが多い碁打ちであった。絶対優勢な碁を簡単な見損じで落としたことも少なくない。それがこの大一番で出たというのだが、因碩の研究をした棋士たちは「それは違う」と言う。因碩の見損じは優勢な局面で、手拍子でうっかり打ったものがほとんどである。一目を争うヨセの最終局面の大詰めで打つはずがない、というのがその理由だが、筆者も同意見である。

では、なぜ打ったのか。

一つは秀和の見損じを期待して打ったというものである。実はこの碁における隅の死活は簡単なものではない。ヨミ損じると手になる。秀和が間違える可能性もある——。しかし秀和は恐ろしく手の見える碁打ちである。中国の詰碁の古典である『玄玄碁経《げんげんごきょう》』の間違いをいくつか発見したことも知られている。同時代の碁打ちたちにも秀和の「死活の強さ」は有名だった。そんな男の見損じを期待するだろうかというのが、多くの因碩研究家たちの意見である。これにもまた筆者は賛成したい。

あらためて問う。なぜ、因碩は持ち込みを打ったのか。

これは想像にすぎないが、一目負けというのが因碩にとっては耐えられなかったのかもしれない。この局における因碩の打ち回しは見事の一言に尽きる。これほどの碁を打ちながら、なお一目足りない無念、しかもその一目は名人碁所を諦めざるを得ない一目である。ならば、敢えて五目半の持ち込みで六目の負けにしよう——。

真相は不明である。ただ、この素晴らしい名局に大きな謎を残したのが因碩らしいとは言える。
なおこの碁は多くの棋士によって因碩の傑作と評価されている。秀和はこの頃すでに全盛期を迎えていて、その実力は史上でも上位にランクされるほどの強さである。その秀和相手に白番で芇《じご》か一目負け（囲碁の世界では「芇《じご》一」という）まで迫ったのだ。傑作と呼ばれるゆえんである。しかし勝負には敗れた。

因碩もまた秀和の強さをはっきりと認めた。天保四傑とはものが違う。いずれは名人になるであろう。

因徹が生きていれば、と思わずにはいられなかった。因徹ならば必ずや秀和の前に立ちふさがったであろう。秀和も因徹に勝つのは容易ではなかったはずだ。因徹と秀和の碁が見られないのは残念でならぬ——。

秀和と二度戦って二度敗れはした因碩だったが、もう一度戦ってみたいと思った。あのしなやかな鋼《はがね》のような碁に挑んでみたい。それは碁打ちとしての性《さが》だった。その機会は簡単には訪れないこともわかっていた。仮に催主が現れたとしても、もはや本因坊家が受けぬであろう。

しかし、もともとの争碁は四局という約束であった。秀和の先で打ち分けなら、名人碁所を許すというものだ。磯田家での対局を争碁の二局目として見た場合でも、まだ二敗である。残りの二局を勝てば、名人碁所に就くことができる。生きてさえいれば、いずれ残りの二局を打つ機会が来ないとも限らない。その日のために剣を磨くことを忘れてはならぬ――。


因碩が秀和と打った翌月、服部因淑が倒れたという知らせが舞い込んだ。

すぐさま服部家に向かうと、部屋には因淑が寝かされ、周囲に弟子たちが座っていた。

そこには服部家の当主となった正徹の姿もあった。

「父はどうだ」

因碩は正徹に訊ねた。

「稽古先の内山様の所で対局中に人事不省になられ、半時《はんとき》ほど前に、ここにお連れして戻った次第です。戻ってからもずっと意識はありません」

「父上」と因碩が声を掛けた。「因碩です」

すると、因淑の目がうっすらと開いた。

「吉之助か」

因淑は因碩を幼名で呼んだ。

「いよいよ、お前とも別れる時が来た」

「何をおっしゃる。父上にはまだまだ生きてもらわねばなりませぬ」

因淑はかすかに笑った。

「己の石の死活がわからぬようでは碁打ちと言えるか」

弟子たちは皆すすり泣いていた。因碩は今さらながら、父は多くの弟子たちに慕《した》われていたのだと思うと、胸が熱くなった。

「因碩よ」因淑は言った。「秀和との碁は見事であったぞ。やはり、わしの目に狂いはなかった。あの碁を見られて、満足だった」

それが因淑の最期の言葉となった。

因碩は父のために麻布の妙善寺で盛大な葬儀を行なった。当日は妙善寺の住職が驚くほど人が集まった。因淑は家元の碁打ちにも好かれていたが、素人衆にも高い人気があった。若き日、「鬼因徹《おにいんてつ》」と恐れられた因淑は、後半生は碁を江戸の町人たちに広めるために尽くしていた。因淑は当時としては珍しく、素人碁打ちのための教則本を何冊も刊行し、また碁好きのために広く門戸を開いた。文化の終わりから碁が町人たちの間にも広がりだしたのは、因淑の貢献に与《あずか》るところが大きいと言われる。

因碩はあらためて、父の偉大な業績に心打たれた。名人碁所といえど、碁を打つ者がいなければ、そこには何の価値もない。父こそは棋界の大恩人である。その父が己に望んだのは名人碁所だ。ならば、何としても名人碁所に就かねばならぬ。ただ、尋常な手段ではまず無理だ。しかし、と因碩は思った。我には秘策がある——。

その年の十一月、因碩は久しぶりに御城碁に出場した。

実に六年ぶりの出場に、多くの者は何か訳があるのではないかと訝《いぶか》しんだ。

天保十三年（一八四二年）十一月十七日、千代田城黒書院にて、御城碁が打たれた。

当日は将軍の家慶《いえよし》が観戦した。その組み合わせは以下のものだ。

先番｛本因坊丈策
　　　坂口仙得

先番｛井上因碩
　　　安井算知

先番｛本因坊秀和
　　　林柏栄

結果は、丈策黒番九目勝ち、算知黒番一目勝ち、秀和白番中押し勝ちだった。

三局が終わった後、将軍家慶は前年に続いて御好碁《おこのみご》として三局の碁を見たいと言った。

家慶が所望したのは、林元美と坂口仙得、本因坊丈策と安井算知、そして井上因碩と本因坊秀和の碁だった。それを聞いた時、碁打ちたち一同は驚いた。因碩が秀和と打つということは、争碁の続きとも言えたからだ。

本因坊丈策は愕然《がくぜん》とした。しかし将軍直々のお声掛かりの御好碁となれば拒否できるものではない。六年ぶりに因碩が御城碁に出場した訳はこれであったのか——。

この御好碁を画策したのが誰であるかは不明である。寺社奉行の誰かが、老中を動かして、家慶に「因碩と秀和の碁が見たい」と言わせたのだろうと考えられている。いずれにせよ家慶が碁の好きな将軍であったことが幸いした。

黒書院は俄《にわ》かに緊張の度合いを増したが、ここで手番問題が起きた。どちらが白を持つかによって、対局の位置づけが大きく異なるからだ。秀和の白番なら一般の手合だが（先々先の三局目扱い）、因碩の白番なら争碁の三局目となる。

『坐隠談叢』にはこう記されている。

「秀和先互先（注・先々先）にて今回は白番の筈《はず》なるに、御好により因碩猶《なお》白番を継続せり。是れ因碩未《いま》だ昔日《せきじつ》の念止《や》まず、秀和の先番を勝たんと欲し、御城碁前当局者と結《けっ》託《たく》し、語を御好《おこのみ》に藉《か》りて秀和の口を塞《ふさ》ぎたるなりと云ふ」

同書は、争碁はすでに終わったものとして捉えており、二人の手合は先々先であるから、本来は秀和が白番になるはずのところを、因碩は事前に関係者と結託し、強引に白を持ったと記している。

近年になって、この時の様子が書かれた関係者の手紙が長野県の民家から発見された。それによれば、因碩、秀和ともに白番を主張して決着がつかず、家慶が「両人の申し争い無理ならず。今日は因碩へ白石相渡す。この後は秀和白石持つべし」と裁定したという。手紙を鑑定した囲碁史研究家の中田敬三氏は、「差出人は、当日の様子を知ることのできた老中か寺社奉行の家来ではないか」と推察している。

とまれ、この碁は家慶の裁定により、因碩の白番と決まった。すなわちその瞬間、この碁は争碁の三局目ということになり、とてつもない重みを持った。

将軍以下一同の見守る中、因碩と秀和の碁が始まった。

因碩は四十五歳の己にとってこれが名人碁所を狙う最後の機会と覚悟していた。この碁に敗れれば、もはや名人碁所の座には永遠に就けない。これが人生最後の大勝負だ――。

この碁で因碩は十二手目に新手を放《はな》った。大一番で未知の手を打つ因碩の度胸に、観戦する碁打ちたちは感嘆した。

夕刻前から打ち始めたために、序盤の途中で陽が落ち、打ち掛けとなった。この後は寺社奉行邸で打ち継がれ、将軍には後日、碁譜を提出することとなる。

翌十八日、昌平橋御門内（現・東京都千代田区神田淡路町）にある寺社奉行の信州上《しんしゆううえ》田《だ》（現・長野県上田市）藩主、松平伊賀守忠固《まつだいらいがのかみただかた》の藩邸で碁が再開された。

因碩は秀和の堅塁《けんるい》を崩すべく、玄妙《げんみょう》な攻めを見せた。それらは一見すると緩やかな攻めに見えて、その裏、様々な狙いが秘められた恐ろしい手だった。

秀和はそれを察知し、白の狙いを未然にことごとく封じた。しかもただ守るだけではなく、隙があれば白を攻めるぞという力強さを持った応手だった。居並ぶ観戦者たちはあらためて秀和の強靱《きょうじん》さを見た。

中盤、因碩はいよいよ凄まじい力を繰り出してきた。かつて丈和をも倒した因碩の剛力が唸《うな》りをあげたのだ。秀和はがっちりと受け止める。観戦者の目には、その戦いは凄《せい》絶《ぜつ》な攻城戦のように見えた。

しかし因碩はついに秀和の堅城を攻め落とすことはできなかった。

碁は夜を徹して打ち継がれ、終局は十一月十九日の辰《たつ》の刻（午前八時頃）だった。二百六十一手まで、秀和黒番の四目勝ちだった。

因碩の生涯の夢が永久に断たれた瞬間だった。そしてこの碁が因碩の最後の御城碁となった。

七

因碩の三度にわたる挑戦をことごとく退《しりぞ》け、ついに名人碁所を断念させた秀和の株は一気に上がった。

当主の丈策も隠居の丈和も大いに胸を撫《な》で下《お》ろした。坊門にとってはまさに秀和こそ救世主だった。秀和がいなければ井上家に名人碁所を奪われたのは間違いない。そうなれば名門、本因坊家は井上家の風下に置かれることになる。これほど屈辱的なことはない。

ただ、『坐隠談叢』には、因碩と秀和の三局をつぶさに調べた本因坊丈和の言葉が記されている。

「因碩の技、実に名人の所作《しよさ》なり。只惜《ただおし》むらくは其時《そのとき》を得《え》ざるにあり」

秀和の師であり、また因碩を最もよく知る丈和であるだけに、この言葉は重い。

因碩こそはまさに「その時を得なかった」棋士であると思う。因碩の前には常に十一歳年長の丈和がいた。因碩は丈和に追いつこうと執拗《しつよう》に打った。因碩が生涯で最も多く打った棋士は丈和であり、丈和もまた同様であった。

文政の半ばに肉薄し、並んだか、と思った時、丈和は対局を避けるようになった。文政五年以降に丈和と打った碁は一局だけである。文政十一年に五十五手で打ち掛けに終わっている碁だが、実質、因碩の中押し勝ちと言っていい内容である。その後、丈和は因碩と一局も打つことなく名人碁所に就いた。

その十二年後の天保十一年（一八四〇年）、四十三歳の因碩は二十一歳の秀和と争碁を打ったが、もしこの争碁が一年早く打たれていれば、結果はどうなっていたかわからないと福井正明九段は言う。まさに「其時を得ざるにあり」だったのだ。

だが、物語はまだ終わらない。因碩の生涯は晩年さらに波乱に富んだものになる。

秀和に敗れて名人碁所の夢を完全に捨てた因碩は、憑《つ》きものが落ちたような清々《すがすが》しさを味わった。

名人碁所は尊《たつと》い地位だが――と、因碩は考えた。所詮《しょせん》は人が作ったものだ。碁の真理から見れば、いかほどの意味もない。それよりも秀和と打った三局にこそ価値がある。敗れたとはいえ、あの三局は己のすべてを出し切った。秘術の限りを尽くしたが、秀和の先を崩せなかった。それが碁だ――。

年が明けて天保十四年（一八四三年）の春、因碩はおよそ十年ぶりに上方に旅に出た。大坂ではかつての弟子の中川順節が出迎えてくれた。順節は今や大坂の棋界の重鎮となり、多くの門弟を抱えていた。

「江戸はいかがでござりますか」

順節が訊いた。

「例の倹約令でせちがらい世の中になっておる。株仲間の解散などで商人たちも不満たらたらだ」

「水野様の改革でござりますな」

「町人たちは、水野は叩くに（忠邦）もってこいの木魚《もくぎょ》だと言って、お寺の木魚をさんざんに叩いておるそうだ」

順節は笑った。

「奢侈《しゃし》を禁ずることも大事かもしれんが、わしの見るところ、国防こそ力を入れるべきだと思う」

「そう言えば」と順節は言った。「今年、英吉利《イギリス》の軍艦が日本にやってくるということです」

「聞いておる。何でも昨年、阿蘭陀《オランダ》船が伝えたということだが」

「本当でしょうか」

「うーん」

因碩は腕を組んだ。

英吉利と言えば、阿片戦争で清を打ち破った国だ。それがいよいよ日本に手を伸ばしてきたということか。今こそ、幕府も諸藩も一丸となって防備にあたるべきである。それなのに、上知令《あげちれい》などを発布して、諸藩の不満を募《つの》らせている場合ではない。しかし一介の碁打ちに何ができようか。

因碩はいったん、英吉利のことを頭から追い払った。

「ところで、碁の方で何か変わったことはあったか」

因碩が訊くと、順節は少し頭を掻《か》きながら言った。

「実は二年前の八月、本因坊家の安田栄斎が安芸《あき》から江戸に戻る途中、大坂に立ち寄った際、打ったのですが――」

「評判の安芸小僧だな。たしか今の名は、秀策だ」

安田秀策の強さは因碩も耳にしていた。まだ十五歳ながら、次の跡目候補と言われているほどだ。たしか本因坊丈和が名人として最後の免状を与えた少年だ。

「当時は秀策は初段ということで、向こう二子で四局打ちました。ところが、一番も入りませんでした」

「五段のお前が四局棒に負けたか」

「面目ないことでございます」

順節は肩をすくめた。

「碁譜をご覧になりますか」

「見せてもらおう」

因碩は順節が出してきた碁譜をしばらく睨んでいたが、やがて一言、「見事なものだ」と言った。

「二子の碁ではないな。先二、いや定先かもしれぬ」

「はい」

「これが十三歳の童子の碁か。いやはや、本因坊家は恐ろしい小僧を門弟に取ったものだ」

「あれから二年近く経っておりますれば、おそらくは今はさらに強くなっていることでございましょう」

「一度、手合わせをしたいものだ」

「師匠が秀策と打たれるならば、早駕籠《はやかご》を使ってでも江戸に戻って見てみたいと存じます」

「早駕籠とは大袈裟《おおげさ》な」

因碩は笑った。

因碩と秀策は三年後、不思議な巡り合わせによって、この大坂の地で対局することになる。そしてその碁は囲碁史上に残る名局となる。

その年、棋界では大きな動きがなかったが、十月、幕府を揺るがす事件が起きた。かねてより阿蘭陀《オランダ》が伝えていた通り、英吉利《イギリス》の軍艦数隻が琉球の八重山列島にやってきたのだ。軍艦は八重山の島々の測量を行なって帰っていったという。

人伝《ひとづて》にそれを聞いた因碩は、様子見の手だなと思った。早急に何か守りの手を打つ必要がある。でないと、やがて本格的な戦いになればひとたまりもない。幕府は昨年の暮に伊豆国下田《いずのくにしもだ》と武蔵国羽田《むさしのくにはねだ》に遠国《おんごく》奉行を置いたというが、はたしてそんなもので間に合うのだろうか。

因碩はしばらく埃《ほこり》をかぶっていた『孫子』を再び紐解《ひもと》いた。

年が明けて、天保十五年（一八四四年）となった。

名人碁所を諦めた因碩は、今度こそ真剣に隠居を考え始めた。しかし加藤正徹を服部家にやった後、残る門弟の中には、名門井上家を任せられるだけの打ち手がいなかった。

本因坊家は秀和という素晴らしい跡目がいる。おそらくいずれ、名人になるであろう。安井家もまた当主の算知、それに門人の太田雄蔵と人に恵まれている。林家当主の柏栄も弱くはない。このままでは我が井上家は己が隠居した後、他の三家に大きく後れを取る。今さらながら、赤星因徹の死が悔《く》やまれてならなかった。だが死んだ子の年を数えても詮無いことだ。今やらねばならないことは井上家を継ぐに足るべき碁打ちを見つけることだ。門下にいなければ、他家に求めるほかはない。

因碩が密かに目を付けていたのは、水谷順策《じゅんさく》だった。

水谷順策とは丈和の長男で、前の名を葛野忠左衛門といった。幼名を梅太郎《うめたろう》、後に道和と名乗った。少年時代は将来の本因坊家を背負って立つと見られていたが、同い年の秀和（恒太郎）との角逐に敗れ、一時は碁を離れた。『坐隠談叢』には眼病のためとあるが、おそらくは精神的なものであったと思われる。その後、再び碁の世界に戻ったが、秀和が跡目になった時、還俗《げんぞく》して葛野忠左衛門と名を変えた。還俗とは僧籍から抜けて俗人に還《かえ》ることである。

その後、忠左衛門はしばらく諸国を遊歴していたが、ちょうどこの頃、本因坊家の塾頭格であった水谷琢順が跡取りのことで丈和に相談を持ちかけた。七十歳を超えた琢順には子供がいなかった。弟子の高橋順英を養子にしたが、天保七年（一八三六年）に順英は三十三歳で急逝した。跡継ぎを決めぬまま琢順が死ねば水谷家は終わる。その話を聞いた丈和は、忠左衛門を水谷家にやることに決めた。忠左衛門は琢順の養子となり、名を順策に変えた。

因碩は、順策の才はただならぬものがあると見ていた。それは碁譜から見て取れた。

早熟の秀和には十代で後れを取ったが、順策の才は父の丈和に似て大器晩成型であり、いずれ大輪の花を咲かせる器だ、と評価していた。

因碩が本因坊家に対して、水谷順策を養子に欲しいと言ったのは、順策こそ井上家を継ぐにふさわしい打ち手と見ていたのもあるが、もうひとつは長年にわたる本因坊家との確執をご破算にして、両家が手を結びたいという思いもあった。名人碁所の夢を捨てた因碩には、もう丈和へのわだかまりはなかった。

日本が異国船の脅威に晒《さら》されている今、幕府も諸藩も一つにならねばならぬ。まして棋界の四家までもがいがみ合っていていったい何の益があろうか。碁打ちの世界さえもまとめられぬとあっては、天下国家を論じることなどできぬ――。

天保十五年五月初め、因碩は本因坊家を訪れ、水谷順策を井上家に迎え入れたい旨を当主の丈策に申し出た。

しかし丈策は因碩の申し出には何か裏があるに違いないと考え、この願いを拒絶した。順策の実父である丈和はたまたま旅に出ていた。それを聞いた因碩は、旅先の丈和に、順策を懇請《こんせい》する手紙を送った。

ところがその手紙の返事が来る前に、因碩の身に事件が起きた。それは同じ月に起こった千代田城の火災に関連したものだった。

火災は五月十日の未明に平川門で起きた。火はたちまち燃え広がり、ついに本丸御殿までも焼け落ちた。千代田城はこれまでにも何度も火災に遭《あ》っているが、この時の被害は明暦の大火以来のもので、大奥の女中が何人も焼け死んだ。燃える千代田城を見て、一時は戦が始まったかという風説が広まり、江戸中が騒然となったと言われる。

幕府は旧令に則《のっと》り、全国の諸藩に千代田城の再建費用の負担を命じた。

これを知った因碩は、とんでもないことだと思った。今、諸藩も財政事情が苦しい時に、自らの不始末で焼けた千代田城の再建費用を出させるなどは天下の悪法である。異国船が日本を虎視《こし》眈々《たんたん》と狙う中、日本が一つにならねばならぬ時において、こんなことをすれば、諸藩は幕府に対して怨みを持つだけである。それはいずれ来たるべき異国船の来襲に何ら益するところはない。

そう考えた因碩は自らの命を賭して、将軍家慶に対し、この要請を取り止めるように諫《いさ》めた上書状を出した。いかに将軍御目見えの碁打ちとはいえ、将軍が出した要請に正面から反対を唱え、それを諫《いさ》めた書を送るなど、まさに破天荒な所業であると言える。

時の老中、阿部正弘はただちに因碩を閉門に処し、追って沙汰があるまで待てと命じた。因碩はおとなしくこれを受け入れた。今さらこの命など惜しくはない。たとえ死罪を申し付けられても悔いはない。ただ唯一の心残りは、井上家がこれで絶えるかもしれぬということだった。

ところが、命を懸けた因碩の願いは聞き届けられた。将軍家慶は因碩の手紙を読み、その諫言《かんげん》を嘉納《かのう》したのだ。幕府は諸藩に命じた課金を大幅に減じ、因碩の閉門を解《と》いた。さらに因碩を千代田城に呼び、直接、家慶に拝謁《はいえつ》する機会を与えたのだ。

当時の人々もこれには大いに驚いた。同時に、井上因碩の名前は一挙に天下に知れ渡った。『坐隠談叢』にはこう書かれている。

「諸侯伝へ聞き、其知ると知らざるとを問はず音信《おんしん》又招聘《しょうへい》、為に井上家の門前市を作《な》し、因碩の名宇内《うだい》に轟《とどろ》く」

宇内とは天下という意味である。この一件により井上因碩の名前は全国の諸侯にまで広く知られるようになったという。井上家の評判は一気に上がり、芝の新銭座《しんせんざ》の道場には門前市をなすほど入門者が殺到したのもむべなるかなである。後に因碩は田町の薩摩藩邸で兵学を講じているが、おそらくこの時の評判を聞きつけた薩摩藩が請うたものだろう。

それにしても、井上因碩という碁打ちの豪胆な性格には驚くばかりである。しかもただの匹夫《ひっぷ》の勇《ゆう》ではない。家慶が諫言を受け入れたのは、上書に書かれた内容が正鵠《せいこく》を射《い》るものであったからに他ならない。まさに因碩というのは碁打ちの枠を超えた男であった。

八

その年の九月、旅先から丈和が帰府した。

旅先で因碩の手紙を読んだ丈和は丈策に対し、水谷順策を井上家にやるつもりであると告げた。丈和もこれで井上家との関係が改善すればよいと考えた。それに、何と言っても可愛い息子である。跡目争いで秀和に敗れ、坊門を継ぐことは叶わなかった順策に対して不憫《ふびん》な思いを持っていた。水谷家の当主も悪くはないが、幕府公認の家元ではない。名門の井上家の当主となれば、順策も本望であろう――。

丈和はただちに順策を水谷家から復籍し、いったん葛野忠左衛門の名に戻し、井上家との養子縁組の手続きを行なった。このことは棋界を驚かせた。長年にわたって互いに不倶戴天《ふぐたいてん》の敵と憎み合っていた丈和と因碩がついに和解したからだ。

十一月、正式に井上家に入った忠左衛門に、因碩はかつての自らの名前でもあり愛弟子の名でもあった「因徹」から一文字を取って「秀徹《しゅうてつ》」という名を与えた。これを見てもいかに因碩が秀徹に期待をかけていたかがわかる。

秀徹の養子縁組は棋界の大同団結につながると多くの碁打ちたちは喜んだ。ところがこれが後に大きな悲劇を生むことになろうとは、因碩も丈和も知る由もなかった。

翌月、改元となり、元号は天保から弘化となった。

翌弘化二年（一八四五年）三月、因碩は寺社奉行に秀徹の跡目を願い出て、認められた。段位は六段だった。

その年の五月から九月にかけて、因碩は秀徹と向こう先で三局打った。結果は秀徹の二勝一敗だった。秀徹の才は本物だった。因碩は我が目に狂いがないことを確かめて大いに喜んだ。これで井上家は安泰だ。もういつでも隠退できる。

ただ、気がかりがないではなかった。それは秀徹の繊細すぎる性格だった。神経質で細かいことを気に掛ける気質を持っていた。因碩は、秀徹はおそらくこの気質のために秀和との競争に敗れたのであろうと思った。名門の家に生まれ、偉大な父を持った彼は、少年時代にその重責に押しつぶされたのかもしれぬ。一時碁を離れたというのも、そこに原因があったのかもしれぬ。

しかし還俗《げんぞく》した後、水谷家に入り、今こうして井上家の跡目となった秀徹は再び碁への情熱を取り戻しつつあった。

秀徹はいずれは秀和に追いつけるだけの才を持った男であると因碩は信じていた。もし秀和の名人碁所を阻止できる碁打ちがいるとすれば、それは秀徹を措《お》いてない――。

翌弘化三年（一八四六年）四月、一時帰郷で因島《いんのしま》に戻っていた安田秀策が江戸に向かう途中、大坂に立ち寄り、中川順節と打った。順節は五年前、当時は栄斎と名乗っていた秀策と向こう二子で四局打ち、すべて敗れている。今回は雪辱を期しての対局だった。この時、秀策は十八歳にして、すでに天才少年として広く名を知られていた。持って生まれた才能に加えて、兄弟子の秀和の薫陶を受けて、凄まじい上達ぶりを示していた。段位は四段だったが、実力はそれをはるかに超えるものがあった。当主の丈策と跡目の秀和の名前から一文字ずつ貰ったことを見ても、いかに将来を嘱望されているかがわかる。

秀策は後に本因坊家の跡目となり、御城碁十九連勝（無敗）という空前絶後の大記録を作る。これは棋聖と呼ばれた道策も丈和も成し得なかったものだ。ただし、道策と丈和が御城碁で敗れた二局は、いずれも相手に石を置かせた碁である（秀策は御城碁では置かせ碁は打たなかった）。秀策に対する現代の評価もすこぶる高く、史上一位に推す棋士も少なくない。

五段の順節は手合割を秀策の先々先（一段差）で四局打ったが、すべて敗れた。天才少年の噂は本物であったとあらためて思い知らされた順節は、秀策と師匠の因碩を対局させてみたいと考えた。

贔屓筋《ひいきすじ》にそれを申し出ると、「その手合が見られるならば、いくらでも金は出す」という催主が何人も現れた。

順節が秀策に、「因碩殿と打っていただけるか」と訊ねると、彼は即座に了承した。秀策にとっても、今や伝説の棋士である井上因碩と打てるのは碁打ち冥利《みようり》に尽きるものだった。順節はすぐに江戸の因碩に手紙を出した。

順節から手紙を受け取った因碩は、秀策と打つことを決意し、江戸を発った。

現代では考えられない話である。当時は手紙が大坂から江戸に届くのも何日もかかる。それを受け取った因碩が大坂に向かうのも簡単なことではない。その間、江戸に戻る予定だった秀策はずっと大坂に留め置かれているわけだ。大坂の碁好きたちは秀策の滞在費や因碩の旅費、さらに多額の対局料を支払ってでも、この一局を見たい、と思ったのだ。それが碁の魅力であるが、逆に言えば、こうした碁好きたちによって江戸時代の碁は大輪の花を咲かせたとも言える。


因碩が大坂に着いたのは七月の半ばである。

早速、因碩と秀策の対局の場がしつらえられた。

七月二十日、大坂の天王寺屋辻忠二郎宅で、因碩と秀策の対局が行なわれた。因碩四十九歳、秀策十八歳である。手合は八段の因碩に対して四段の秀策は二子だった。

この碁、百二手まで進んだところで、因碩は打ち掛けを宣言した。その碁は二子置いた黒の大優勢だった。

翌日、因碩は居並ぶ観戦者に向かって、「打ち掛け局はそのままにして、新しく打つ」と言った。こういうことは珍しいことではなかったが、因碩の次の言葉は皆を驚かせた。

「新しく打つ局は、秀策の先《せん》で打つ」

当時、碁打ちの手合割は実に厳しいものがあった。対戦相手との手合を変えるには四番の勝ち越しが絶対条件で、碁打ちはそのためにしのぎを削っていると言っても過言ではない。それを二子から先二を飛び越えて、いきなり「先（定先）で」と言ったのだ。これは一気に二段差を詰めたことになる（先は二段差）。

因碩は前日の二子局で、二子の手合ではないと確信した。同時に秀策の煌《きら》めくような才能に気付いた。そしてこの俊秀の本物の力を見てみたいと思ったのだ。この頃の因碩は手合割にはもはやこだわりはなかった。

こうして打たれた碁は、「耳赤《みみあか》の局」と呼ばれ、囲碁史上でも最も名高い碁のひとつとなった。本因坊秀策と言えば「耳赤の局」と言われるほどの碁である。

この碁、因碩は序盤から凄まじい技を放った。得意の大斜《たいしゃ》で若き秀策を翻弄《ほんろう》したのだ。

その後も因碩の打ち回しが光り、秀策は苦戦を強《し》いられた。

観戦の一同はあらためて因碩の芸の素晴らしさに舌を巻いた。その多くは中川順節の弟子筋であるから、当然、その師匠である因碩を応援している。二ヶ月前に順節が秀策に向こう先々先《せんせんせん》で四連敗を喫しているだけに、敵《かたき》を討ってもらいたいという気持ちもある。それだけに因碩の打ち回しに溜飲が下がる思いだった。

その日は八十九手で打ち掛けとなったが、すでに白番の因碩がはっきりと優勢だった。この打ち継ぎは、三日空けた七月二十四日に対局場を原才一郎宅に移して行なわれた。これは贔屓筋の「うちで打って欲しい」という要望に応えたものだ。それほど因碩と秀策の碁は人気が高かったのだ。

二日目も因碩の打ち回しは冴えわたった。本因坊家の天才少年に、「これが因碩の碁だ」と教えているかのような碁を見せつけた。

碁は序盤から中盤に差し掛かろうとしていたが、白の優勢は誰の目にも明らかだった。控室に集まっていた因碩贔屓の碁好きたちもご機嫌だった。だがこの時、対局室から戻った一人が、「ひょっとすると、因碩先生は負けるかもしれない」と言った。

一同に「どういうことだ」と詰め寄られた男はこう答えた。

「私は医師で、囲碁の手筋のことはよくわからない。ただ、秀策が中央に打った時、因碩先生の耳が真っ赤になった。人は動揺した時に耳が赤くなる。おそらく秀策の打った手は、因碩先生の予想にはない手だったのではないか」

この医師の言葉が、「耳赤の局」という異名の由来となった。

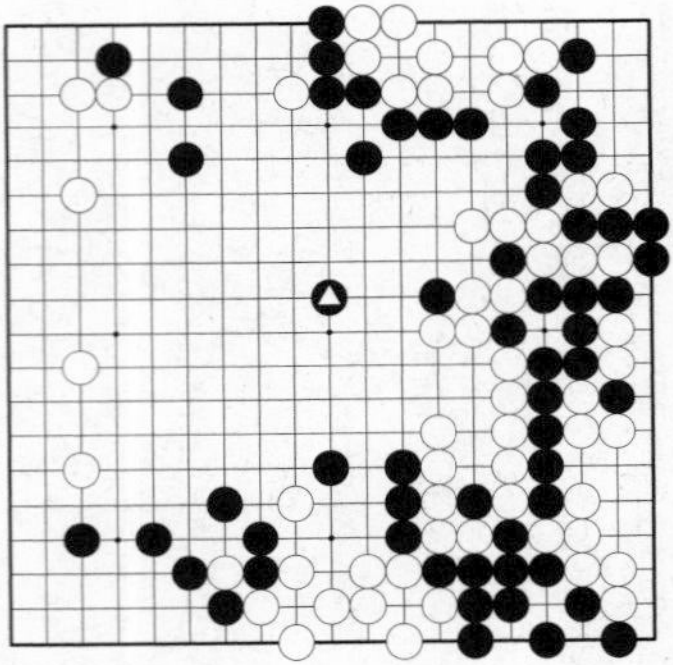

弘化３年（1846年）７月24日
　　井上因碩
先　安田秀策
127手△まで。秀策の127手が「耳赤の手」と呼ばれる史上に名高い妙手

　黒百二十七の手は一見茫漠《ぼうばく》たる手に見えるが、そうではない。全局を睥睨《へいげい》する「八方睨《はっぽうにら》み」の妙手と言えた。そして、この一手を境にして因碩の優勢は音を立てて崩れていく。この日は百四十一手で打ち掛けとなったが、すでに形勢は黒が良くなっていた。

　打ち継ぎは翌二十五日、今度は対局場を中之島の紙屋《かみや》に移して打たれた。

　因碩は何とか形勢を挽回しようと懸命に打ったが、覆すことはかなわず、三百二十五手で終局、黒番秀策の二目勝ちだった。

「耳赤の局」は秀策の名を一躍高めた碁であるが、現代では因碩の名局と言うべきではないかという声が多い。というのは因碩が中盤までは完全に碁を支配していたからだ。「耳赤の手」はたしかに妙手であるが、実はその前に打った因碩の百二十六の手が緩手だった。その手は、この碁は貰ったと見た因碩の油断の一手に他ならなかった。因碩には若い頃からこういうことがよくあった。難解な局面で素晴らしい手を打つ反面、形勢がいい時に思わぬ失着を打つのだ。それで何度好局を落としたか知れなかった。それがこの碁にも出たのだ。

その一瞬の隙を捉えて、劣勢の碁を引っくり返した秀策はやはり並の打ち手ではない。「耳赤の手」は、丈和が「百五十年来の碁豪」と称された天才ならではの妙手である。

この碁は多くの一流棋士が調べていて、解説本も多数出ているが、そのほとんどが終盤の小ヨセに入ったところで研究を終えている。その時点で二目の差は動かないと見てのことだ。

ところが、平成になってから元本因坊の王銘琬《おうめいえん》九段がこの碁のヨセを徹底して調べ、驚愕《きょうがく》の事実を発見した。何と、ヨセを双方が完璧に打てば、芇《じご》だったのだ。王九段は、因碩と秀策の二人がヨセでミスをするはずがないと思い、最初は自分の計算違いかと考えたが、何度調べても同じ結果だった。ちなみに王九段は百時間以上かけてあらゆるヨセを調べたという。その結論は、「ヨセの終盤で秀策が間違え、その時点で因碩が正しく打てば白の一目勝ちになる」というものだった。

しかし現実の碁は、因碩が間違え、黒の二目勝ちに終わった。要するに双方がヨセで間違えたのだが、王九段は、秀策の間違いは意図的なものだったのではないかと想像した。というのは秀策の打った手は、難解な変化を孕《はら》んだ劫《こう》の手だったからだ。

さらに王九段は大胆に推論する。秀策は最後まで双方が正しく打てば苛《じご》になると読み切った。しかし黒番での苛《じご》は屈辱だと思ったのではないか、と。ならば一目負けになる恐れもあるが、相手が間違える可能性が最も高い複雑な変化で戦ってみたいと考え、敢《あ》えて一目損の勝負手を打った——。

筆者はその推論は有り得ることかもしれないと思う。というのも、人格高潔で知られる秀策だが、一方では大変な負けず嫌いで、勝敗には非常にこだわるところがあった。御城碁十九連勝の中に置かせ碁がないのも、御城碁の組み合わせを差配した秀和に頼み、置かせ碁は外してもらっていたからだ。また劣勢の碁で劫を仕掛けて逆転したことも多い。秀策は劫を得意とする碁打ちだった。

もっとも、真実は永久にわからない。

ところで、この碁も囲碁AI「GOLAXY」が徹底した研究を行なっている。その研究にも従来にはなかった見解がいくつも示されたが、棋士たちに衝撃を与えたのは、「耳赤の手」は最善手ではないと見做したことだ。「GOLAXY」もその局面では白の因碩が優勢であると判断しているが、人工知能は「耳赤の手」ではなく、別の手を推奨している。もっとも、黒の秀策がその手を打っても、まだ白が若干優位であるとしている。それでも「耳赤の手」よりもいいという判断なのだ。

「吐血の局」のところでも書いたが、最善手と妙手は実は違う。もしかしたら秀策も「GOLAXY」が推す手を考えたのかもしれない（実はその手はプロ棋士なら真っ先に思いつく手と言われている）。しかしその手を打てば、その後の変化はわりに容易に見通せる――つまり逆転の目が薄い。ならば、因碩を動揺させ、予測のつかない展開に持ち込み、間違いを誘うような手を打ってみようと、秀策は考えた――そして打たれたのが「耳赤の手」だったのかもしれない。事実、因碩は動揺した。そしてこの手を境に碁も紛糾した。その意味ではやはり「耳赤の手」は妙手なのである。ただ、それでも終盤まで因碩は優位を維持したのはさすがである。そして、王銘琬の研究結果と同じく、「GOLAXY」もまた、因碩は最後の最後にヨセでミスして逆転されたという結論になっている。

因碩はその後、秀策の先でさらに三局打った。結果は秀策二勝一打ち掛けだった。八段半名人、実力は九段格の因碩をして、ついに秀策の先番を崩すことができなかったのだ。しかし因碩に不思議と悔しさはなかった。むしろ若き天才と思う存分に戦えた満足感があった。

後に因碩はこの時の秀策はすでに七段以上の力があったと語っている。

九

弘化三年（一八四六年）九月。秀策が江戸に戻ると、すぐに五段を許された。因碩に先で三勝したのが高く評価されたのだ。

本因坊家は秀策を跡目に据えようとしたが、備後《びんご》の浅野家に召し抱えられている秀策は固辞する。

この時期、秀策が打った碁の中に、井上家の跡目となった秀徹（葛野忠左衛門）との五局の対局がある。この五局はなぜか多くの囲碁ファンには知られていないが、秀徹の力がいかんなく発揮された五局である。秀策先々先の手合で、結果は秀策の三勝二敗だが、驚くべきことに因碩でさえも動かすことができなかった秀策の先番を、秀徹は二度にわたって破っている。古棋譜に詳しい福井正明九段は「この頃の秀徹は恐ろしいまでに強い」と高く評価している。

長い遠回りをして井上家の跡目となった秀徹は吹っ切れるところがあったのか、その才能を大きく開花させつつあった。あるいは因碩が睨《にら》んだように大器晩成が形を為しつつあったのかもしれなかった。この年、秀徹は赤星因徹著の『棋譜・玄覧《げんらん》』と『手談《しゅだん》五十図』を編集した『玄覧』を刊行している。後述する不幸がなければ歴史に残る大棋士になったであろう。

年が明けて弘化四年（一八四七年）、秀和は浅野本家に働きかけ、ついに秀策を本因坊丈策の養子にすることに成功した。

八月十八日、それを待っていたように、当主の丈策が亡くなった。享年四十五だった。同日、秀和は家督相続を願い出て許される。

二ヶ月後の十月十日、隠居していた丈和が亡くなった。享年六十一であった。

それを聞いた因碩は衝撃を受けた。亡くなって初めて、己にとって丈和がいかに大きな存在であったかを思い知らされた。初めて打ったのは十五歳の時だ。以来、十一歳年上の丈和を目標にひたすら修練を積んだ。己の碁があるのは、丈和がいたからこそだ。

丈和こそは真に大名人であったと、因碩は思った。名人碁所に就いた頃はすでに下り坂ではあったが、打ち盛りの頃は化け物のような強さがあった。いや、晩年においても、松平家の碁会で因徹を下した碁はまさに神通力を発揮した。

待っていよ丈和、と因碩は心の中で呟いた。いずれわしもあの世に行く。そこで思う存分に烏鷺《うろ》を戦わせようではないか。

年が明けて弘化五年（一八四八年）になった。この年の二月に改元となり、新しい年号は嘉永となった。

三月、因碩は隠居して家督を秀徹に譲った。秀徹は井上家第十二世因碩を名乗る。そして因碩は「幻庵《げんなん》」と号した。

井上家の当主は代々「因碩」を名乗る。そこで後世の者は混乱を避けて、家督前の名前か隠居後の名前を付けて呼ぶ習わしがある。すなわち第十一世井上因碩は「幻庵因碩《げんなんいんせき》」あるいは単に「幻庵」である。この物語では以後、幻庵と書くことにする。

十一月、秀策が本因坊家の正式な跡目となる。同時に丈和の娘（秀徹の妹）である花との縁組が決まる。これを見ても本因坊家がいかに秀策を大事にしていたかがわかる。ちなみに花は父に似ず、美しい顔立ちをしていたという。

同じ月、天保四傑の一人、太田雄蔵が七段上手を許された。太田雄蔵は安井門下の強豪であるが、一介の町人である。七段上手は四つの家元の当主か跡目、あるいは家元に準ずる家の当主か跡目でなければ許されないという不文律があった。というのは、七段になれば公儀から扶持《ふち》を与えられ、御城碁《おしろご》にも出場が叶うからだ。しかし雄蔵の実力は抜きんでたものがあり、家元としても七段上手を認めざるを得なかったのだ。

ところがこの時、雄蔵の言葉が家元たちを驚かせた。彼は、御城碁には出る気はないと答えたのだ。その理由がなんと剃髪《ていはつ》するのが嫌だというものだった。御城碁に出るには僧形になるのが規則だったが、雄蔵はそれが我慢ならなかったのだ。『坐隠談叢《ざいんだんそう》』には、こう書かれている。
「雄蔵は白面朱唇《はくめんしゅしん》、眉秀《まゆひい》で、瞳涼しく、漆黒《しっこく》の頭髪豊かに結びたる一個の好男子なり。然《しか》れば自ら粋《いき》を以《もっ》て任じ、曾《かっ》て七段昇級に際して（中略）、円頂の風采《ふうさい》を損するを厭《いと》ひて、七段昇格を躊躇《ちゅうちょ》して曰く『御扶持は望む所に非《あら》ず、御城碁に列し得ざるも亦《また》可なり。唯願くば剃髪せずして七段を得ん』と」

碁打ちにとって最高の栄誉である御城碁出場を雄蔵は拒否したのだ。家元たちは大いに悩んだが、雄蔵の技を評価し、剃髪もせず御城碁も務めなくてよいという、異例の条件で七段を許した。ちなみに雄蔵は天保四傑の中でも筆頭の力があると言われていたが、その雄蔵をしても秀和には定先にまで打ち込まれていたのだから、いかに秀和の力が図抜けていたかがわかる。

ところで、御城碁拒否は江戸っ子の雄蔵らしい気風ではあるが、見方を変えれば、御城碁という絶対的な権威が揺らいでいたとも言える。これは同時に幕府の威光の薄らぎでもあった。

棋界も大きく様変わりを見せていたが、それを取り巻く時代も移り変わろうとしていた――。

年が明けて嘉永二年（一八四九年）三月、ジェームズ・グリン中佐に率いられた亜米《アメ》利加《リカ》艦が長崎湾に入り、一年前に蝦夷地《えぞち》に上陸して長崎の牢に入れられていた亜米利加捕鯨船《ほげいせん》の船員の引き渡しを要求した。引き渡しを拒否すれば武力行使すると恫喝《どうかつ》された幕府は船員たちを解放する。

グリンは帰国後、合衆国政府に、日本を開国させることは外交交渉によって可能であること、そして必要であれば「強さ」を見せるべきとの建議を提出した。

翌々月の閏《うるう》四月、英吉利《イギリス》軍艦マリナー号が浦賀と下田に来航して測量を行なうという事件が起きた。もはや異国船来航は驚くべき事件でもなんでもなくなっていた。

同じ月、棋界にも大事件が起きた。十二世井上因碩（秀徹）が門人を斬殺したのだ。門人が妻と密通したためという話もあるが、事実は秀徹の乱心によるものであった。

彼は十代の頃より有り余る才を持ちながら、丈和という偉大な父を持つ重責、同年の秀和との角逐《かくちく》に敗れるなどの懊悩《おうのう》と葛藤に、精神を疲弊《ひへい》させていたのだ。還俗《げんぞく》して碁から完全に離れることで、長年の苦しみから脱することができたが、井上家を継いで再び碁に向かった頃から、抑えられていた気病《きや》みが次第に顔を覗《のぞ》かせていた。

事件の少し前からその挙動はおかしかったという。

『坐隠談叢』によれば、「同僚親戚等は大に之を憂《うれ》ひ、常に警戒怠《おこた》らざりしが、一日因碩、門人鎌三郎《かまさぶろう》なる者と、某寺院に遊びし時、突然鎌三郎が佩《は》ける刀を奪ひて之を刺す」とある。嶋崎鎌三郎はその日のうちに死んだ。

秀徹の凶変を聞いた幻庵は、ただちに門人たちに命じて、彼を座敷牢に閉じ込めた。そして事後の収束に奔走した。

鎌三郎の父は井上家と懇意《こんい》であった細川家の武士であったことが幸いした。父は敵《かたき》を討つと怒る二人の弟を宥《なだ》め、井上家には遺恨を残さぬという言葉を伝えてくれた。その温情ゆえに寺社奉行も、ただちにお家断絶の処分は下さなかった。しかし秀徹は退隠させざるを得なかった。

井上家を継がせるだけの技量の持ち主となると、服部家の当主、正徹しかいない。幻庵は服部家に正徹を請《こ》うた。ところが運悪く、正徹は旅に出ていて、所在不明であった。江戸に戻るのはいつかわからぬ正徹を待っている時間はない。

この時、元寺社奉行の久世大和守広周《くぜやまとのかみひろちか》が、林家の門人、松本錦四郎《まつもときんしろう》はどうかと幻庵に提案した。錦四郎はもとは久世大和守の家来筋であった。年齢は十九歳、棋力は五段だが、幻庵の目には井上家を継げる力はないと映っていた。しかしことは急を要する。このまま当主が決まらなければ、家の存続が危うい。幻庵は久世大和守の言葉を容《い》れ、松本錦四郎を林家より貰い受け、井上家の当主に据えた。錦四郎は第十三世井上因碩となった。このすぐ後、旅先で事件を聞いた服部正徹が江戸に戻ってきたが、間に合わなかった。

第十二世因碩（秀徹）は隠居して節山《せつざん》と名乗り、後に「節山因碩」と呼ばれる。節山は相州相原《そうしゅうあいはら》（現・神奈川県相模原市）の田舎に閉居し、七年後に亡くなる。なお、この事件は長らく、嘉永三年（一八五〇年）の出来事と言われていたが、近年、囲碁史会会員の小澤一徳氏がこの一件を記した古文書を国立公文書館で発見し、嘉永二年閏四月に白金の妙円寺で起こったことが明らかとなった。

秋、林家十一世の元美が隠居し、跡目の柏栄が当主となり、十二世門入と改名した。これで松平家の碁会の時に当主だった者は全員、隠居したことになる。林元美はついに八段になれなかった。が、隠居した三年後の嘉永五年（一八五二年）、八段を認められた。これは当時第一人者であった秀和の恩情によるものと見られている。秀和はこれをもって丈和の代から続いていた本因坊家と林家の和解を試みたのであろう。

十一月、秀策が二十一歳で御城碁に初出仕。段位は六段だったが、実力は八段に近かった。秀策は安井算知に先番十一目勝ちで初勝利を挙げ、続いて御好碁《おこのみご》で坂口仙得に黒番中押し勝ちする。以来、十三年の間に十九連勝を成しとげる。

棋界は激動の社会の中に、新しい時代を迎えようとしていたが、幻庵はもはやそんなことには何の関心もなかった。秀徹を失った悲しみに打ちのめされていたのだ。

ただただ秀徹が哀れでならなかった。素晴らしい才を秘めながら、それを開花させることなく、気を病んだ末に、発狂して門人を斬り殺すなど、これほど悲運の碁打ちもあるまい。だが、もっと哀れなのは、師に殺された鎌三郎である。

幻庵はひたすら自分を責めた。己が井上家の跡継ぎに秀徹を望まなければ、こんな不幸は起きなかった。そう考えれば、秀徹と鎌三郎にすまない思いで胸が掻《か》き毟《むし》られるようだった。また亡き丈和に対しても申し訳ない思いでいっぱいだった。

己は周囲の人間に禍《わざわい》を招くのか。かつて己の野心のせいで因徹を失い、今また己の望みのせいで秀徹と一人の若者を失った。一生を碁に捧げて、挙句がこの様《ざま》だ。いったい己の人生とは何だったのか――。

幻庵は自宅に籠《こも》り、自分がこれまでに打ってきた碁譜と向き合った。碁譜を見ると、その時の対局場の風景、相手の顔、そしてこれを打っていた己自身の胸中がまざまざと思い出されてきた。

己の一生は碁とともに在った。碁譜には己のすべてがある。ならば、碁譜を通して、己の一生とは何であったかを見つめ直すことができるはずだ――。

やがて因碩は机に向かって筆を執《と》った。

嘉永三年から四年にかけて、幻庵は自宅に籠ってひたすら執筆した。そして一冊の書物を書き上げた。

この本は翌嘉永五年に大坂において、『囲碁妙伝《いごみようでん》』という書名で刊行される。

これは異色の書であった。当時、碁の本というのは、打ち碁集でも、詰碁集でも、ほとんどが碁譜だけでできている。解説はあっても、ごく短いものである。ところが『囲碁妙伝』には幻庵の文章が多く載っている。また自らの打ち碁に対して詳細な解説が加えられている。

『囲碁妙伝』は囲碁教本の形を取りながら、中身は幻庵の哲学と思想が詰め込まれた随想のような趣《おもむき》がある。その文章は韜晦《とうかい》に満ちたもので、晩年の幻庵の葛藤が現れている。

その冒頭にはこう書かれている。

「余いまだ何心なき六歳の秋より不幸にして此伎芸《このぎげい》を覚え始めけるが素《もと》より武門に生まれたるからは文武を学びてこそと青雲の志やむときなけれど（中略）止む事を得ず拙伎《せつぎ》の司と定められて――」

碁を覚えたことを己の不幸と見做《みな》し、本来なら武士として文武両道を目指すはずが、碁打ちというつまらぬ職（拙伎の司）に就いたと嘆《なげ》いているのである。しかしこれは彼の本心と受け取ることはできない。幻庵ほど、碁の芸に命を懸けた碁打ちもいないからである。おそらく名人碁所の座を射止めることができなかった己を許せなかったのだろう。その鬱屈《うつくつ》した思いは自らの打ち碁にもぶつけられ、己の着手を辛辣《しんらつ》にこきおろしている。それは血を吐くような自省の評である。

『囲碁妙伝』こそは幻庵の遺書である。彼はこの書で、自らの思いを吐露《とろ》した。最も有名な言葉は、「碁は運の芸」というものだ。幻庵は本因坊道策や本因坊道知などの古今の名人の碁を詳しく調べ、その勝局の多くが相手の失着によって勝ちを得ていることを発見する。そして彼は次のように書く。

「昔道策ノ碁近来《きんらい》丈和ノ碁皆相手ノ過《あやまち》ニテ十局ニ七局勝《かて》リ。万人コレヲ知ラズ。憐《あわれ》ムベキ芸也」

勝敗を決めるのは妙手ではなく失着である——ここには幻庵の到達した哲学がある。筆者はこの言葉の裏に、最善の妙手を求め続けながら多くの失着によって好局を失ってきた幻庵の人生を見る思いがする。

『囲碁妙伝』にはもうひとつよく知られている言葉がある。この本でも何度か紹介しているが、「惣《そう》テ十一世因碩之打碁《うちご》文政七申年以前ハ芥《あくた》ノ如《ごと》シ。申酉年二年ニ的然ト昇達セシヲ心中ニ覚ユル有リ」という文章である。この文章は、文政四年に御城碁で打たれた丈和との碁の頭注に付けられた文章である（丈和の白番十二目勝ち）。つまり丈和は「芥のような己」に勝ったにすぎないとほのめかしているのだ。これまでに何度も書いたように、文政五年以降、丈和は因碩との対局を忌避《きひ》する。

注目すべきはその碁の次に載せられた碁である。文政十一年九月の丈和との碁であるが、これは文政五年以降に二人が打った唯一の碁である。五十五手で打ち掛けに終わっているが、内容は因碩の圧勝と言っていい。『囲碁妙伝』には多くの碁譜が載せられているが、その中には丈和との碁も何局かあるが、そのほとんどが対局日や対戦者などの記載がない。ところが、その碁だけは「文政十一子年九月、於本因坊宅、十二世本因坊丈和、先番十一世井上因碩」とはっきり書かれている。もちろんたまたまなどではない。つまり幻庵は「これが文政七年以降に打った丈和との碁である」と言いたかったに違いない。

幻庵は先の文章の後に、謎めいた言葉を残している。

「諸君子明察セヨ」

十

『囲碁妙伝』を書き終えた幻庵は、もう棋界に思い残すことはなかった。

嘉永五年（一八五二年）の春、幻庵は江戸を離れた。もう二度と戻るつもりはなかった。

彼が目指したのは清国《しんこく》だった。囲碁の発祥の地である唐《から》の国で、生涯最後の大暴れをしてみたいと考えたのだ。

我が邦に囲碁が伝わったのは千年前のことと聞いている。千年の時を経て、日本の碁は本家をはるかに凌駕《りょうが》した。今こそ、己は日本の大国手《だいこくしゅ》として、恩返しをしたい――。

幻庵は井上家の古くからの門人である三上豪山《ごうざん》にこの計画を打ち明けると、豪山は即座にお供いたしますと答えた。

三上豪山についてはよくわかっていない。『坐隠談叢』には播州《ばんしゅう》の人で棋力は三段とある。「沈勇大略《ちんゆうたいりゃく》、又因碩（幻庵）に譲らず」とあるから、相当肝《きも》の据《す》わった男だったのであろう。

幻庵と豪山はこれが日本の見納めと、北陸から中国地方を旅して回り、秋に長崎に着いた。

二人は長崎に滞在し、清国に渡る機会を狙う。最初は阿蘭陀《オランダ》船に乗っての密航を企《くわだ》てたが、奉行所の目が厳しく、なかなか果たせなかった。

年が明けて嘉永六年（一八五三年）になっても、密航の機会は容易に訪れなかった。

このままではいたずらに時を無駄にすると思った幻庵は、六月のある日、舟遊びをすると称し、船頭付きの船を一艘《いっそう》借りた。

船が長崎沖に出た時、幻庵は船頭に盞《さん》（盃《さかずき》のこと）を与え、「清国へ舵《かじ》を取れ」と言った。船頭が「それは禁令に背《そむ》くもの」と断ると、三上豪山が抜刀し、船頭の顔に突きつけた。

観念した船頭は船を清国へ向けて漕《こ》ぎ出す。しかしやがて強い風が起こり、大きな波が船を襲う。時ならぬ台風が到来したのだ。『坐隠談叢』にはその時の様子が次のように書かれている。

「舟子《ふなこ》（船頭）由来風浪を忌《い》む事甚《はなは》だし。而《しか》も此時此際、舟子愁眉《しゅうび》を開いて此颶風《ぐふう》を僥倖《ぎょう》《こう》とし、乗じて以《もっ》て潜に舵《かじ》を回し、唯《ただ》舟の漂ふに任せぬ。因碩（幻庵）、豪山元より是を覚らず嘆じて曰く『嗚呼天の無情なる、我技を惜んで海外に出さざるか』と」

幻庵の台詞はあるいは著者の安藤如意の想像によるものではないかと思うが、幻庵ならば言いそうな言葉とも思える。

船頭の故意によるものか否かはともかく、船は荒れ狂う海に揺られ、幻庵と豪山は船を軽くするために携《たずさ》えた一切の荷物を海中に投げ入れた。そして波間に漂うこと二昼夜、三日目に佐賀に漂着した。

幻庵の生涯最後の大計画はここに頓挫《とんざ》した。

いやはや、こうして書いていても呆れるほどの蛮勇である。

幻庵には漢文の素養はあったが、おそらく支那語は喋《しゃべ》れなかったであろう。言葉の通じぬ清で、はたして何ができたのか。ただ、碁打ちとわかれば、言葉は通じなくとも、何とかなった可能性もある。おそらく清には幻庵ほどの打ち手はいないし、日本から碁の達人がやってきたという評判が轟《とどろ》けば、次々に力自慢がやってきたであろう。あるいは幻庵は清で天下を制することができたかもしれない。清でひと暴れする幻庵を見てみたかったという思いはある。

もっとも当時の清は洪秀全《こうしゅうぜん》の率いる太平天国の乱によって、全土は混乱の最中にあった。はたして日本からやってきた碁打ちの対局が注目される状況であったのかどうかはわからない。

九死に一生を得た幻庵と豪山だったが、何もかも海に投げ捨て一文無しになっていた。幻庵は江戸へ帰る路銀を得るために、九州の碁好きたちに免状を乱発する。「幻庵因碩」の高名はその地においても轟いていたため、多くの者が高額の免状料を払って、これを購《あがな》った。そのため九州一円では、実力の伴わない碁打ちのことを「因碩初段」と呼ぶ習慣が残った。

余談だが、この物語を「週刊文春」に連載中、九州の読者の方から日本棋院に思わぬ知らせが届いた。読者の家に十一世因碩の名のある書状と葵の紋付の羽織が残されているというものだった。家人には、「十一世因碩」とは誰であるのか長年謎であったが、『幻庵』を読み、誰であるのかわかったという。書状と羽織は、まさしく幻庵因碩が九州滞在のお礼に送ったもので、日本棋院に寄贈される運びとなった。

幻庵が清国密航を企てたのと同じ月、日本中に激震をもたらす大事件が起きた。嘉永六年六月三日、マシュー・ペリー率いる亜米利加《アメリカ》艦隊が浦賀にやってきて、幕府に開国要求を突き付けたのだ。この時、来航した亜米利加艦隊は四隻、うち二隻は日本に初めて姿を見せた蒸気船だった。武力を背景にした開国要求に、幕府は「一年間の猶予《ゆうよ》をくれ」と言うのが精一杯だった。

博多でそのことを聞き及んだ幻庵は、幕府に対して怒りにも似た気持ちを覚えた。いずれこの日が来ることはわかっていたはずではなかったのか。にもかかわらず、一年の猶予をくれとは、何も考えていなかったということではないか。当の亜米利加にもそれは見抜かれることだ。

囲碁においても大きな傷（弱点）を残したまま打つことはできぬ。傷はがっちりと守ってこそ、後々強く打てる。ただ、傷を残して打つ場合もないではない。その場合はそこを打たれた場合にどう応じるかは考えておかねばならぬ。敢えて放置して打ちながら、いざその傷を狙われて慌てふためくようでは、一人前の碁打ちとは言えぬ。

幕府が諸藩に意見を求めたと聞いて、さらに呆れた。これではまるで観戦者に助言を求めているのと同然ではないか。

この時、日本にとって不運なことは、ペリーが来航した十九日後に将軍家慶《いえよし》が急死したことだ。家定《いえさだ》が十三代将軍となったが、彼は生来病弱で、この国難を乗り切る気概も体力も持っていなかった。

幻庵が江戸に戻ったのは八月である。

江戸の町は黒船の来航によって騒然としていたが、幻庵の目には、庶民の様子にはどこか浮き立っているようなものも見えた。それはわかるような気もした。天保の大飢饉以来、人々の暮らしは厳しく、また水野忠邦の改革以降、江戸の町には活気が戻らなかったからだ。人々は大きな変化を求めているのかもしれぬと思った。

もはや己にはどうすることもできぬ。これから先はどんな時代が来るかは想像もできぬ。

しかし、と幻庵は思った。たとえ徳川様の天下でなくなっても、大名の家がなくなっても、囲碁は残る。この芸は人から人へと伝えられていくだろう。おそらく百年後の世にも優れた打ち手が人々を魅了しているに違いない。

黒船来航で日本中が大騒ぎとなっている中、碁の文化は爛熟の時を迎えていた。八段の本因坊秀和を筆頭とし、次々と高段者が誕生していた。

その中でも、一番の脚光を浴びていたのは、本因坊家の跡目の秀策だった。御城碁では連戦連勝、また碁会においても、当時の強豪たちをことごとくなぎ倒した。その芸は当代一と言われていた。

その頃では、師の秀和でさえ、秀策の先番を破ることはできなくなっていた。しかし秀策は秀和から「手合割を先から先々先に変えよう」と言われても、頑として応じなかった。先々先の手合は下手が黒黒白という順番で打つ。秀策は師に対して白で打つということは非礼にあたるとして、手合割の変更を固辞したのだ。ただ、これは後世の棋士たちを大いに残念がらせた。先番無敵の秀和に対して秀策が白でどう打ったか——今日の我々がその碁を見ることができないのは実に惜しいことである。

本因坊家では、その秀策の九歳下に恐ろしい少年が育っていた。その名は村瀬《むらせ》弥吉《やきち》。弥吉は、上野車坂下の本因坊道場の隣の敷地に住んでいた貧しい大工の倅《せがれ》だった。弥吉は幼い頃、塀の隙間から道場に遊びに来て、そこで碁を覚えた。するとたちまちのうちに上達し、それを見た秀和が弟子として取ったのだ。

ただ名門本因坊家の門下になるには多額の束脩《そくしゅう》が必要である。弥吉の父はその日暮らしの叩き大工であり、束脩はおろか盆暮れの謝礼さえ用意できなかった。申し訳なさに泣く父に、秀和は「息子の将来を楽しみに待て」と慰《なぐさ》めたという。

その事情を知っていた弥吉は、朝は一番に起き、道場の家事や雑事を一手に引き受けて働いた。後に、弥吉はいつ碁の勉強をしたのかと多くの門人に訝《いぶか》られたほど、碁盤に向かっている時間はほとんどなかったという。

弥吉は十一歳で初段を許され、十四歳の時に正式に本因坊家の内弟子となった。嘉永六年（一八五三年）十六歳の頃は、将来の跡目候補と目されるほどになっていた。

翌嘉永七年（一八五四年）には、弥吉は十七歳ながら坊門の塾頭を務めるまでになった。世間は秀策と弥吉を「碁界の圭玉《けいぎょく》」（鋭いものの譬《たとえ》）と呼んだ。

世の中は俄かに風雲急を告げていた。

嘉永七年、幕府は再び来日したペリーと日米和親条約を結んだ。これにより二百十三年続いた鎖国は終わりを告げた。しかしこの条約締結は国論を真っ二つにする決断であり、調印を機に日本中に攘夷論が湧き起こった。また朝廷の勅許を得ずに条約を結んだ幕府に対する非難の声が全国で上がった。こんなことはかつてなかった。

亜米利加《アメリカ》との和親条約を知った英吉利《イギリス》と露西亜《ロシア》も日本に条約締結を迫った。幕府にはもはやこれを拒否する力はなく、二国とも和親条約を結ばされた。

幻庵は暗澹《あんたん》たる気持ちになった。開国の是非はともかく、それらが異国の主導のもとに行なわれていることが過ちであると思った。

この年の十一月、幕府は内裏の炎上や黒船の来航などの厄災があったために改元し、新しい元号を安政とした。これは唐代の書籍『群書治要』の「庶人安政、然後君子安位矣」から取られた。幕府の平穏を願う気持ちが表れているとも言える。

翌安政二年（一八五五年）、幕府は、さらに仏蘭西《フランス》、阿蘭陀《オランダ》両国とも和親条約を結ばされた。米英露仏蘭の五つの国とは後に修好通商条約を結ばされるが（「安政五ヶ国条約」と呼ばれる）、いずれも「領事裁判権を認める」「関税自主権がない」などの不平等条約であった。ただ、当時の幕府はその重要性がわかっていなかった。ちなみにこれらの不平等条約が解消されるのは、半世紀以上経った日露戦争後である。

その年の十月二日夜、江戸を巨大な地震が襲った。「安政の大地震」である。倒壊家屋一万数千戸、市中に起こった火事は三十数ヶ所、死者七千人にも上る被害が出た。

翌月、幕府は御城碁中止の決定を下した。これは幻庵を驚かせた。幕府にとって御城碁は、宝永の大噴火の年にも行なわれていたほど重要な催事であったが、もはやそれを維持する余裕もなくなっていたのだ。

御城碁は翌年からは復活するが、以前のような華やかさは失われた。なぜなら、今や世の中は囲碁どころではなくなっていたからだ。かつては家元の大きな後援者であった大名も、尊皇攘夷の大波の中で藩体制をいかに維持するかに懸命で、碁会を開くどころではなかった。また江戸の庶民も地震からなかなか立ち直れず、碁打ちたちの稽古先も激減していた。黒船来航以来、碁打ちたちの生活も次第に逼迫《ひっぱく》してきた。幻庵は碁打ちたちの将来を憂えた。

安政三年（一八五六年）三月、幻庵は自宅で十九歳の村瀬弥吉と打った。

この対局は弥吉の評判を聞いた幻庵自身が望んだものだった。手合は二子だったが、弥吉のほぼ一方的な勝利に終わった。幻庵は弥吉の迸《ほとばし》る才気に驚いたが、何より感心したのが、恐ろしいまでの早見えだったことだ。一瞬にして実に深いところまで読み、そして決断が早い。長考したり迷ったりするところはまるでない。

こやつは天才だ。

それだけに、これからの時代に碁打ちとして生きていかねばならないことを不憫に思った。

「弥吉よ」

対局を終えた後、幻庵は言った。

「いずれ徳川様の御世《みよ》は終わるかもし

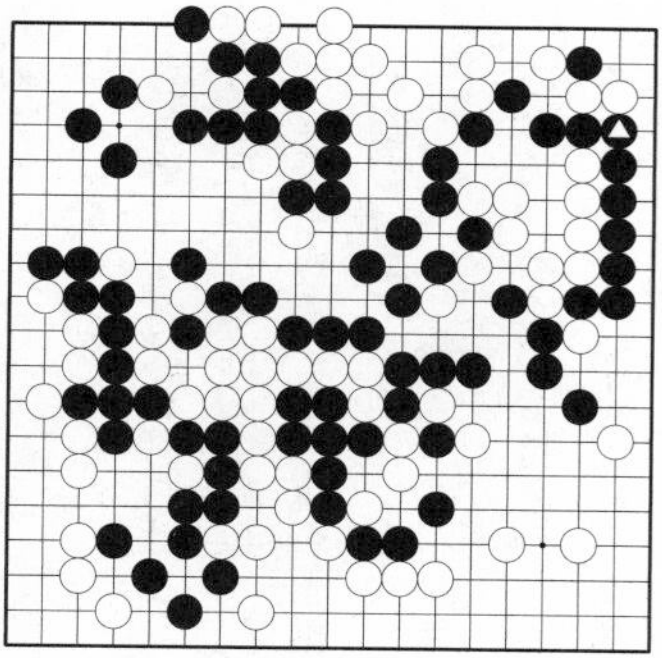

安政 3 年（1856 年）3 月 20 日
　　井上幻庵
二子　村瀬弥吉
164 手△完。黒の中押し勝ち

れぬ」

弥吉は驚いた顔をした。

「もしそうなれば碁打ちはこれまでのような暮らしはできぬ。しかし、お前は碁を捨ててはならぬ。お前の中には、先人たちが心血を注いで打った碁が流れておる。それを忘れてはならぬし、その流れを絶やしてはならぬ」

幻庵の言葉に、弥吉は黙って頷いた。

この頃、多くの碁打ちが亡くなっている。安政三年、太田雄蔵が越後で客死し、退隠していた十二世節山因碩（秀徹）も病を得て亡くなった。節山因碩は、晩年に閉居していた相州相原から江戸に戻り、何局か打っているが、かつての輝きは完全に失われていた。

安政五年（一八五八年）には安井算知も旅先の沼津で不慮の死を遂げ、かつて坊門の塾頭だった岸本左一郎という強豪も亡くなっている。

幻庵は彼らの訃報を聞き、碁一筋に生きてこられた己の幸せを噛みしめた。己や丈和、またその前の元丈や仙知、父である因淑らは、ただただ盤上の世界のみに生きればよかった。今にして思えば、それはなんという幸福なことであったろうか。若くして世を去った桜井知達や奥貫智策、そして赤星因徹にしても、短い生涯のすべてを碁に打ち込めた。

これからはそうはゆかぬ。碁打ちたちにも日々の暮らしがある。いかに碁が強かろうと霞《かすみ》を喰《く》って生きていけるわけではない。

安政六年（一八五九年）八月の午後、幻庵はふと碁を並べてみたくなった。

埃《ほこり》をかぶった碁盤を取り出し、石を並べた。それは赤星因徹と本因坊丈和が松平家の碁会で打った碁だった。

碁盤の上に石をゆっくりと並べながら、己の来し方を振り返った。思えば、何も手に入れることが叶わなかった人生であった。渇望した名人碁所の座はついに射止めることができなかったばかりか、手塩にかけた弟子さえ失った。惚れた女は手にすることができず、生涯を共にしようと思った女にも逃げられた。最後の夢を懸けた清への渡航も空しく終わった。

口元に思わず笑みがこぼれた。これほど滑稽《こっけい》な生き方があろうか。

いや――と幻庵は心の中で言った。碁の贏輸《えいゆ》（勝ち負け）が結果にすぎぬと同様、人生の栄耀栄華もまた結果にすぎぬ。人はどう生きたかがすべてである。勝負には敗れたが、満足のいく碁であった――。

碁盤の上にはいつしか大斜定石《たいしゃじょうせき》が並べられていた。「井門《せいもん》の秘手《ひしゅ》」と名付けたキリコミを打とうとした時、幻庵の指から那智黒《なちぐろ》がぽろりと盤面に落ちた。指の力が抜けたのだ。少し遅れて心の臓に痛みが走った。この数日来、何度も襲ってきたものだったが、この時の痛みは今まで以上のものだった。因徹が迎えに来たのだな、と思った。愛弟子が己を覚えていてくれたことに喜びを覚えた。

待たせたな因徹、今、行くぞ――。

翌日、碁盤に覆いかぶさるように死んでいた幻庵を井上家の門人が発見した。当主の第十三世因碩(松本錦四郎)は井上家の菩提寺である妙善寺にて、盛大な葬儀を執り行なった。四家の家元と跡目、そして多くの碁打ちたちが参列する盛大な葬儀であったと伝えられる。

エピローグ

幻庵《げんなん》が亡くなった安政六年（一八五九年）の十二月、本因坊秀和《しゆうわ》が寺社奉行に名人碁所《めいじんごどころ》の願書を出した。

秀和は四十歳になっていた。二十歳を過ぎた頃より秀和の力は他を圧倒しており、嘉永三年（一八五〇年）に三十一歳で八段になった時にはすでに「入神の芸」と言われていた。碁所願書は遅すぎたとも言えたが、それには理由があった。寺社奉行の間には、名人の力がありながら無念の涙を飲んだ幻庵に対する同情の念が強く、幻庵が生きているうちは却下されるおそれが高かったからだ。

秀和にすれば、この願書は満を持してのものだったが、十三世井上因碩（松本錦四郎《まつもときんしろう》）はただちに反対を唱えた。しかし秀和は意に介さなかった。因碩ならば争碁で打ち破る自信があったからだ。

ただ時節が悪かった。幕府は内外に様々な問題を抱えていた。その年には「安政の大獄」と呼ばれる苛烈な弾圧が行なわれ、吉田松陰の処刑などで世情も動揺しており、祝事を歓迎する空気ではなかった。年が明けた安政七年（一八六〇年）の三月には大名行列の駕籠《かご》に乗った大老が江戸城外で暗殺されるという前代未聞の事件が起きた（「桜田門外の変」）。

寺社奉行としても碁などにかかずらっているわけにはいかなかった。結局、秀和の願書の回答を一年以上も引き延ばした挙句、翌年の文久元年（一八六一年）に「内憂外患の多忙」を理由に却下した。
ただこれは表向きのもので、実は十三世井上因碩（松本錦四郎）が裏で動いていた。
錦四郎は旧主筋である老中の久世《くぜ》大和守広周《やまとのかみひろちか》に、秀和の願書却下を再三にわたって懇願
したと伝えられている。彼は先々代当主の幻庵の無念を晴らそうとしたのだ。
六月、林元美が亡くなった。享年八十四であった。前々年の幻庵に続いての元美の死
は、多くの碁打ちたちに、ひとつの時代が終わったと思わせた。
その年の十一月、秀和は御城碁《おしろご》で因縁の錦四郎（十三世井上因碩）と対局することに
なった。
秀和はこの碁に勝ち、再度、碁所願書を提出しようと目論んでいた。手合割は錦四郎
の先だが、秀和は絶対的な自信があった。錦四郎とは過去に御城碁で二度打っていて、
向こう二子、向こう先とも、いずれも問題なく勝っていたからだ。
ところがこの碁、錦四郎は素晴らしい打ちまわしを見せ、中盤まで先着の効を維持し
た。しかし秀和のヨセは天下一品である。下打ちの場にいた碁打ちたちは、秀和が最後
は抜き去るであろうと見ていた。ところが因碩は終盤、一手も間違えることなく、つい
に一目を余した。
まさに大番狂わせであった。

「錦四郎一生の傑作」と言われる碁であるが、世人はこれを「幻庵乗り移りの局」と呼んだ。そう呼ばれても不思議はないほど、終盤のヨセは錦四郎が打ったものとは思えないほどの見事さであった。錦四郎はこの勝利がよほど嬉しかったのか、碁譜が刷られた瓦版を大量に買い込み、贔屓筋《ひいきすじ》にばらまいた。

秀和の弟子で跡目の秀策はこの結果に大いに落胆し、郷里の父に送った手紙に「因碩（注・錦四郎）などは片手打ちにも勝ち申すべき碁に候へども」と書くほどに悔しがった。しかしその後に書かれた言葉に、碁の恐ろしさが現れている。

「（碁は）活き物ゆゑ此のやうなる儀も出来申し候」――。

この碁に敗れたことにより、秀和は名人碁所を断念しなければならなかった。格下である錦四郎の先をこなせないようでは、名人碁所就位など認められるはずもないからだ。かくして、かつて十一世井上因碩（幻庵）の野望を打ち砕いた秀和は、二十年後、同じ名を持つ男に夢を断たれた。

後に世人は、名人の力量を持ちながら名人になれなかった四人の棋士を「囲碁四哲」と呼んだ。すなわち本因坊元丈、安井仙知（知得）、井上因碩（幻庵）、本因坊秀和の四人である。

翌年の文久二年（一八六二年）、江戸の町に「暴瀉病《ぼうしゃびょう》」と呼ばれていたコレラが流行した。本因坊家でも多くの内弟子たちが罹患《りかん》したが、跡目の秀策が弟弟子たちの看病に献身的に尽くした。そして漸《ようや》くその猖獗《しょうけつ》が静まったと見えた頃、秀策が倒れた。それまでの看病に体力を使い果たしていた秀策は、ついに恢復することなく三十四歳という若さで世を去った。皮肉なことに本因坊家でただ一人の死者だった。愛弟子であり、棋界の宝である秀策を失った秀和の悲しみは尋常なるものではなかったという。秀策の父に宛てた哀惜《あいせき》極まる手紙が残されている。

今日、秀策の評価は非常に高い。序盤、中盤、終盤、どれをとっても隙《すき》はなく、さらに読み、形勢判断、戦いになった時の力、ヨセと、すべてが最高峰ともいえる技量を持った棋士と言われている。残された約四百局の碁譜は「碁の教科書」と呼ぶにふさわしく、現代でも修行時代に秀策の碁を並べないプロ棋士はいないと言われる。二十世紀終わりから二十一世紀にかけて世界最強の名をほしいままにし、全盛期の強さは史上ナンバー1《ワン》候補の一人とも言われる韓国の李昌鎬《イチャンホ》が「私は一生かけても秀策先生には及ばないだろう」と語ったのは有名な話である。

秀策が死んだ年は、坂下門外の変（老中の安藤信正が襲撃され負傷）、和宮降嫁、生麦事件と幕府にとっても大変な年だった。そのせいか、またもや御城碁が中止となった。

その後も世相の混乱は収まらず、文久三年（一八六三年）に薩英戦争が起こる。この年も御城碁は下打ちが行なわれただけで、千代田城黒書院で打たれることはなかった。

翌年二月に改元され元治元年（一八六四年）となる。この頃は異様に改元が多い。朝廷にも何とか世の中の流れを変えたいという願意があったのかもしれない。しかしその願いもむなしく、蛤御門《はまぐりごもん》の変、それに続く長州征伐と、ついに内戦が勃発する。

その年、秀和は塾頭格であった弥吉あらため村瀬秀甫《しゅうほ》を七段に進めようとするが、これに錦四郎（十三世井上因碩）が故障を唱えた。二十七歳の秀甫は錦四郎と争碁を打ち、三連勝して昇段を認めさせた。

秀甫は剃髪《ていはつ》して御城碁の出仕に備えていたが、この年、御城碁は沙汰止《さたやみ》となる。寛永三年（一六二六年）以来、二百三十七年続いた伝統の御城碁がとうとうその幕を閉じた。

この少し前、秀和は秀甫を跡目にしようと目論んだが、丈和未亡人の勢子に反対されて断念している。勢子は丈和の残した金と贔屓筋を握っていて、本因坊家に対して大きな発言力を持っていたものと思われる。勢子は貧しい叩き大工の倅《せがれ》である秀甫に名門を継がせたくなかったのだ。秀和は仕方なく自らの長子である十五歳の秀悦《しゅうえつ》を跡目にした。

長い本因坊家の歴史の中で、当主が実子を跡目にしたのはこの時が初めてであった。

御城碁出場と本因坊家の跡目という二つの悲願を断たれた秀甫は本因坊家を去り、失意のうちに越後へと旅立つ。

翌年は再び改元され慶応元年（一八六五年）となった。しかし国内の平安は訪れず、慶応二年（一八六六年）一月には薩長連合がなり、いよいよ倒幕運動が本格的に動き出した。幕府は慶喜《よしのぶ》を新しい将軍にし、威信の挽回を図ったが、もはや時代の流れを変えることはできなかった。

慶応三年（一八六七年）、ついに大政奉還となり、ここに二百六十年続いた徳川幕府の時代が終わりを告げた。

翌年の明治元年（一八六八年）、新政府が樹立され、江戸は東京と名を変えた。新政府のもと、旗本や御家人は扶持《ふち》を失ったが、碁の家元も同様で、四家は大きな収入の道を断たれた。

さらに明治二年（一八六九年）、本因坊家は東京府庁より本所相生町《ほんじょあいおいちょう》（現・東京都墨田区両国）にある三百坪の土地屋敷の返還を要求された。本因坊家の土地は徳川家より貸し与えられた土地と見做《みな》されたのだ。

秀和は、伝来の地を離れては贔屓筋《ひいきすじ》にも迷惑がかかるという事情を訴え、何とか引継願いを認められた。しかしその見返りに多額の税金を納めさせられ、本因坊家は一気に窮迫した。

世の中はもう囲碁どころではなかった。碁界の後援者であった大名たちも東京の屋敷を失い、地方へ戻っていった。碁会などもほとんど行なわれなくなった。碁打ちたちも碁では食べてゆけず、新しい仕事を探した。秀和も屋敷の部屋を貸家として、何とか生計を立てていた。かつては大勢いた弟子も多くは去っていった。これは他の家元も同様だった。もはや碁打ちは滅び去る運命だった。

不運はさらに秀和を襲った。その年、貸家の住人の部屋から火が出て、屋敷は全焼した。この火災で本因坊家に伝わっていた将軍家拝領の碁盤、葵の御紋の碁笥《ごけ》などの名品を焼失した。初代の算砂以来の家宝である「浮木《うきぎ》の盤」だけがかろうじて残った（残念ながら後に行方不明となる）。

秀和は焼け残った倉庫に一人で暮らした。そのあまりの落魄《らくはく》ぶりを見かねた伊藤松和《いとうしょうわ》（元本因坊門下で天保四傑の一人）らが、後援者を回って秀和のために金をかき集めようとした。これに対して秀和の語った言葉が『坐隠談叢』に書かれている。

「予今知己の士に向つて憐《あわれ》みを乞《こ》はば、知己は義として予を捨てざるべし。然《しか》れども又顧《かえり》みるに這般《しやはん》の火災は、実に我家之が源を為せるものにして、幾多の財産を烏有《うゆう》に帰せしめ、父子路頭に泣くの惨を演ぜしめ乍《なが》ら、尚且《なおかつ》自ら恬《てん》として恥《は》ぢず、却《かえつ》て人に依頼して、先《ま》づ己れを安きに置かんとするが如《ごと》き、亦《また》義として忍びず」

秀和は、自らの屋敷の火事で多くの人を泣かせて、自分一人が後援者に頼って安らかな生活をするわけにはいかぬと一切の援助を断ったのだ。痩《や》せても枯れても秀和は名門の棟梁《とうりょう》の矜持《きょうじ》を持った男であった。

明治四年（一八七一年）、新しい戸籍法ができた。秀和は「本因坊」を名跡《みょうせき》とし、元の苗字である土屋姓で戸籍に登録した。ここに初代本因坊算砂以来続いていた本因坊家は「家」ではなくなった。安井家と林家はその名をそのまま戸籍名として登録したが、井上家も本因坊家と同じく「井上」を名跡とし、十三世因碩は松本錦四郎の名で戸籍登録した。

この年の春、村瀬秀甫が越後から東京に戻り、師の秀和と再会を果たしている。秀甫三十四歳、秀和五十二歳であった。激動の数年を過ごした秀甫は、もはや師に対するわだかまりは微塵《みじん》も持っていなかった。

二人は明治四年の三月から六月にかけて、秀甫の先々先で八局打っている。この八局は現代の棋士が見ても驚くほどの名局だと言われている。時代の波に翻弄され、困窮の中にあっても、秀和の芸はいささかも衰えておらず、また越後に旅立った秀甫もさらなる昇達を見せていたのだ。勝敗の内訳は、秀甫から見て黒番五勝一敗、白番二敗であった。秀甫黒番の一敗は、終盤のうっかりミスによる逆転負けで、内容的には黒の完勝であった。天才肌の秀甫は稀にそうした失着を打つ。

注目すべきは二局の秀和の黒番である（秀甫の白番）。長らく第一人者であった秀和が黒を持つのは実に二十年ぶりのことだった。鉄壁と言われた秀和の黒番に秀甫がどう立ち向かうかと、観戦者たちの関心を集めた二局であったが、二局ともまさしく鎧袖一触《がいしゅういっしょく》といった趣で、秀甫はほぼ一方的に敗れた。

秀甫は今さらながら、師の強さに心服した。同時に、これほどの強さを持つ師の先番に対して、白番でぎりぎりの勝負をした幻庵師はどれほど強かったのかとあらためて深く感じ入るものがあった。

秀和もまた秀甫の芸を高く評価した。後に次男の秀栄《しゅうえい》にこう語っている。

「秀甫の芸はまさに名人の域に達した。秀策と対局させられないのが残念だ。もし戦えば、あるいは秀策が敗れたかもしれぬ」

秀和は秀甫と打った二年後の明治六年（一八七三年）に困窮《こんきゅう》のうちに亡くなった。かつて若き日、隆盛を極めた本因坊家の棟梁として棋界に君臨した男のあまりにも寂しい死であった。なお、秀和は夥《おびただ》しい碁譜を残しており、現在確認できているだけでも七百局近い。これは江戸時代の碁打ちの中では断然他を圧する数である。そのすべてが名局と言っても過言ではなく、またその布石感覚は現代に通じるものがある。秀和をもって近代碁が始まったと言われる所以《ゆえん》である。

秀和の死後、息子の秀悦が二十四歳で十五世本因坊を継いだが、名門の当主といえど、何の力もなかった。これは他の家元も同様だった。

もはや旧来の家元制度では囲碁の未来はないと見た村瀬秀甫は、まったく新しい囲碁の組織「方円社《ほうえんしゃ》」を創設した。「方円」とは、四角い（方）碁盤と丸い（円）碁石を用いる囲碁の別名である。秀甫はそれまでの一部の大名や商家のタニマチに寄りかかる生き方を改め、広く庶民に碁の普及を目指しつつ、彼らの支持による新しい生き方を模索した。また「囲碁新報」という雑誌を刊行し、そこに一流棋士の最新の対局の講評を載《の》せた。この画期的な方法は当時の人々に受け入れられた。方円社は旧家元をしのぐ勢いを得て、碁打ちたちもこぞって方円社に入った。ちなみに方円社の支援者には、井上馨、岩崎弥太郎、大隈重信、渋沢栄一、山縣有朋など、錚々《そうそう》たる人物が名を連ねている。

方円社が囲碁普及に果たした役割は大きく、また新時代における棋士の生き方を確立した。もし秀甫がいなければ、日本の囲碁は明治維新とともに滅んでいたかもしれないと言われる。その後の囲碁の隆盛も秀甫の尽力によると言っても過言ではない。自由民権運動の理論的指導者で東洋のルソーとも言われる中江兆民は、「近代非凡人三十一人」の一人として、勝海舟、西郷隆盛、大久保利通、坂本龍馬など幕末の英傑と並べて村瀬秀甫の名前を挙げている。

秀甫は棋士としての実力も際立っていた。後年、水谷縫治を除くすべての棋士を定先以下に打ち込むという離れ業《わざ》を演じ（水谷縫治だけは先々先を保った）、同時代の棋士たちによって名人に推される。明治に入ってから「碁所」は消え失せていたが、「名人」という位はなお神聖なものとして存在していた。しかしこの時、秀甫は顔を真っ赤にして拒絶したという。尊敬してやまない師の秀和がついになれなかった名人位に、自分ごときが就けるかという思いであったのだ。

方円社が発足して間もない頃、一人のドイツ人がやってきて囲碁指南を希望した。方円社の棋士たちは言葉も通じぬドイツ人に囲碁を教える気はなく、体よくお引き取りを願ったが、風変わりな入門者のことを聞いた秀甫は、彼を自らの弟子にした。

そのドイツ人は明治政府の内務省に招かれてやってきた化学者で、東京大学医学部教授のオスカー・コルシェルトだった。秀甫はコルシェルトに一から囲碁を教え、懇切丁寧に指導した。これからは囲碁を海外にも広めるべきだと考えていたからだ。ここにも秀甫の先見性が見られる。コルシェルトは明治十三年（一八八〇年）に碁を紹介する記事をドイツで発表し、そこからヨーロッパでの囲碁の歴史が始まった。明治四十一年（一九〇八年）には、この記事を元にして新しい情報を加えた本『The Game of Go』がアメリカで刊行され、同国でも囲碁の歴史が始まった。それからおよそ百年後、ＡＩ棋士「アルファ碁」が誕生する。

最後に、四つの家元のその後を簡単に述べてこの物語を締めくくろう。

本因坊の名跡を継いだ十五世秀悦《しゅうえつ》は時代の急激な変化についていけず、精神が蝕《むしば》まれ、明治十二年（一八七九年）に発狂する。その後、弟の秀元（秀和の三男）が十六世を継ぐが、名門の棟梁たる実力が伴わず、当時、飛ぶ鳥を落とす勢いであった方円社に対抗できなかった。

そこで秀元の兄の秀栄が弟を退隠させ、十七世本因坊を継いだ。秀栄は秀和の次男だったが、十一歳の時に林家に養子に入り、十四歳で林家の十三世当主となっていた。しかし林家の先代未亡人と折り合いが悪く、当主となった後も、家には入れない状態だった。それで明治十七年（一八八四年）、三十三歳の時、林家を出て、本因坊家に戻ったのだった。秀栄が林家を出たことで、二百年以上続いた林家は絶えた。

秀栄は打倒秀甫を目指して剣を磨くが、秀甫には敵《かな》わず、明治十七年から十九年（一八八六年）にかけて行なわれた十番碁で、定先で五勝五敗の打ち分けに終わった。秀甫の実力を認めた秀栄は、第九局を終えたところで本因坊を秀甫に譲る（したがって第十局目は、秀甫は十八世本因坊秀甫として打っている）。

ここに、かつて上野車坂下の本因坊道場の隣に住んでいた貧しい叩き大工の倅であった秀甫は、生涯の悲願であった本因坊を継ぐことができた。しかし秀甫は二ヶ月後に急逝する。享年四十九だった。

本因坊は再び秀栄が継ぐが（十九世）、その後、秀栄は五十歳を超えてとてつもない強さを発揮し、「名人中の名人」と呼ばれるまでになる。現代での評価もずば抜けて高い。実質その後を継いだのは「不敗の名人」と呼ばれた二十一世秀哉《しゅうさい》（田《た》村保寿《むらやすひさ》）である。ちなみに秀栄も秀哉も推《お》されて名人になっている。

秀哉は昭和十三年（一九三八年）に本因坊の名跡を東京日日新聞社（現・毎日新聞社）に譲って引退する。ここに碁の家元としての本因坊家は絶えた。この時、秀哉が木《き》谷實《たにみのる》と打った引退碁の観戦記を執筆したのは川端康成で、彼は後にこれをもとに「名人」という小説を書いている。現在、「本因坊」の名跡は毎日新聞社が持ち、毎年一度、「本因坊戦」の挑戦手合が行なわれ（第四期までは二年に一度）、それに勝った者が本因坊を名乗ることができる。

残る家元の一つ安井家であるが、算知の跡を継いだ息子の算英《さんえい》には娘しかいなかった。関係者らは名家を絶やしてはいけないと、有望な碁打ちを婿《むこ》に迎えるように勧めるが、算英は「これからの新しい時代には囲碁の家元など何の価値もない」と、娘を碁に関係のない家に嫁がせた。そして明治三十六年（一九〇三年）、算英の死とともに安井家は絶えた。

ちなみに「名人」という位は二十一世本因坊秀哉を最後に長らく生まれなかったが、

昭和三十七年（一九六二年）、読売新聞社と日本棋院が、全棋士参加のタイトル戦として「名人戦」を創設した（現在は朝日新聞社と日本棋院が主催）。かつて名人は「他と隔絶する強さを持った」入神の芸の持ち主だけが到達できる位であったが、これにより、挑戦権を得て名人を倒せば、「名人」を名乗れるようになった。

本因坊戦は二十一世紀の現在も続けられている棋戦だが、忘れてはならないのが昭和二十年（一九四五年）に行なわれた第三期本因坊戦である。当時、日本棋院は五月の空襲で全焼し、棋戦を運営する機能をすべて失っていた。将棋界も戦争激化により名人戦は行なわれていなかった。職業野球（現在のプロ野球）も中等野球（現在の高校野球）も中止となっていた。夏頃には日本の敗戦は誰の目にも明らかだった。橋本宇太郎本因坊の師匠である瀬越憲作は、「もはや囲碁を打つ時代ではなくなるかもしれぬ」と覚悟したが、ならばこそ「本因坊の灯《ともしび》を消してはならぬ」と考え、疎開していた広島で、挑戦者の岩本薫七段（後に本因坊、九段）を迎えて橋本との本因坊戦を行なうことを決意した。

第一局は七月二十三日から二十五日にかけて行なわれたが（当時は三日制）、対局場の屋根が米軍のグラマン戦闘機の機銃掃射を受けるほどの緊迫したもとでの対局だった。前広島県警察部長である青木《あおき》重臣《しげとみ》中国地方総監府勅任参事官は、「広島は危険である」

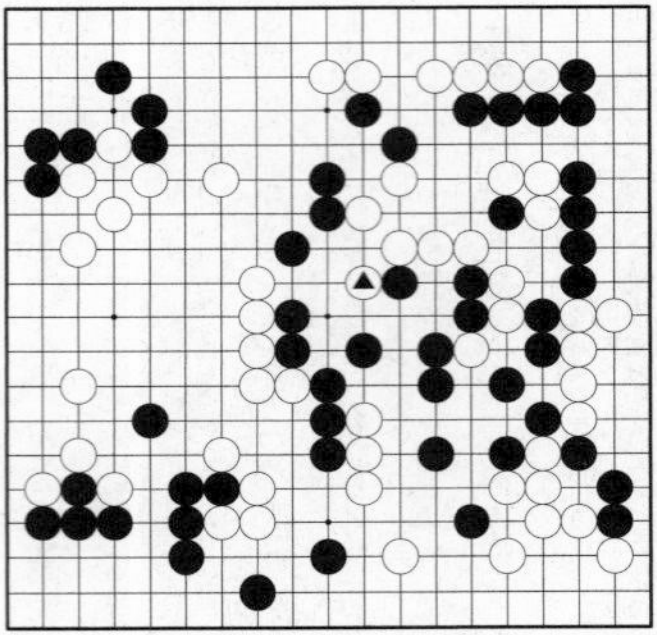

昭和 20 年（1945 年）8 月 6 日
互先　本因坊昭宇（橋本宇太郎）
先番　岩本薫
106 手▲まで。ここで原爆が落ちた

という理由で、市内で打つことを禁じた。そこで瀬越は市から十キロほど離れた佐《さ》伯《えき》郡《ぐん》五日《いつか》市《いち》町（現・広島市佐伯区）に対局場を移した。二局目が打たれたのは八月四日であるが、事件は三日目の六日に起きた。午前八時十五分、対局が始まった直後、凄まじい光が窓から差し込んだ。そして少し遅れて突然、爆風で窓ガラスが粉々になり、碁石もすべて吹き飛んだ。広島に投下された原爆だった。

対局はその日のうちに再開され、橋本本因坊の五目勝ちとなったが、この一局は「原爆下の対局」として知られている。第一局が打たれた場所は爆心地の至近距離で、対局に尽力した関係者のほとんどが原爆の犠牲者となっている。もし対局場を移していなければ、両棋士も亡くなっていただろう。日本はこの八日後にポツダム宣言を受諾し、翌日、無条件降伏する。

それにしても明日をも知れぬ中で、本因坊戦を打った橋本宇太郎と岩本薫の棋士魂には感服するほかはない。囲碁の伝統と文化はこうして守られ、戦後、韓国や中国に広まっていく。ちなみに橋本宇太郎は後に幻庵の研究本を書き、岩本薫は幻庵の碁譜を数多く発掘している。また岩本は晩年、私財五億円を投じて、サンパウロ、アムステルダム、ニューヨーク、シアトルに囲碁会館を設立し、囲碁を世界へ普及するのに大きく貢献した。この物語にたびたび登場し、幻庵に関する著作を多く刊行している福井正明九段は岩本の弟子である。

さて、この物語の主人公である幻庵の井上家は明治に入ってからも数奇な運命を辿《たど》る。十三世因碩（松本錦四郎）は明治二十四年（一八九一年）に神戸で客死する。この時、跡目は決まっていなかったが、幻庵の弟子だった大塚亀太郎《おおつかかめたろう》が十四世を継ぐ。明治三十七年（一九〇四年）に大塚が亡くなると、弟子であった田淵米蔵《たぶちよねぞう》が十五世を継ぐ。大正六年（一九一七年）に田淵が亡くなると、弟子の恵下田仙次郎《えげたせんじろう》（栄芳）が十六世を継ぐ。昭和三十六年（一九六一年）に恵下田が亡くなると、弟子の津田義孝《つだよしたか》が継ごうとするが、恵下田の未亡人がこれを認めず、裁判の末に津田の十七世襲名が認められる。

ただ、恵下田、津田とも実力的には一流棋士とは言えず、戦後は囲碁ファンの間でさえ、井上家の存在は知られていなかった。そして昭和五十八年（一九八三年）、津田が亡くなり、ここに囲碁家元としての井上家は絶えた。

もし泉下の幻庵がこのことを知ったとしても、それがどうしたと、呵々《かか》と大笑《たいしょう》したであろう。

付記

この本のプロローグで、二〇一六年にグーグル開発のＡＩ「アルファ碁」(AlphaGo)が韓国の李世乭《イセドル》九段に勝利したこと、その年の暮れから二〇一七年の年初にかけて、「アルファ碁」の進化形である「アルファ碁マスター」(AlphaGo Master)が、ネットで日中韓のトップ棋士を相手に六〇連勝(無敗)という離れ業を演じたことを書いた。その時点で人間がＡＩに敗れ去ったことは明らかになったのだが、その後、グーグルは更なる進化形ＡＩ「アルファ碁ゼロ」(AlphaGo Zero)を開発した。

「アルファ碁ゼロ」は、人間によって一切のデータを与えられることなく、どこまで強くなれるかに挑んだＡＩである。「アルファ碁」も「アルファ碁マスター」も、過去の人間の棋譜を学習させて強くなったＡＩであるが、「アルファ碁ゼロ」には囲碁のルールだけを覚えさせ、自己対局を繰り返させる方法を取った。

最初の頃の自己対局の碁は、盤上に無茶苦茶に石を並べているだけで、人間の初心者以下の碁だった。もちろん基本的な定石も布石も形も知らないので当然なのだが、自己対局を何万回と繰り返すうちに、次第に石の形ができてきて、定石も打てるようになった。ここで注意すべきは「アルファ碁ゼロ」は誰にも教わっていないことだ。つまり何度も打つうちに、どうやらこれが一番いい形であると自ら学んで、定石を打てるようになったというわけだ。

さらに自己対局を続けるうち、アマチュア高段者を追い越し、プロのレベルに到達した。そして驚愕すべきことが起きた。最初の三日間で自己対局を四九〇万回行ない、その時点で、李世乭九段に勝った「アルファ碁」と同程度の棋力となったのだ（ちなみに三日間で四九〇万回というのは、一秒で約一九回対局したことになる）。つまり人類が三千年かけて到達した地点を三日で追い越したことになる。そして四〇日後、二九〇〇万回の自己対局を行なった後は、「アルファ碁」には一〇〇回戦って全勝、「アルファ碁マスター」には一〇〇回戦って八九勝一一敗という成績を残した。

グーグルは「アルファ碁ゼロ」をさらに改良して、究極のAI「アルファゼロ」（Alpha Zero）を開発した。この怪物AIは自己対局を二時間しただけで、将棋の最高AIと同じレベルになり、四時間で最強のチェスAIを破り、八時間で「アルファ碁ゼロ」を破った（六〇勝四〇敗）。

プロローグでも書いたように、グーグルのそもそもの目的は囲碁の世界で頂点を極めることではなかった。ディープ・ラーニングによって、囲碁で人間を打ち破るAIを作ることができれば、それは医学を含め多くの分野で汎用できるのではないかと考えたのだ。開発者のデミス・ハサビスによれば、タンパク質の折り畳み（フォールディング）や化学反応の正確なシミュレーションといった膨大な可能性を探る分野に対して非常に有効であるという。つまり、そうした能力を発揮するための指標として選ばれたのが囲碁というゲームだったのだ。長い間、コンピューターがヒューマンビーイングにまるで歯が立たなかった囲碁で、彼らを打ち破ることができれば、その時こそ「人知を超えたＡＩ」の誕生と考えたのだ。ＡＩにとって、囲碁とはそれほどまでに大きな壁であったと言える。

現代よりもはるかに文明が遅れた時代に、人類がそうしたゲームを生み出し、その後、三千年の年月をかけて、その深みを探ろうと模索してきた事実に、私は素直に感動する。

安井家				
世数	棋士		生没年	名人
1	安井	算哲《さんてつ》	1590-1652	
2	安井	算知《さんち》	1617-1703	二世名人
3	安井	知哲《ちてつ》	1644-1700	
4	安井	仙角《せんかく》(古仙角《こせんかく》)	1673-1737	
5	安井	仙角《せんかく》(春哲《しゅんてつ》)	1711-1789	半名人
6	安井	仙哲《せんてつ》	生年不詳 -1780年	
7	安井	仙知《せんち》(仙角《せんかく》)	1764-1837	半名人
8	安井	仙知《せんち》(仙得《せんとく》)	1776-1838	半名人
9	安井	算知《さんち》	1810-1858	
10	安井	算英《さんえい》	1847-1903	

林　家				
世数	棋士		生没年	名人
1	林	門入斎《もんにゅうさい》	1583-1667	半名人
2	林	門入《もんにゅう》	1640-1686	
3	林	門入(玄悦《げんえつ》)	1675-1719	
4	林	門入(朴入《ぼくにゅう》)	1670-1740	
5	林	門入(因長《いんちょう》)	1690-1745	半名人
6	林	門入(門利《もんり》)	1707-1746	
7	林	門入(転入《てんにゅう》)	1730-1757	
8	林	門入(祐元《ゆうげん》)	1732-1798	
9	林	門悦《もんえつ》	1756-1813	
10	林	門入(鉄元《てつげん》)	1785-1819	
11	林	元美《げんび》	1778-1861	半名人
12	林	門入(伯栄《はくえい》)	1805-1864	
13	林	秀栄《しゅうえい》	十七世本 因坊秀栄	九世名人

※井上家は代々因碩を、林家は代々門入を名乗る。
※本因坊家の「秀元、秀栄」は再襲で、林家13世の秀栄は林家を断絶し、本因坊家に17世当主として出戻る。
※井上家は、文政13(1830)年に家格を上げるために系譜になかった中村道碩を一世とした後の歴代当主。
※　　はこの物語における重要人物。

資料　歴代家元四家一覧

井上家				
世数	棋士		生没年	名人
1	中村	道碩《どうせき》	1582-1630	二世名人
2	井上	因碩《いんせき》	1605-1673	
3	井上	因碩(道砂《どうさ》)	1649-1696	
4	井上	因碩(道節《どうせつ》)	1646-1719	五世名人
5	井上	因碩(策雲《さくうん》)	1672-1735	半名人
6	井上	因碩(春碩《しゅんせき》)	1707-1772	
7	井上	因碩(春達《しゅんたつ》)	1728-1784	半名人
8	井上	因碩(因達《いんたつ》)	1747-1805	
9	井上	因碩(春策《しゅんさく》)	1774-1810	
10	井上	因碩(因砂《いんさ》)	1784-1829	
11	井上	因碩(幻庵《げんなん》)	1798-1859	半名人
12	井上	因碩(節山《せつざん》)	1820-1856	
13	井上	因碩(松本《まつもと》)	1831-1891	
14	井上	因碩(大塚《おおつか》)	1831-1904	
15	井上	因碩(田淵《たぶち》)	1871-1917	
16	井上	因碩(恵下田《えげた》)	1890-1961	

本因坊家				
世数	棋士		生没年	名人
1	本因坊	算砂《さんさ》	1559-1623	一世名人
2	本因坊	算悦《さんえつ》	1611-1658	
3	本因坊	道悦《どうえつ》	1636-1727	半名人
4	本因坊	道策《どうさく》	1645-1702	四世名人
5	本因坊	道知《どうち》	1690-1727	六世名人
6	本因坊	知伯《ちはく》	1710-1733	
7	本因坊	秀伯《しゅうはく》	1716-1741	
8	本因坊	伯元《はくげん》	1726-1754	
9	本因坊	察元《さつげん》	1733-1788	七世名人
10	本因坊	烈元《れつげん》	1750-1809	半名人
11	本因坊	元丈《げんじょう》	1775-1832	半名人
12	本因坊	丈和《じょうわ》	1787-1847	八世名人
13	本因坊	丈策《じょうさく》	1803-1847	
14	本因坊	秀和《しゅうわ》	1820-1873	半名人
15	本因坊	秀悦《しゅうえつ》	1850-1890	
16	本因坊	秀元《しゅうげん》	1854-1917	
17	本因坊	秀栄《しゅうえい》	1852-1907	九世名人
18	本因坊	秀甫《しゅうほ》	1838-1886	半名人
19	本因坊	秀栄《しゅうえい》	再襲	
20	本因坊	秀元《しゅうげん》	再襲	
21	本因坊	秀哉《しゅうさい》	1874-1940	十世名人

〈おもな囲碁用語〉
空き隅　あいている隅のこと。
アゲハマ　対局中に囲って取り上げた相手の石。
アタリ　相手の石を囲み、あと一手で石を取れる状態。そういう状態にする手を**アテ**という。
オサエ　相手の石の進入を防ぐために、相手の石に沿って打つ手。
オシ　相手の石に接触して（押しつけて）一歩もひかず自分の石を伸ばす手。
カカリ　相手の隅の石に辺の方から接触せずに一間ほどあけて仕掛けていく手。
カケツギ　キリを防ぐために、相手の石が入ってきても次の手で取れる状態にしたツギ手。
キリ　相手の石を切断する手。
グズミ　部分的にはダンゴ状に重なって働きの悪い形だが、その局面では有効な手。
ケイマ　相手の石から縦二路、横一路（縦一路、横二路）離れたところに打つ手。将棋の桂馬の動き方に由来する。
コスミ　自分の石から斜めに打つこと。
コスミツケ　コスミの手で相手の石にツケる（くっつけて打つ）こと。

小目《こもく》　碁盤の外側から見て三番目の線と四番目の線の交わった場所。

サガリ　自分の石を碁盤の端に向かってつなげて伸ばす手。

シチョウ　アタリ状態が階段状に連続し、最終的には石を取られる形。

シチョウアタリ　シチョウの行き先に打って、シチョウの成立を阻止する石。

シノギ　相手の勢力圏のなかでなんとかして活きること。

シマリ　隅にある自分の石の近くに補強として打ち、隅の陣地を囲う手。

捨石　得をするためにあえて小さく石を捨てること。

スベリ　相手の地の中に入り込んで、地を減らしてしまうこと。

ツギ　キリを防ぐために、自分の石と石をつなぐこと。

ツケ　相手の石の隣にくっつけて打つこと。

デ　相手の石の間に出ていく手。

トビ　自分の石から一間、二間ほど間をあけて打つこと。

ノゾキ　次に打つと相手の石を切断できる場所へ打つ手。

ノビ　自分の石の隣に打って伸ばすこと。

ハネ　相手の石が接触しているとき、相手の行く手を遮るように自分の石を斜めに打つこと。

腹ヅケ　二子並んだ相手の石の側面にツケる手。

ヒキ　相手から圧力を受けたときに自分の石を一歩引いてつなげて打つこと。
ヒラキ　自分の石を補強するため、自分の石と石の間をあけて辺と平行に打つ手。
ボウシ　相手の石に向けて中央から一間あけて圧力をかけて打つ手。

解説

趙《ちょう》治《ち》勲《くん》

私は囲碁を六十年近くやってきましたが、つくづく思うのは、囲碁を知らない人に言葉で伝えるのは至難の業だ、ということです。囲碁は、非常に複雑で奥が深い、特殊なゲームです。その世界を知らない人にとっては、はっきり言ってしまえば、ゼロの世界です。たとえルールがわかったとしても、ある程度の力量に達しないと、碁という存在自体が無意味なのです。

たとえば音楽なら、全くその世界を知らない人でも子供の頃から聴いている人は多いので、言葉で説明されれば、何となくわかります。絵画というジャンルも、絵を見たことのない人はいないので、同様に言葉で説明ができます。同じ盤上のゲームでいえば、将棋は駒に「王将」や「香車」などと書かれているので、将棋について書かれている文章を読めば、役割や動きも含め、盤上で何が起きているかを何となくイメージしやすいかもしれない。

しかし囲碁は、白石と黒石があり、敵と味方があるだけで、あとは何一つわからない。技術的に、「ツケて、ハネて、ノビて、切って」と具体的に書かれていても、プロでさえ棋譜なしに完全に理解するのは非常に難しいのです。このわかりにくさが、囲碁小説を成立させる、高いハードルになっています。

私が囲碁小説といって思い当たるのは、川端康成の長編小説『名人』くらいのものです。これは、二十一世本因坊・秀哉《しゅうさい》名人の引退碁の観戦記を小説の形にまとめたもので、勝負相手の大竹七段は、私の師匠である木谷實《きたにみのる》（二十世紀を代表する棋士。自宅を「木谷道場」として内弟子をとり、タイトルを争うトップ棋士を多く育てた）先生をモデルにしています。

その『名人』が発表されてから半世紀以上が経ち、現代のベストセラー作家である百田尚樹さんが、江戸時代の囲碁棋士たちのめくるめくような戦いの歴史を描いてくれました。百田さんご自身が碁を打ち、またアマチュアでも相当な強さであることは推測できますが、それにしても『名人』の七倍ほどに当たる、上中下巻約千ページという大部の作品を書かれたのは、迸《ほとばし》るような囲碁への愛情ゆえでしょう。

囲碁は、厳密な技術のゲームです。もちろん棋譜に間違いがあってはいけないし、具体的な勝負の記述は極めて精緻に書かれなくてはなりません。普段は自由に想像力を羽ばたかせて作品を書く作家であっても、大きな制約がある中で読者を飽きさせない面白い物語として成立させなくてはならないわけで、これは相当に困難な作業であったことは想像に難くありません。そのような困難を超えて、これほど圧倒的な物語を書かれたことは、驚嘆に値することです。

本作の舞台である江戸時代には、約三千年といわれる囲碁の歴史において、非常に稀なことが起こりました。世界で初めて、盤上ゲームのプロ組織が作られたのです。囲碁家元四家（井上家、本因坊家、安井家、林家）は幕府から禄を貰い、囲碁を庶民に普及させる使命を帯び、また何とか自分の家から名人を出そうと鎬《しのぎ》を削ることで、囲碁というゲームが飛躍的に発展しました。これは、世界史上でも類を見ない日本独自の文化です。

江戸時代は電気もなければ、交通手段も情報も非常に限られていたわけです。その中で、インターネットやＡＩが発達した現代から見ても、遜色のない、膨大な数の棋譜が残っています。碁打ちの贔屓目で、祖先を大事にしたいという気持ちがあるのは確かです。しかしそれを差し引いたとしても、この作品に登場する先人たちが命がけで――この時代の囲碁は時間制限なしの打ち掛けが当たり前で、文字通り体力勝負、命がけです。朝から始めて翌日の深夜、明け方まで打つのは日常茶飯事ですから、桜井知達《さくらいちたつ》や奥貫知策《おくぬきちさく》、赤星因徹《あかぼしいんてつ》といった、惜しくも早世した天才棋士たちが多くいたのも頷けます――碁を打ってくれたおかげで、今日の囲碁があるわけです。それは私たち碁打ちにとって、ちょっと想像を絶するほどに奇跡的なことなのです。

現在の囲碁の世界は、韓国や中国がすっかり強くなってしまい、残念ながら日本の棋士では敵わなくなっています。しかし、韓国や中国の囲碁の歴史というのは、たかだかここ三十年ぐらいのものです。私も韓国や中国に講演などで訪れることも多いのですが、あちらでは碁打ちに対する尊敬の念というものは、あまり感じられません。私の実力が五だとしたら、扱いは二ぐらいのものです。しかし、日本では段違いに尊敬の念を感じます。私が三だとしたら、十くらいの扱いをしてくれる（笑）。これはやはり、本因坊算砂《さんさ》から数えて四百年以上の、日本の囲碁の歴史、文化が大いに関係しているのでしょう。

さて、百田さんは江戸時代の華麗なる天才囲碁棋士たちの中でも、井上家十世当主（のち十一世）の幻庵因碩《げんなんいんせき》（以後、幻庵）を主人公に選びました。彼は自著『囲碁妙伝《いごみょうでん》』の「学碁練兵惣概」に、「余いまだ何心なき六歳の秋より、不幸にしてこの芸を覚え始めつる」と記しています。江戸時代は数え年ですから、六歳は今の五歳です。私も六歳で韓国から日本にやってきて木谷道場に入門しましたから、境遇はよく似ています。幻庵は「不幸にして」と自ら韜晦《とうかい》していますが、私の場合は記憶も曖昧で、何とも言いかねるところがあります。しかし、少なくともさほどの幸福感はないので、幻庵の気持ちは理解できます。

私が門下になった翌日に、木谷一門百段突破祝賀会が開かれ、そのアトラクションの一つとして当時六段だった林海峰《りんかいほう》先生（現・名誉天元）に五子置きで打ち、中押《ちゅうお》しで勝ちました。幻庵の場合は、本作では、井上家外家の服部家当主・因淑《いんしゅく》が三人の弟子志願者と七子置きで打ち、吉之助《きちのすけ》という名前だった幼い日の幻庵のヨミの鋭さを認め、内弟子に取ることを許す、という物語になっています。この時の棋譜は、残念ながら残っていません。同じ年齢で幻庵と比較すれば、たぶん私の方が強かったと思いますが、それは私の時代には棋譜も情報も多く存在していたからであって、何もない時代に「鬼因《おにいん》徹《てつ》」とまで呼ばれた人が認めたわけですから、才能という点では幻庵の方がずっと優れていたことでしょう。幻庵の最初の棋譜というものを、ぜひ見てみたかったです。

木谷道場には『本因坊全集』があり、碁の最初の勉強として、棋譜を研究したり定石を学んだりするのに使っていました。道策《どうさく》、丈和《じょうわ》あたりの棋譜ももちろん載っているのですが、私たちの世代は、秀和《しゅうわ》、秀策《しゅうさく》あたりを勉強するのが一般的でした。秀和、秀策は突出した天才で、近代碁の夜明けのような碁を打った人たちです。

特に、秀和の碁は革命的でした。飄々と打っていき、細かいところを捨て石にして、盤全体を見ていく。これはそれまでになかった碁です。本作でも、「戦わずして勝つ碁」、

「強いのか弱いのかわからない、不思議な碁」と書かれています。秀策は、近代碁の中でも圧倒的な評価を得ています。しかし秀策は秀和という天才がいたからこそ登場した棋士であるはずで、さらに言えば、秀和は、幻庵、丈和という二人の天才が残した膨大な棋譜を見て修行したはずです。

幻庵、丈和の碁は「勝ち抜く」碁ですが、この二人は、いわば江戸時代の碁と近代碁のターニングポイントになった棋士だと考えられます。そして、秀和は大天才で革命児なのですが、その秀和の時代より確実に情報が少なかった時代の棋士である幻庵、丈和もまた、秀和に負けず劣らない才能だったことは間違いありません。

重要なのは、幻庵と丈和が、十一歳差ではありますが、同時代に存在したという点です。その上の世代の、元丈《げんじょう》・知得《ちとく》時代にも言えることですが、家元制度の下でのことですから、そもそもライバルが少ない。そんな中で同じ力量のライバル――幻庵と丈和は「悪敵手」と表現されていますが――に出会い、生涯で何十回も戦うこと自体がまた奇跡なのであり、この二人のどちらかが欠けてもその後の囲碁の発展はなかったかもしれません。

現代でも棋士のライバル関係は、もちろんあります。私でいえば、木谷道場の同門である小林光一《こばやしこういち》さんとは、百何十戦も戦って、ほぼ五分五分です。ただ、現代の囲碁のタイトルは、いわばプロテニスに似ているところがあります。対局は一年中あり、国内外に数々のタイトルがあり、連覇したり、取ったり取り返したりしているわけです。しかし、江戸時代のライバル関係は、家名を背負いますし、何より「名人」という地位の重みの次元が違いますから、勝負に賭ける思いも、憎しみの感情も、今とは比べ物にならなかったのではないでしょうか。

それが具体的な形になって現れたのが、名人碁所をめぐる幻庵と丈和の「天保の内訌《ないこう》」です。ここで戦いは盤上のみならず、盤外の駆け引きや権謀術数へと広がり、この物語の大きな読みどころになっています。興味深いのは、この辺りから幻庵は流転の人生を歩み始めるところです。彼はその後も、名人碁所へのわずかな望みを繋ぎつつ、ことあるごとに碁を打ちますが、一方で、実人生においては突飛とも思える行動を繰り返し、いくつもの大きな挫折を経験します。

中でも、清国への密航を企てた点は、幻庵の囲碁人生をよく表しています。この時代の密航は見つかれば死罪ですが、彼にはそんなことは関係ない。百田さんも書かれているように、当時の清国は太平天国の乱で混乱していて、囲碁などといういわば「遊び」を広めたところで、何にもならないかもしれない。しかし彼の中では、当たり前に筋が通っているのです。彼にとって、囲碁は何よりも尊い。囲碁の世界は、現実の政治や社会を超越している、とさえ思っていたわけです。ここに他の棋士とは違う、彼の天才性とスケールの大きさを感じます。

幻庵の数々の挫折の中でも最大のものは、天保六年（一八三五年）の松平家碁会において、弟子の赤星因徹を丈和と対局させたことでしょう。その顚末は、本文を読んで頂ければと思いますが、それにしても、幻庵が自分で打たなかったことは、返す返す惜しかった。しかし、彼は弟子の才能に惚れ抜いてしまっていたのでしょう。芸事においては、仕方のないことかもしれません。それほど赤星因徹の才能がずば抜けていたのです。

幻庵は名人碁所に執着する一方、「恥ずかしい碁は打ちたくない」と考えています。この気持ちは全ての碁打ちにあるものです。私も、いくら数多くのタイトルを取ろうが、そんなことは本当に重要なことではないと思っています。恥ずかしい棋譜だけは後世に残したくない。棋譜を見ればその棋士が強かったか弱かったか、一目で分かってしまうからです。これが碁の恐ろしさでもあり、尊さでもあります。晩年の幻庵が、ある棋譜に万感の思いを込めて人生を振り返るシーンがありますが、そのような棋譜を一つでも残せたら、碁打ちにとってこの上ない幸福なことでしょう。幻庵は実人生においては敗者だったのかもしれませんが、囲碁の世界では紛れもない勝者だったのです。

最後に、現代囲碁におけるＡＩに言及しておきます。本作品が単行本として出版されたのは二〇一六年十二月のこと。それから三年半の間、ＡＩは日進月歩の進化を遂げ、今やＡＩ同士が対局し続けて鎬を削るようになり、人間は完全に敵わなくなってしまいました。百田さんはもちろんその辺りの事情にも明るく、加筆や付記といった形で最新情報を紹介されています。私は決してＡＩに詳しくはないのですが、中国の「ＧＯＬＡＸＹ」が検討した「吐血の局」と「耳赤の局」の棋譜を見ますと、ＡＩが席巻してもなお残る、人間の打つ囲碁の魅力というものを感じます。「丈和の三妙手」や「耳赤の手」は、勝つためには確かに最善手ではなかったのかも知れません。しかし人間の感性からすると、やはりただの石である碁石をそこに打った瞬間に、体が震えるほどの感動を覚える手というものがあるのです。

そして驚異的なのは、ＡＩは今なお進化を続け、そのような芸術的な手を打ち始めている、という点です。局面では簡単なミスをしても、常に大局を見ている、つまり究極の人間とも呼ぶべきＡＩまで登場している。これは既に攻略されきった将棋やチェスの世界では、考えられないことでしょう。囲碁がいかに他のゲームとは違った奥深さを持っているか、ということです。

囲碁は勝敗がつくゲームですが、しかし打つ手によって何ものでもないただの石が生きたり死んだりする、そこに感動がある芸術でもあります。繰り返しになりますが、力量のない人が簡単に理解できる世界ではないし、私自身はそれでいいと思っています。しかし囲碁を愛する者にとって、囲碁は何にもまして素晴らしいものなのだ、と思うことは、決して不遜なことではないと思います。百田さんは囲碁を愛する作家で、その気持ちはこの作品の隅々にまで表れています。また、さすが現代を代表する作家ですから、囲碁をまったく知らない人が読んでもその魅力が十分に伝わるように書かれており、読者は、その深遠な世界と、幻庵をはじめとする棋士の壮絶な人生に触れ、果てしないロマンを感じることと思います。

私は一人の碁打ちとして、このような作品を書いて頂いた百田さんには、感謝の念しかありません。そして願わくは、この小説が江戸時代の囲碁棋士たちを知り、現代へと脈々と繋がる囲碁の歴史を知るバイブルにもなって欲しい、と思います。

（名誉名人・二十五世本因坊）

本書は「週刊文春」二〇一五年一月一・八日号から二〇一六年十一月十日号まで連載したものに加筆した作品です。
また、文庫化にあたって、二〇一六年十二月に小社から上下二巻で刊行された単行本を、三分冊にしました。

DTP制作　エヴリ・シンク

本書の無断複写は著作権法上での例外を除き禁じられています。
また、私的使用以外のいかなる電子的複製行為も一切認められておりません。

文春文庫

幻《げん》庵《なん》 下

定価はカバーに
表示してあります

2020年8月10日 第1刷

著 者 百田《ひやくた》尚《なお》樹《き》
発行者 花田朋子
発行所 株式会社 文藝春秋

東京都千代田区紀尾井町 3-23 〒102-8008
TEL 03・3265・1211㈹
文藝春秋ホームページ http://www.bunshun.co.jp

落丁、乱丁本は、お手数ですが小社製作部宛お送り下さい。送料小社負担でお取替致します。

印刷・凸版印刷 製本・加藤製本
Printed in Japan
ISBN978-4-16-791539-1

文春文庫　最新刊

幻庵 上中下　百田尚樹
盤上の熾烈な闘い。稀代の囲碁棋士を描く傑作歴史小説

ガーデン　千早茜
植物を偏愛する独身男。女性との出会いで人生が変わる

悪左府の女　伊東潤
兄と争う藤原頼長は、琵琶の名手を帝の側に送り込むが

送り火　高橋弘希
少年達が暴力の果てに見たものは？　芥川賞受賞作他二篇

偽久蔵 新・秋山久蔵御用控（八）　藤井邦夫
久蔵の名を騙り、賭場で貸元から金を奪った男の正体は

寝台特急「ゆうづる」の女〈新装版〉十津川警部クラシックス　西村京太郎
個室寝台で目覚めた男の前に別れ話で揉める女の死体が

お局美智 経理女子の特命調査　明日乃
パワハラ、セクハラ、サービス残業…特命お局が斬る！

泣き虫弱虫諸葛孔明 第伍部　酒見賢一
五丈原で魏と対峙する孔明。最後の奇策は？　堂々完結

贄門島《にえもんじま》 上下〈新装版〉　内田康夫
亡父の謎を追い孤島を訪れた浅見の前で次々と殺人が！

姥捨《うばすて》ノ郷《さと》 居眠り磐音（三十五）決定版　佐伯泰英
磐音は名古屋を発ち、身重のおこんと再びの逃避行へ…

紀伊《きい》ノ変《へん》 居眠り磐音（三十六）決定版　佐伯泰英
一子・空也を授かった磐音は、隠れ里を守るため立つ！

ユニクロ潜入一年　横田増生
巨大企業の内側を圧倒的な臨場感で描く渾身の潜入ルポ

続々・怪談和尚の京都怪奇譚　三木大雲
常識を超えた奇妙な実話、怪しい現象を説法と共に語る

特攻の思想 大西瀧治郎伝〈学藝ライブラリー〉　草柳大蔵
航空用兵に通じた軍人は、なぜ「特攻の父」となったのか